댄형
설
서
린

대형 설어린 3

설봉 新무협 판타지 소설

초판 1쇄 찍은 날 § 2003년 6월 17일
초판 1쇄 펴낸 날 § 2003년 6월 25일

지은이 § 설봉
펴낸이 § 서경석

편집장 § 문혜영
편집 § 장상수 · 유경화
마케팅 § 정필 · 강양원 · 이선구 · 김규진 · 홍현경

펴낸곳 § 도서출판 청어람
등록번호 § 제1081-1-89호
등록일자 § 1999. 5. 31
어람번호 § 제2-0220호

주소 § 경기도 부천시 원미구 심곡1동 350-1 남성B/D 3F (우) 420-011
전화 § 032-656-4452 팩스 § 032-656-4453
http://www.chungeoram.com
E-mail § eoram99@chollian.net

ⓒ 설봉, 2003

값 7,500원

ISBN 89-5505-687-7 04810
ISBN 89-5505-684-2 (SET)

대형 설서린

설봉 新무협 판타지 소설

3

백비편(白碑篇)

도서출판 청어람

목
차

3 백비편(白碑篇)

第十五章

비몽사몽(非夢似夢) 간에

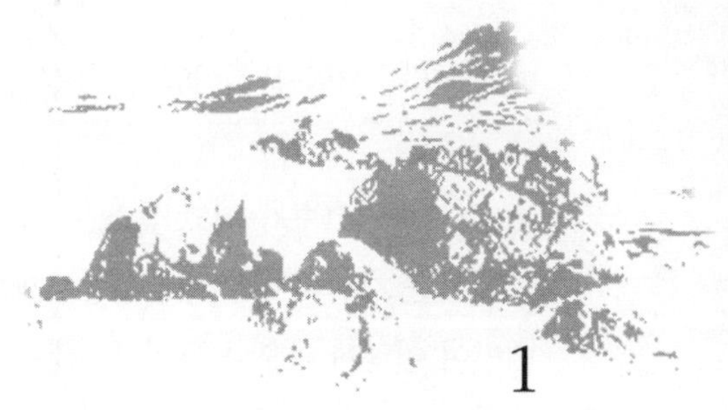

음성은 들려오는데 사람은 보이지 않는다. 사람이 숨어 있을 만한 지형도 아니다. 다른 곳은 모두 절벽이고, 그가 서 있는 공지만이 그나마 발길을 올려놓을 수 있다.

'귀신이 곡할 노릇이군.'

독사는 침묵했다.

무엇을 원하느냐는 물음을 들었지만 다시 한 번 묻기 전까지는 대답할 생각이 없었다.

귀신 놀음에 장단을 맞춰주기는 싫었던 것이다.

목소리의 근원지를 찾아내서 귀신 장난을 치는 자가 누군지 얼굴을 보고 싶었다.

그가 침묵하자 허공 속의 인물도 침묵했다.

'물음 세 번…… 이것으로 끝인가? 대답을 해야 말을 하겠다는 건

가? 분명히 사람 음성이었어. 음성이 들렸다는 건 사람이 있다는 것인데…….'

"천하제일고수가 되고 싶소."

독사는 자신이 생각해도 황당무계한 말을 하면서 사방을 살폈다. 상대방이 어떻게 나오나 보려고 떠본 말이었다.

미지의 인물은 가타부타 대답하지 않았다.

운무(雲霧)가 소리없이 피어났다.

밤이 되면서 미등 분지에 머물던 사기가 운무로 변해 올라오는 현상이다. 꼭 그렇지는 않더라도, 산에서 운무를 경험하는 일은 어렵지 않다.

'꼭 귀신에 홀린 것 같네.'

진기를 최대한 끌어올린 것도 모자라서, 초기에 도움이 되었던 격탕까지 일으켜 봤지만 음성이 들린 곳은 찾아내지 못했다.

굳이 집어내자면 허공이다.

말이 되는가. 사람이 허공에 붕 떠서 말을 건넸다는 것인데, 아무리 무공이 지고해도 그런 일은 있을 수 없다.

이번에는 바라는 바를 조금 낮춰 말했다.

"백비에 기재된 무공을 재현하길 희망합니다!"

"……."

조용한 침묵은 깨지지 않았다.

백비는 언제 음성을 토해냈냐는 듯이 죽음 같은 침묵을 이어갔다.

자칫 잘못 듣지 않았나 하는 생각이 들기도 했다. 분명히 사람 음성이었지만 꼭 환청 같이만 생각되었다. 그러나,

"헉!"

독사는 짧은 단말마를 토해냈다.

수족이 서서히 마비되는 느낌이다.

엽수낭랑과 동행하면서 독이나 약에 대해 얼마간 습득한 지식이 있어 단번에 중독된 사실을 알아냈다.

엽수낭랑은 말했었다.

"독에 중독되면 제일 먼저 할 일이 어떤 독에 중독되었는지 판단하는 거예요. 쉽게 말해서 독사 같은…… 호호호! 독사에게 독사라고 말하니까 이상하네요."

"괜찮소."

"말을 조금 바꿀게요. 독물에게 물리면 대부분 피와 관계가 있어요. 독이 피를 타고 번지죠. 그래서 번지지 않은 부분을 봉쇄하면 일차 조처는 된 거죠. 독이 든 차를 마셨을 경우, 이렇게 입으로 들어간 독은 토해내는 게 일차 조처예요. 삭혼독처럼 코로 흡입하는 독은 신경을 자극하죠. 고통을 주기도 하고 마비시키기도 하고."

"그런 독은 어떤 조치를 취하오?"

"걸려들지 않는 게 조치죠. 걸려들면 이차 조처로 넘어가야 해요."

"이차 조처란……?"

"해약(解藥)을 복용하는 것이죠."

"다른 방법은 없소?"

"있어요. 물론 내공이 강해야 한다는 전제 조건이 붙지만요."

"말해 주시오."

"싫어요. 제가 독술을 펼치는데, 제게 대항하는 방법을 알려달라고요? 그런 말이 어디 있어요?"

“……..”

“호호호! 진기로 독을 한군데로 모는 거예요. 독도 기(氣), 진기도 기(氣). 무슨 말인 줄 알죠? 근본적인 해결은 되지 않아요. 응급 조치일 뿐이죠. 아주 뛰어난 사람은 독을 태우기도 한다는데, 그런 사람이 있다는 소리는 아직 들어보지 못했어요.”

“소저는 독을 몰 수 있소?”

“아뇨. 먼저 말했잖아요. 내공이 강해야 한다는 전제 조건이 붙는다고요.”

독사는 엽수낭랑과의 대화를 떠올리며 진기를 운용했다. 삼백육십오 요혈로 진기를 보내 이상 유무를 감지해 냈다.

역시 중독되었다. 다른 때는 진기가 모든 요혈을 감지해 냈는데, 마치 들어갈 수 없는 외딴 섬이 되어버린 것처럼 몇몇 요혈이 식별되지 않는다.

가장 중요한 것은 배유삼관(背有三關)이 막히고 있다는 것이다.

뒤통수의 옥침관(玉枕關), 등골뼈 양쪽 옆인 녹로관(轆轤關), 수화(水火)가 교류되는 미려관(尾閭關).

정기가 오르내리는 곳이다.

‘독이 분명해. 한데 아무 냄새도 없어. 눈속임!’

“무색(無色), 무취(無臭), 무미(無味)한 독은 막기 힘들어요. 하지만 이런 독들의 단점은 직접 복용시켜야 한다는 거죠. 거리를 두고 하독하는 독에도 무색, 무취, 무미한 독이 있을 수 있어요. 하지만 이건 막을 수 있죠. 진정한 의미에서 무형(無形)은 존재하지 않기 때문이에요. 독은 반드시 모습이 있어요.”

독의 모습을 찾아야 한다.

하지만 찾을 수 없었다. 전신 감각을 극성으로 일깨워 청각은 물론 시각, 후각… 싸움에 대비한 감각까지 극한으로 끌어올렸지만 어떤 형태도 발견해 내지 못했다.

엽수낭랑처럼 독문(毒門)에서 자란 사람이 아닌 이상 몇 마디 주워들은 말로 독의 모습을 발견하겠다는 자체가 무리다.

그렇다고 진기로 독기를 밀어내거나 태워 버릴 방도도 모르고 해약은 당연히 없다.

진기를 가득 끌어올려 언제라도 반격할 태세를 갖췄다.

'잘못 왔어. 올 곳이 아니었어.'

때늦은 후회가 치밀었지만 후회만 한다고 중독되기 시작한 몸을 어쩔 수 있는 것은 아니다.

현기증이 치밀었다. 구역질도 나고 손발이 미미하게 떨렸다.

"복통이나 갈증, 현기증, 수족이 떨리는 현상같이 인체에 중상이 나타나기 시작하면 이미 늦은 거예요. 그런 상황이 나타난 후에도 제독할 방법이 있는 독을 쓰는 사람은 없어요. 저 같아도 그런 독은 쓰지 않겠어요."

'이놈의 세상은 독 천지군. 어디 가나 독이야. 무공만 익힌다고 되는 게 아니었어.'

두 가지를 배웠다.

하나는 무림에서 횡행하는 이상 독에 대해서는 꼭 알아둬야 한다는 것이다. 또 하나는 자신이 이런 상황까지 치몰리게 된 이유다. 누군가 자신을 끌어냈고 백비까지 오게 한 다음 중독시켰다. 한데 자신은 그가 무슨 의도에서 이런 짓을 저지르는지 짐작조차 못하고 있다.

무림은 암계(暗計)로 가득 찬 곳이다.

항상 정신 똑바로 차리고 있어야 한다. 소리장도(笑裏藏刀)라는 말이 무림처럼 실감나는 곳도 없으리라.

'제길……!'

독사는 무릎을 꿇었다. 두 다리에 힘이 빠져 버티고 서 있을 수 없었다. 무릎뿐만이 아니라 상체가 넘어졌다. 두 다리에만 힘이 빠진 것이 아니라 전신이 무력해지고 있다.

그는 적이 나타나도 반격할 힘조차 잃어버렸다. 그러자,

그르릉……!

등 뒤에서 커다란 굉음이 들려왔다. 얼굴을 대고 있는 땅이 울릴 만큼 큰 소리다.

'백비! 백비가 움직이고 있어. 그렇군. 백비가 통로였던 거야!'

한 가지 단서는 잡았다. 누군가가 백비 안에 숨어 수작을 부렸던 게다. 이제 사람이 나타나기만 기다리면 된다. 그것도 별로 오래 기다리지 않아도 될 것 같다.

사박! 사박……!

발자국 소리가 뚜렷이 들렸다. 치마가 땅에 끌리는 소리가 들리더니 나타난 사람은 여자인 것 같다.

'목소리는 사내였는데…….'

정신이 혼미해지기 시작했다. 자신이 꿈을 꾸고 있는 게 아닐까 싶었다. 볼이 닿아 있는 땅도 실제처럼 느껴지지 않았다. 뚜렷하게 들리던 여인의 발자국 소리가 명확하게 들리기도 하고 꿈결처럼 아련하게

들리기도 했다.

여자가 나타난 것은 사실이다.

감각이 마비되고 있지만 여인이 풍기는 분향(粉香)은 맡을 수 있다. 분향이 아주 강렬하게 후각을 자극한다. 여인은 화장을 짙게 한 듯 주위 공기가 온통 그녀의 분 냄새로 물들고 있다.

눈을 뜨고 있는 독사의 눈앞으로 여인의 치맛자락이 스쳐 갔다.

독사는 여인이 얼굴 앞에 멈춰 설 때까지 저항 한 번 변변히 못하고 누워 있었다. 마음속으로는 일어나야 한다는 생각이 간절했지만 손가락 하나 움직일 힘이 없었다.

사뿐사뿐 걸어온 여자는 독사 앞에 쪼그리고 앉았다.

간신히 눈길을 치올리자 장난감같이 생긴 여인의 얼굴이 보였다.

여인은 하얀 인형이다. 얼굴이 하얀 물감을 칠해놓은 것보다 더욱 하얗다. 모두 분이다. 새하얀 분으로 덮어씌웠다. 얼굴뿐만이 아니다. 여인은 머리도 삭발하고 눈썹까지 밀어버렸는데, 모두가 하얗다. 목덜미까지 하얀 분으로 덧칠을 해놓았다.

하얗지 않은 부분은 눈동자밖에 없다. 눈동자도 평범하지는 않다. 감정이 말살된 듯 공허한 눈빛이다.

'이건 정말…… 뭐 하자는 수작이야!'

여인은 얼굴처럼 하얗게 분칠한 손을 들어 독사의 옷을 벗겼다.

'뭐, 뭐 하는 거야! 그만둬!'

음성은 목구멍 안에서만 맴돌았다.

잠시 후 독사는 벌거벗은 몸이 되어 있었다.

여인은 조그만 환단을 내밀었다. 염소 똥같이 조그맣고 까만 환단으로 무엇이 함유되었는지는 도무지 알 길이 없다. 엽수낭랑이 옆에 있었더라면 한눈에 알 수 있을 텐데.

여인은 독사의 입을 벌리고 검은 환단을 집어넣었다.

"컥! 컥컥!"

독사가 거친 기침을 토해냈다.

환단은 몹시 역겨웠다. 인분을 삼킨 것같이 구리고, 쓰고, 비릿했다. 그것은 약과다. 검은 환단이 녹아 뱃속으로 스며들자 구토가 맹렬히 치밀어 토하지 않고는 견딜 수 없었다.

독사는 고개조차 들지 못한 채 음식물을 토해냈다. 토해내고 또 토해냈다. 어제 저녁에 먹은 것까지 모두 기어나오는 듯했다. 환장을 한다는 말이 있는데 정말 오장육부가 뒤집히는 느낌이다.

기가 막힌 것은 항문과 양물(陽物)에서도 오물이 쏟아지고 있다는 것이다. 구토는 둘째 치고 대변과 소변이 줄줄 새어 나오는 통에 창피해서 견딜 수 없었다.

구토는 위액까지 모두 토해내고 난 다음에야 멈췄다. 오물도 쏟아낼 것을 전부 쏟아내고 난 다음에야 그쳤다.

그러나 고통은 그것으로 멈추지 않았다. 구토가 치민 다음에 찾아온 것은 한기(寒氣)다.

이빨이 덜덜 떨렸다. 너무 추워 몸을 꿈틀거렸다. 그는 자신이 바들바들 떨고 있다는 사실조차 자각하지 못했다. 불이 보인다면 불속에라도 뛰어들고 싶을 만큼 추웠다.

여인이 다시 움직였다. 이번에는 그의 몸을 만졌다. 머리부터 만지기 시작하여 전신 곳곳을 더듬었다.

마음으로는 저항을 하고 싶지만 추위를 이겨내는 데만도 급급했다. 추위를 생각하지 않아도 무슨 독에 중독되었는지 몸을 조금도 움직일 수 없었다.

대체로 벌거벗은 몸을 여인이 더듬고 있으면 흥분이 되는 게 당연하다. 하지만 전혀 흥분이 되지 않았다. 흥분을 느낄 수도 없을 만큼 추웠을 뿐 아니라, 몸을 더듬는 여인의 손길이 얼음처럼 차서 빨리 손을 떼어줬으면 하는 마음뿐이다.

여인은 살갗을 쓰다듬기도 하고 골격을 만져 보기도 했다.

머리부터 발끝까지 어느 한 군데 빼놓지 않고 모두 만졌다. 그런 후 허공에서 들렸던 음성처럼 감정이 일점도 섞이지 않은 딱딱한 음성으로 말했다.

"상품(上品)."

허공에서 다시 음성이 들렸다.

"정사마(正邪魔)."

여인이 침묵했다. 여인은 곤혹스러운 듯 고개를 갸웃거렸다. 말은 해야겠는데 입이 떨어지지 않는 사람처럼 입술만 달싹거렸다. 그러다 말했다.

"마(魔)."

그녀의 말이 떨어지자마자 허공이 말했다.

"마해(魔海)."

여인은 축 늘어진 독사의 허리를 움켜잡았다. 무겁지도 않은지 한 손으로.

독사는 축 늘어진 채 여인의 허리춤에 매달렸다. 그가 볼 수 있는 것은 하늘로 바뀌어 버린 땅과 사뿐사뿐 걸어가는 여인의 치맛자락뿐이다.

여인은 백비로 들어갔다.

그르릉……!

백비가 요란한 굉음을 울리며 다시 닫혔다. 그리고…… 뿌옇게 피어났던 운무가 점차 엷어지더니 종내에는 아무 일도 없었던 듯 맑은 모습을 드러냈다.

휘익! 휘이익! 휙!

독사가 사라진 공지에 세 사내가 올라섰다.

각기 한(翰), 옥(瑩), 호(豪)라는 이름을 가진 당문삼기 삼형제다.

"몽(夢)…… 환소(幻笑)!"

당한이 코를 끙끙거리며 신음처럼 말했다.

"몽환소가 실제로 존재하다니! 형님, 이건 간과할 수 없는 문젭니다. 몽환소가 나타났다는 것은…….'"

"그만!"

당한이 다급히 당옥의 말문을 막았다.

"이제야 이해할 수 있겠어. 당문 제일 기재였다던 종조부님께서도 몽환소에 당한 게 분명해. 우리로선 역부족이야. 이건… 아무도 막을 수 없어.'"

"그럼 형님 뜻은……?"

"돌아간다."

"네? 이대로 말입니까?"

"아직은 아니지. 백비를 살펴봐! 하나라도 얻어야 돼! 운무가 피어나면 즉시 피해야 한다는 점을 잊지 말고!"

당문삼기는 신속히 움직였다.

당호는 백비의 전면을 훑었다. 신법을 전개해서 백비 위에도 올라가

봤다. 당옥은 공지를 살폈다. 땅은 물론 바위 틈새까지 조그만 구멍이라도 있을 법한 곳은 샅샅이 뒤졌다.

당한은 뒤로 물러서서 사위를 살폈다. 그는 조그만 변화라도 생기면 즉시 경고를 발하기 위해 눈을 번뜩였다.

그때 허공에서 예의 시신이 말하는 듯한 음성이 울렸다.

"무엇을 원하느냐."

"엇!"

당호가 비룡번운(飛龍繙雲) 신법을 발휘해 황급히 내려섰다. 당옥도 재빨리 물러섰다.

"홍명환!"

당한이 긴박하게 말하며 자신도 품에서 홍색 단환을 꺼내 입에 물었다.

두 번째 울림이 터졌다.

"무엇을 원하느냐!"

당호가 비웃음을 담고 말했다.

"네 낯짝을 보고 싶은데?"

당호와 당옥은 놀라기는 했지만 서둘지는 않았다. 그들은 백비 주변을 계속 뒤져 나갔다.

당한도 말리지 않았다.

그들은 위험이 다가오려면 시간이 조금 더 남았다고 생각했다. 그러기까지는 최대한 백비의 비밀을 파헤쳐야 한다. 하다못해 몽환소가 흘러나온 구멍만이라도 찾을 생각이다.

다른 무인들 같으면 위험이 감지되는 즉시 떠났겠지만, 그들은 그럴 수 없다. 그들은 암기와 독으로 명성을 떨친 당문 문도다. 입에 홍명환

을 물고 있으니 중독될 우려가 적고 도가비전(道家秘傳)이라는 몽환소
에 대해서도 알아보고 싶다.

정작 위험이 닥쳐오면 절벽 아래로 신형을 날리면 된다. 깎아지른 듯
한 절벽은 다른 사람들에게는 몰라도 그들에게는 위협이 되지 않는다.

당한이 더욱 긴장하며 말했다.

"운무가 피어나면 지체하지 말고 즉시 신형을 날려라. 설혹 누가 쓰
러져도 돕는답시고 달려와서는 안 돼. 즉시 돌아가서 아버님께 고해
라. 여기서 벌어졌던 일들을 하나 남김없이 모두."

세 번째 울림이 터졌다.

"무엇을 원하느냐."

당문삼기는 진기를 가득 끌어 모은 채 언제라도 일장을 전개할 태세
를 갖췄다. 한 손은 품속에 찔러 넣었다. 그들을 당문삼기로 불리게 만
들어준 암기가 마음을 든든하게 해줬다.

위험이 닥쳐오고 있다. 몽환소가 피어난다 싶으면 즉시 물러서야 한
다. 그러나 그전에… 빨리 하나라도… 운무가 피어나는 곳이라도 알아
야 한다. 그래야 다음에 다시 왔을 때 조금의 수고를 덜 수 있을 뿐 아
니라 어쩌면 생길지도 모를 불상사까지 방지하게 된다.

당한은 귀를 쫑긋 세우고 음성의 진원지를 살피기에 여념없었다.

어디서 음성이 들리는가. 그러던 중,

"엇!"

당한이 경악성을 토해냈다. 경악성과 동시에 다른 말도 터뜨렸다.

"내려갓! 지금! 지금 빨리!"

그는 얼굴이 하얗게 질려서 소리쳤다.

그러나 정작 소리를 지른 본인은 움직일 생각을 하지 않았다.

당옥과 당호는 황급히 몸을 물려 첫 번째 사내 곁으로 다가왔다. 그들의 얼굴에는 의아함이 가득했다.

"형님, 왜…… 엇!"

"이, 이게 언제?"

"빨리 내려갓!"

당한이 다급하게 소리쳤다. 그는 소리만 지른 것이 아니라 신형까지 비틀거렸다. 억지로 버티고는 있지만 금방이라도 무너질 듯 위태로워 보였다.

그런 몸으로는 절벽을 내려가지 못한다.

상황은 당옥과 당호도 같았다.

그들이 몸을 물려 당한 곁으로 내려서고 중독되었다는 것을 자각했을 때는 그들 역시 절벽을 내려갈 수 없는 상황이었다.

몽환소는 그들이 알고 있는 것처럼 중독되기 전에 방비해야 할 마독(痲毒)이다.

쿵! 쿵! 쿵!

고목 쓰러지듯 세 사내가 쓰러진 후 커다란 굉음과 함께 백비가 움직였다.

엽수낭랑이 공지에 올라섰다.

오늘만 두 번이나 찾아온 곳이다.

백비를 찾아간 독사는 물론이고 그를 뒤쫓아간 당문삼기조차도 행방이 묘연했다.

그녀는 꼬박 하루를 기다렸다.

날이 밝을 때까지 백비를 바라보며 아무 탈이 없기를 간절히 기원했다.

그들은 돌아오지 않았다.

독사도 당문삼기도 하늘로 솟은 듯 사라져 버렸다.

날이 밝기 무섭게 백비를 찾아왔지만 그녀가 발견한 것은 타다 만 숯뿐이다.

그녀는 모질게 마음먹고 숯으로 백비에 무공을 적었다.

아버지가 호신무공(護身武功)으로 지니라고 전수해 준 비항파(秘迏派)의 신법이다. 여자로 태어났기에 당문의 무공을 전수받지 못한 비운이랄까?

"무공이 재현되기를 바랍니다!"

아무 일도 일어나지 않았다. 날이 밝고 해가 떠오르고 있지만 백비는 무응답으로 일관했다.

'밤에만 일이 벌어지는지도…….'

백비를 내려왔다. 미등도 벗어났고, 숨도 돌리지 않은 채 계명산마저 내려왔다.

'아버님께 소식을 전해야 돼. 당문삼기마저 실종되었다면 나도 무사하지 못해.'

그녀는 계명산으로 올라가기 직전에 있는 가장 마지막 주점(酒店) 현판(懸板)에 당문 문도들만 알아볼 수 있는 표식을 남겼다. 자신을 나타내는 칠(七) 자에 백비의 비(碑)를 써넣었다.

그것이면 충분하다. 알아볼 사람들은 다 알아본다.

엽수낭랑은 다시 백비를 향해 신형을 날렸다.

하루가 어떻게 지나갔는지 모르게 지나갔다.

엽수낭랑은 해가 기울 무렵까지 기다리다가 다시 백비에 오른 것이다.

그런데… 그녀는 놀라운 일을 목도했다.

자신이 기재해 놨던 무공구결이 감쪽같이 사라졌다. 아니, 지워졌다고 말하는 편이 옳다.

'누군가 있어!'

확신이 섰다. 백비는 살아 있다. 독사나 당문삼기의 실종은 확실히 백비와 연관이 있다.

엽수낭랑은 다시 숯을 들어 비항파 신법 구결을 적어 넣었다. 그리고 외쳤다.

"무공이 재현되기를 바랍니다!"

백비는 침묵했다.

'어제 독사가 올라왔던 시각이야. 아무 일도 일어나지 않는다는 건 말도 안 돼!'

다시 한 번 소리쳤다.

"무공이 재현되기를 바랍니다!"

이번에는 응답이 있었다.

휘익!

옷자락 날리는 소리가 들리더니 절벽 아래서 수염을 단정히 기른 중년인이 올라섰다.

"당숙!"

엽수낭랑이 깜짝 놀라 흠칫했다.

중년인은 사위를 돌아보더니 이마의 주름을 좁혔다. 일견(一見)만으로도 상황을 파악해 냈다는 표시다.

"백비가 움직였구나."

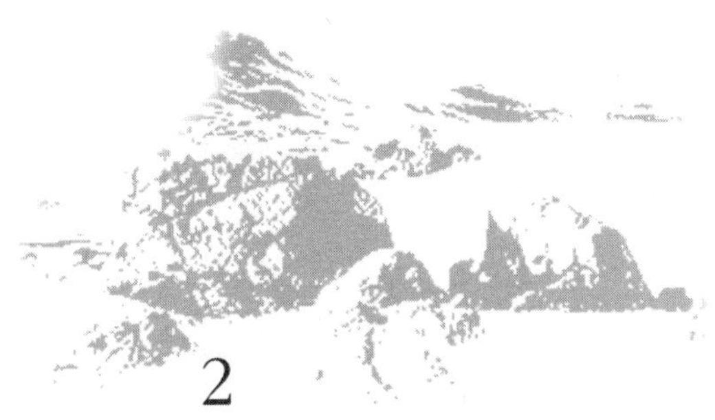

2

독사는 정신을 똑바로 차렸다.

'호랑이 굴에 들어가도 정신만 차리면 죽지 않는다고 했지. 무슨 수작을 하는지는 모르지만…….'

정신은 처음부터 잃지 않았다. 중독되어 쓰러지면서부터 속에 것을 모두 게워내게 만든 검은 단환까지 정신을 빼앗아 가지는 않았다.

그는 여인이 자신을 옆구리에 끼고 어두운 암동으로 들어서는 모습을 똑똑히 봤다. 백비를 입구로 하는 동혈은 굉장히 크고 넓다. 여인이 자신을 끼고 걸어 내려온 나선형 계단만 해도 이백 칸이 넘는다.

여인은 한참을 걸은 끝에 독사를 내려놓았다.

등에 딱딱한 것이 닿았다.

얼굴은 동혈 천장을 향하고 있는데 주렁주렁 매달린 커다란 종유석들이 한눈 가득 들어온다.

‘천연 동굴이군.’

거기에 약간의 손질을 했다. 쉽게 밟아 올라가고 내려올 수 있도록 나선형 계단을 만들었다. 중간중간 밝혀져 있는 횃불이 사방 일 장여를 비추고 있지만 크고 넓은 동굴을 전부 비추기에는 역부족이었다.

횃불이 작은 부유물처럼 허공에 떠서 일렁거린다.

여인은 그를 내려놓고 무슨 일인가를 부지런히 했다.

팍! 팍……!

간혹 탁탁 걸리는 소리도 들리는 것으로 보아 삽으로 땅을 파는 듯했다.

‘생매장인가? 그럴 리는 없고…… 그럴 거였으면 백비 안으로 끌어들이지도 않았을 텐데…….’

얼핏 무공을 도둑질하고자 하는 얄팍한 속셈이 아닌가 하는 생각도 들었다.

백비라는 기관 장치나 천연 동굴을 개조한 솜씨로 보면 여간한 사람은 아니다. 적어도 한가장 정도의 재력은 지니고 있어야 이만한 공사를 할 수 있다.

그만한 재력가가 무공에도 뜻을 두고 있다면 충분히 가능성 있다. 자신처럼 무림문파에 입문할 수 없으나 돈이 넉넉하다면 생각할 수 있는 방법이다.

그러나 실행에는 약간의 문제가 있다.

백비를 찾아온 사람은 상당히 많다고 들었다. 개중에는 이름난 무인도 상당수에 이른다고. 그들이 모두 무공을 기재했다면 엄청난 분량의 무공을 모은 셈이다.

한두 사람의 무학만 익혀도 절정고수 반열에 들 수 있다. 무엇 때문에 대부분이 잡동사니에 불과할 삼류무공들을 모은단 말인가.

백비를 더 지속시킬 이유가 있을까?

초일류고수의 등장을 기다릴 수도 있다. 하지만 초일류고수라는 사람들이 백비 같은 것에 소원을 빌 턱도 없고 자신처럼 독술에 무너질 리도 없다.

엽수낭랑은 말했다. 내공이 강한 사람은 독을 밀어내거나 태울 수 있다고.

독사는 부지런히 생각을 굴려보았지만 아무 해답도 찾지 못했다.

몸 상태는 더욱 나빴다.

정신은 말똥말똥한데 손가락조차 움직일 수 없다. 진기는 아예 보이지도 않는다. 전신 요혈이 마비되어 머리만 살아 있는 느낌이다.

노룡검과 요빙의 전낭, 요빙의 뼈로 만든 목걸이도 걱정이다.

노룡검은 아깝지 않지만 전낭과 목걸이만은 반드시 되찾아야 한다.

여인은 그 물건들을 가지고 들어왔다. 한 손으로는 옆구리에 자신을 끼고 다른 손에는 옷과 행낭, 검을 들었다.

고개라도 돌릴 수 있다면 보기나 할 텐데 고개조차 돌리지 못하는 처지가 되어버리니 안타깝기만 하다.

드디어 여인이 삽질을 멈췄다.

땅 파는 듯한 소리는 더 이상 들리지 않고 어디엔가 삽을 놓는 듯한 소리가 들렸다.

여인은 독사의 목과 다리에 팔을 집어넣어 번쩍 들어 올렸다.

일순 독사는 얼굴이 화끈거렸다. 생각할 처지는 아니지만 그는 아직 천 조각 하나 두르지 않은 알몸이었다.

여인이 독사를 내려놓은 곳은 큼지막한 목조(木槽)였다.

목조 한가운데 독사를 앉혀놓은 여인은 다시 삽을 집었다.

'도대체 무슨 짓을⋯⋯.'

여인이 무슨 짓을 하는지는 금방 알았다. 온통 하얀 분칠을 한 여인은 일말의 감정도 떠 있지 않은 표정으로 목조 속에 진흙을 퍼 담았다.

아무 느낌도 전해지지 않았다.

다리에 물기가 축축한 진흙이 쏟아지고 있으니 무슨 감촉을 느껴야 당연한데, 죽어버린 진기처럼 육신의 감각도 사라져 버렸다.

여인은 등 쪽에서부터 진흙을 퍼 넣기 시작해 곧 앞쪽에도 목조 하나 가득 진흙을 퍼 담았다.

'무슨 짓이냐! 뭐 하는 거야!'

소리를 질러보려고 했지만 목구멍 안에서만 뱅뱅 돌 뿐 말이 되어 나오지는 않았다.

진흙이 목조에 가득 찼다.

그때, 그르릉 하는 소리와 함께 바위가 움직이고 있다는 느낌이 들었다.

느낌은 옳았다. 나선형 계단을 밟으며 자신을 옆구리에 끼고 왔던 여인과 똑같은 모습을 한 여인 세 명이 각기 사내를 옆에 끼고 나타났다.

그들은 알몸의 사내들을 바위 위에 올려놓았다. 그리고 어디론가 사라지더니 큼지막한 목조 하나씩을 들고 나타났다.

'백비에 찾아온 사람이 나 말고 또 있었군.'

잠시 후 알몸의 사내 세 명 역시 독사와 같은 처지가 되었다.

시간이 지루하게 흘러갔다.

몇날 며칠이 지났는지…….

억겁이 흐른 것 같기도 하고 한 시진에 불과한 것 같기도 하다.

그때, 허공에서 웅웅 울리는 소리가 들렸다.

"무공이 재현되기를 바랍니다!"

'이건! 엽수낭랑! 안 돼! 돌아갓!'

마음만 다급했지 그가 할 수 있는 행동은 아무것도 없었다. 하다못해 소리 내어 경고를 해줄 처지도 아니었다.

희한한 것은 허공에서 들리던 사내 음성이다.

이번에는 사내 음성이 들리지 않았다. 어쩌면 안에서는 밖으로 토해낸 음성을 들을 수 없는지도 모른다. 그랬다면… 말을 했다면 '무엇을 원하느냐'는 말을 했을 게다.

개미굴처럼 북적거리는 마음을 억누르고 상황만 지켜보기를 얼마간, 독사는 안도의 숨을 불어 쉬었다.

허공의 사내는 아무 말도 하지 않았다. 엽수낭랑도 더 이상 백비에 대해 뭐라고 하지 않았다.

또 지루한 시간이 흘렀다.

한 가지 달라진 점이 있다면 목조 속의 진흙이 점차 말라간다는 것이다.

백비의 인물들은 처음부터 이러기 위해 검은 단환을 복용시켰던 것 같다. 뱃속에 것을 모두 게워내게 한 다음 진흙 속에 틀어박아 버린다는 것이다.

도대체 왜 이런 짓을 하는 것일까?

그런데 또 음성이 울렸다.

"무공이 재현되기를 바랍니다!"

‘이런!’

독사는 맞은편에서 역시 목조에 틀어박혀 굳어가는 진흙에 대책없이 당하고 있는 사내를 보았다.

그의 얼굴에도 다급한 기색이 떠오르고 있다.

얼굴 표정은 변화가 없다. 그렇다고 느낌마저 알지 못하는 것은 아니다. 다급해하는 심정은 눈빛에 역력히 드러나 있다.

“당숙!”

“백비가 움직였구나.”

두 사람의 대화는 약간의 상상을 불러일으켰다.

엽수낭랑의 당숙 되는 사람이 도착했고, 그가 백비에 대한 말을 꺼냈다는 것이다.

말은 계속 이어졌다.

“당숙! 왜……?”

“우선은 당문으로 가야겠다. 한시라도 빨리 가는 편이 낫겠지. 백비가 움직이면 너도 나도 실종되는 수밖에 없으니까.”

“당숙, 안 돼요. 독사와 당문삼기가 실종되었어요. 제발 마혈(痲穴)을 풀어주세요.”

“그러니 너마저 실종되게 할 수 없는 거야. 백비는 항상 여기 있다. 오래전부터 있었고 내일도 있을 게다. 문주님께 여쭤서 정식으로 대처해야겠다.”

밖에서 나누는 대화는 먼 거리임에도 불구하고 뚜렷하게 들렸다.

독사는 나중에 끌려온 사람이 당문삼기라는 걸 알게 되었다.

엽수낭랑은 떠나지 않았다. 뿐만 아니라 당문삼기라는 사람을 시켜 뒤까지 보호하게 했다.

결국은 그들마저 잡히고 말았지만.

불행 중 다행이라면 당숙이라는 사람이 나타나 엽수낭랑을 제압해 데리고 갔다는 거다.

'잘됐어. 돌아오지 마.'

그러나 문득 생각이 당문삼기에게 미쳤다.

이들은 독인(毒人)이다. 당문에서 태어나 자랐으니 독과 암기 속에 파묻혀 지내왔다고 생각해도 무리가 없다. 그런데 이들마저 독에 중독되어 끌려왔다면…….

'작은 문제가 아냐. 당숙이란 사람이 그랬지, 오래전에도 있었다고. 그렇다면 당문은 백비의 존재를 이미 알고 있었다는 건데…… 어떻게 사람이 마음대로 출입하도록 방치한 거지? 아니, 알면서도 어떻게 독에 당할 수 있어?'

독사는 생각을 거듭했다. 무료한 시간을 때우기 위해서는 생각밖에 할 것이 없었다. 그러다 깜빡 잠이 들고 말았다.

덜컹! 덜컹! 삐그덕……!

그는 요란한 마차 소리에 잠에서 깨어났다.

제일 먼저 눈에 들어온 것은 낯선 사내의 얼굴이다. 목조에 머리만 남겨놓고 진흙 속에 파묻힌 사내의 얼굴이 정면에서 보였다.

눈알을 굴려 살펴보니 마차 안이다.

목조 네 개가 다닥다닥 붙어 마차 안에 틀어박혀 있다.

'어디론가 이동하고 있군.'

계명산을 어떻게 나왔는지 알 수 없다. 분명한 것은 계명산에서는 마차를 탈 수 없으니 계명산을 벗어난 곳에 있다는 것이다.

마차는 심하게 흔들리고 있다.

눈을 마주치고 있는 사내의 머리가 심하게 흔들리고 있다. 귀에 들리는 '덜컹' 거리는 소리에 따라 위로 솟구치기도 하고 옆으로 기울기도 한다.

독사 자신도 사내와 같이 흔들리고 있을 게다.

그런데도 느낌이 전혀 없다. 머리만… 아니, 눈과 생각하는 힘만 남아 있는 것 같다. 세상에 이토록 철저히 사람을 무력화시키는 독도 있었던가.

진기를 운용해 보았다.

필요없다. 단전을 느끼지도 못하겠다. 하물며 전신 요혈이 어느 구석에 틀어박혀 있는지 알 게 무언가.

생각을 다른 데로 굴렸다.

암혼사, 불범성공, 십이천공마, 십이천공도, 소수천라변…… 그가 알고 있는 무공 전부를 처음부터 차근차근 생각했다.

암혼사는 말한다.

득의망형(得意忘形), 뜻을 얻으니 형체를 잊는다.

뜻이란 무엇인가. 진기다. 진기를 얻으니 육신을 잊는다.

'아!'

말을 할 수 있었다면 탄식을 토해냈으리라.

영은촌에서 경전을 탐독할 때 무심히 지나쳤던 글귀가 되살아났다.

선경(仙經)이란 책이었는데,

'뇌는 수해(髓海)이다. 이를 상단전(上丹田)이라 한다. 심은 강궁(絳宮)이며 중단전(中丹田)이라 한다. 배꼽 아래 세 치 되는 곳은 하단전(下丹田)이라고 한다. 하단전은 정(精)을 저장하고, 중단전은 신(神)을 저

장하며, 상단전은 기(氣)를 저장한다.'

라고 적혀 있었다.

이른바 단전유삼(丹田有三)이다.

말을 떠올리니 생각났다. 당시 선경을 읽으며 말에 접붙였었다.

말의 머리를 도끼로 내려치니 뇌수가 흘러나온다. 끊임없이. 골수의 바다다. 위에 있으니 상.

심은 강궁이며 중단전이다. 주먹으로 배를 치니 배를 뚫고 안장까지 날려 버렸다. 가운데니 중.

배꼽 아래 세 치는 하단전. 밑에 있으니 당연히 하. 하단전은 정을 저장? 후후! 당연하지. 양물이 밑에 달려 있으니 정이 쏟아지지. 중단전은 신? 그래, 한 주먹에 배를 뚫어버리고 말안장까지 날려 버린 나는 신이다. 상단전은 기? 뇌수가 기라고? 쇠스랑이 흘러나온 뇌수를 부지런히 먹는군. 기를 북돋우려고.

단전유삼을 떠올리자 송(宋)나라 시절 소강절(邵康節)이란 사람이 한 말도 생각났다.

'신(神)은 심(心)에 의해 통제되고 기(氣)는 신(腎)에 의해 통제되며 형체는 머리에 의해 통제된다. 형체와 기가 서로 배합되고 신이 그중에서 기본이 되는 것은 삼재(三才)의 이치이다.'

득의망형의 '의(意)'는 진기가 아니다. 마음이다.

마음을 얻으니 형체를 잊는다.

바로 지금과 같은 상황이지 않은가. 본의 아니게 육신을 잊었지만 지금과 같이 육신을 잊은 상태에서 마음만으로 무공을 전개해야 한다.

결국 무공이란 손발을 사용하되 손발을 잊어야 한다는 것이다.

비로소 득의망형에 대해 깨달았지만 그전에 할 일이 있었다.

자신은 하단전에서 일어나는 진기만을 진기라고 생각해 왔다. 그래서는 완벽한 득의망형을 이루기 어렵다. 기가 축적되는 상단전과 신이 모이는 중단전이 하단전과 균형있게 발전되어 있어야 한다.

삼재의 기본이 되는 것은 중단전이지만, 다른 곳 또한 충실해야 한다.

독사는 암혼사의 구결 속으로 침잠해 들어갔다.

지금까지 익혔다고 생각했던 부분을 다시 참오하고 또 참오할 생각이다.

히히힝……!

말울음 소리가 커다랗게 들리더니 마차가 멈췄다.

어디로 이동해 왔는지는 모르지만 숨이 막힐 정도로 숨소리 하나 들리지 않았다.

덜컹!

마차 문이 열리고 누군가가 목조를 움직이는지 앞 사내의 머리가 심하게 흔들렸다. 목조가 움직이는 모습도 보였다.

곧 이어 독사가 들어 있는 목조도 움직였다.

진한 분 냄새가 코를 진동한다.

하얀 분을 바른 게 아니라 덕지덕지 칠한 여인 두 명이 목조를 꺼내고 있다.

밖으로 나오니 눈 덮인 산이 보인다. 나무도 많다. 아마도 깊은 산중으로 들어온 것이 아닌가 싶다.

'이건… 물 냄새…….'

약간은 비린 물 냄새가 맡아졌다. 강가에서만 맡을 수 있는 강물 특

유의 습기도 감지되었다.

강을 건너온 바람이 물기를 담뿍 담아 얼굴에 뿌려대는 것 같았다.

네 개의 목조를 다 내린 백면의 여인들은 다시 목조를 옮겼다.

역시 강이다.

그들은 배 위로 옮겨졌고, 삿대에 의지한 거룻배는 강물을 거슬러 올라가기 시작했다.

웅장한 산세가 좌우로 펼쳐졌다.

눈 덮인 하얀 산 위에 갈색 나무들이 우뚝우뚝 솟아 있다. 배가 앞으로 나아갈수록 산은 점점 가까워졌다가 뒤로 멀어져 간다. 그 뒤에는 또 다른 산이 기다렸다는 듯이 나타나고…….

독사는 밀려왔다 사라지는 산들을 멍하니 바라보았다.

자연을 감상하는 한가한 처지는 아니다. 그의 마음에 여유가 생긴 것도, 좌절하여 포기한 것도 아니다.

자연은 그에게 기(氣)를 나눠주고 있다.

전에는 몰랐지만 자연을 감상하며 '아름답다' 혹은 '상쾌하다' 고 감정이 느껴지는 것은 자연의 기가 몸을 관통했기 때문이다. 하물며 자연과 교감을 이루려는 무인의 느낌은 남다를 수밖에 없다.

득의망형에 '약간의 성취' 를 이룬 후라 더욱 자연의 기가 피부에 젖어드는지도 모르겠다.

─천외지천(天外之天) 시지(是指) 무극(無極), 천내지천(天內之天) 시지(是指) 태극(太極).

암혼사 구결 참오가 절반을 넘어섰다.

득의망형을 이해하고 난 다음에는 일사천리로 천외지천까지 달려왔
다. 뒷부분은 수월하게 이해되었다.

물론 몸으로 수련한 것과 머리로 깨우친 것은 다르다. 진기만 운용
할 수 있다면 자신이 깨우친 것을 운용해 보고 싶다.

어천신공이라는 불범성공과 비교해 보고 또 하나 깨달은 것이 있다.

어천신공은 십팔식(十八式)으로 이루어진 동공(動功)이다.

방위나이라는 신법과 여의지라는 지법이 있어서 대충 짐작했지만,
어천신공 자체가 하나의 무공 초식으로도 사용할 수 있다.

권법, 검법, 도법… 응용하기에 따라서 다양하게 사용할 수 있는 무
공이다.

암혼사는 일식(一式)으로 이루어진 정공(靜功)이다.

무공 초식으로는 활용할 수 없고, 초식에 힘을 실어주는 내공 본연
의 역할에 충실하다. 반면에 암혼사는 어떤 무공에도 실을 수 있다는
장점이 있다.

두 가지 각기 다른 형태의 신공을 참오하다 보니 모르고 지나쳤던
점까지 세세하게 파악했다.

독사는 흘러가는 산과 물을 보며 천외지천은 무극이요, 천내지천은
태극이라는 암혼사 구결을 참오했다.

백면여인들의 무공은 심후했다.

초식 비교는 염두에 두지 않고 내공 하나만 놓고 볼 때는 확실히 독
사보다 우월했다. 독에 중독되지 않았어도 겨뤄서 이길 수 있을지 의
문이 들 만큼 내공이 강하다.

여인들은 낮에서 밤에 이르기까지 한시도 쉬지 않고 삿대를 젓고 있

다. 강물을 따라 흘러가는 것이 아니라 거슬러 올라가고 있는 데도 지친 기색을 보이지 않는다. 급한 물살을 만나도 연어처럼 아주 손쉽게 타오른다.

배는 자시(子時)를 넘어 축시(丑時)에 이를 무렵에서야 낯선 산기슭에 닿았다.

지류(支流)에서 다시 지류(支流)를 찾아들기 몇 번인지 모른다.

기억력이 뛰어난 독사조차도 물길을 기억할 수 없을 만큼 많은 지류를 탔고, 목적지에 도착할 무렵에는 뱃바닥이 강바닥에 닿을 정도로 낮은 지류로 들어섰다.

달빛이 세상을 비추고 산새들조차 잠든 고요한 밤이다.

강이라기보다는 개천에 불과한 곳, 산기슭을 돌아 돌아 흘러온 곳, 강변이 없고 산과 강이 맞닿아 있는 곳.

강에서 피어난 운무가 축축한 습기를 머금고 산기슭을 휘어감았다.

백면여인들이 목조를 들어 강변에 놓았다.

"꾸욱! 꾸욱! 꾸우욱······!"

백면여인이 알지 못할 소리를 냈다. 그런 다음 독사 일행은 거들떠보지도 않고 배에 올라 멀어져 갔다.

여인들이 사라지고 반 각쯤 흐른 후 숲 속에서 파란 인광(燐光)이 번뜩였다.

처음에는 하나였다. 그러나 곧 두 개, 세 개로 늘어나더니 숲 전체가 파란 인광으로 물들었다.

'이건 또 뭐야······? 늑댄가? 아니면 이리? 후후! 재수도 되게 없는 놈들이군. 오냐, 와서 뜯어먹으려면 먹어봐라. 하지만 네놈들이 먹을

수 있는 건 머리통밖에 없어.'

목조를 가득 메운 진흙은 돌처럼 딱딱하게 굳었다. 마차에서 눈을 떴을 때부터, 몸에 감각이 살아 있다 해도 꼼짝할 수 없을 만큼 딱딱하게 굳었다.

어둠이 일렁거리며 인광이 천천히 움직였다.

독사는 눈을 감아버리려다 말고 오히려 부릅떴다.

눈을 밟는 소리가 동물들의 소리와는 사뭇 다르다. 이것은…… 인간의 발걸음이다.

어둠을 뚫고 사람을 식별할 수 있는 거리가 되자 다가오는 사람들이 뚜렷이 파악되었다.

'맙소사!'

등줄기에 서늘한 바람이 스쳐 갔다.

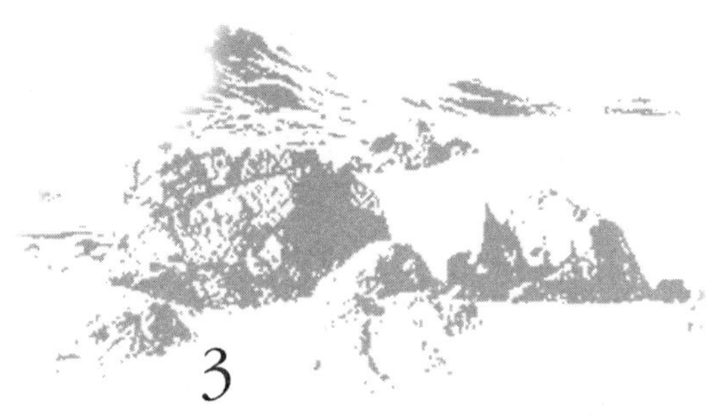

3

모습을 드러낸 사람들은 악귀(惡鬼)였다.

'이, 이게…… 사람이야?'

사람은 분명하다. 하지만 도저히 사람이라고 볼 수 없다. 옷이라고는 한겨울임에도 불구하고 하체만 간신히 가렸는데 정말 눈 뜨고 보기 어렵다.

얼마나 먹지를 못했는지, 살가죽이 뼈에 달라붙었다.

그것도 가까이 다가온 다음에 본 것이지 처음에는 해골이 걸어나오는 줄 알았다.

갈비뼈가 뚜렷하게 드러났고, 얼굴도 모두 한결같이 해골 모습을 하고 있다. 덩치가 크고 작음, 키가 크고 작음은 있지만 누가 누구인지 분간을 할 수 없을 만큼 똑같은 모습들이다.

골인(骨人)…… 죽어서 뼈만 남은 해골에 인피(人皮)만 씌워놓은 골인들이다.

그들에게도 서열이 있는지 한 사람이 손을 들어 올리자 골인들이 우르르 튀어나와 목조를 들어 올렸다.

골인들은 왔던 길을 되돌아갔다.

독사는 골인들이 움직이는 대로 출렁거렸다.

산길을 한참 더듬어 올라가자 골인들이 모여 사는 듯한 마을에 이르렀다.

마을이라고 할 수도 없다. 집이라고 생각되는 것들이 옹기종기 모여 있을 뿐이다. 걸인(乞人)들이 모여 사는 걸인촌도 이곳보다는 나을 듯싶다.

골인들은 목조를 광장 한가운데 모아놓고 각기 자신들의 거처로 걸어 들어갔다.

힘이라고는 전혀 느껴지지 않는 어기적거리는 걸음으로……. 정말 해골이 아닐까 싶은 마음이 좀처럼 떠나질 않았다.

날이 밝을 때까지 거처에서 나오는 사람은 아무도 없었다.

날이 밝자 마을 모습이 뚜렷하게 보였다.

마을은 마을이다. 추위를 피하기 위해서인 듯 땅을 반쯤 파고 나무 기둥을 세운 다음 역시 나무로 만든 지붕을 얹었다. 그래서 세 평 남짓한 집들이란 것들이 돼지 우리보다도 낮다.

벽도 모두 나무로 만들어졌다. 통나무를 잘라 대충 만들어놓은 듯 투박하기 이를 데 없다.

그런 집들은 모두 오십여 채에 이른다.

기껏해야 세 평밖에 되지 않는 집들이니 한 집에 두 명이 살기는 곤란하다. 그렇다면 모두 오십여 명의 골인들이 사는 셈이다.

골인들은 이름 모를 새가 기이한 울음을 터뜨리고 난 다음에야 나무 문짝을 밀치고 모습을 드러냈다.

제일 먼저 광장에서 제일 가까운 나무 집 문짝이 들썩이더니 열 살짜리 어린아이처럼 키가 작은 골인이 모습을 드러냈다.

그는 밖으로 나와 잘 잤다는 듯 기지개를 쭉 켰다.

다른 골인들도 한 명 두 명 기어나왔다.

기어나온다는 표현이 옳다. 생각대로 나무 집은 반지하 집이라 밖으로 나오는 모습이 기어나오는 것처럼 보였다.

'음……!'

독사는 골인들의 처참한 모습에 신음을 터뜨리며 인상을 찡그렸다.

몸이 마비되어 있으니 얼굴 역시 마비되어 있을 터이지만 근육이 움직인다면 틀림없이 찡그린 표정을 그려냈으리라.

처참해도 너무 처참했다.

깜깜한 어둠 속에서 본 모습과 밝음 아래서 본 모습은 또 달랐다. 이들은 죽어서 땅에 묻혀 썩고 썩어 해골만 남은 뼈다귀에 인간 가죽만 덮어씌운 형상이다.

그들 중 네 명이 돌로 만든 도끼를 들고 다가왔다.

'제길! 식인종에게 바친 제물인가?'

그렇게밖에 생각이 들지 않는 것이 골인들의 눈동자는 한결같이 광기로 물들어 있다. 도저히 정상적인 사람의 눈길이라고는 생각할 수 없다.

기괴한 마을에 기괴한 모습을 한 사람들, 더군다나 광기로 번뜩이는 눈동자.

그들을 보고 식인종이라고 생각하지 않는 사람이 있다면 오히려 그 사람이 비정상이다.

돌도끼를 든 자 중 한 명이 독사 앞으로 왔다.

그는 서슴없이 돌도끼를 휘둘렀다.

퍽! 퍽! 퍽……!

목조가 부서져 나갔다.

도끼질은 계속됐다. 진흙이 뭉텅이로 떨어져 나갔다. 돌처럼 딱딱하게 굳은 진흙이지만 골인들의 도끼질에는 조금 딱딱한 흙덩이에 불과했다.

다른 곳에서도 도끼질은 시작됐다.

귀에 들리는 소리로 알 수 있다.

어느 정도 진흙을 떼어낸 골인은 돌도끼를 땅에 놓고 소도를 꺼내 들었다.

'정말 잡아먹을 모양이군. 이거야 원… 진기는 고사하고 감각이라도 살아 있어야 어떻게 해보지…….'

독사는 좀 더 몸이 자유를 얻을 때까지 기다렸다.

몸을 포박하다시피 묶어놓은 진흙만 사라지면 어떻게든 움직여야 한다.

큰 기대는 하지 않는다.

육신은 자신의 것이 아닌 것처럼 무감각하다. 백비에서 중독된 다음부터 똑같은 현상이 이어지고 있다. 한 가지 기대하는 점은 당문삼기는 독인들이니 그들이라면 어떤 방법이 있지 않을까 하는 비참한 기대밖에 할 수 없다.

골인은 소도를 조심스럽게 놀려 진흙을 갉아냈다.

나무 집에서 기어나온 골인들이 우르르 몰려들어 구경했다. 어떤 자는 광기에 찬 눈빛을 토해냈고, 어떤 자는 아무 표정도 띠지 않은 무표정으로 일관했다.

일각 정도 시간이 흐르자 소도를 놀리던 독인이 뒤로 물러섰다.

이번에는 제일 처음 봤던 키 작은 골인 차례인 듯하다.

그가 앞으로 나와 독사 앞에 섰다.

독사는 앉아 있고 그는 서 있지만 키 차이는 그리 크게 나지 않았다. 그래도 서 있는 것은 서 있는 것이라서 그가 아래로 굽어보는 형국이다.

그가 자신의 아랫도리로 손을 쑥 집어넣었다.

독사가 보는 앞에서 양물을 만지는 듯 꿈지럭거리기도 했다.

그런 것은 아니다. 그는 곧 손을 끄집어냈고, 그의 손에는 예의 백비에서 보았던 검은 환단이 들려 있었다.

'또…… 저것!'

육신이 마비되어 있지만 검은 환단의 고통은 한 번으로 족하다. 아니다. 이번에는 아무 감각도 없으니 위장의 고통도 느껴지지 않을지 모른다.

'될 대로 되겠지.'

키 작은 골인이 검은 환단을 독사의 입에 밀어 넣었다.

'크윽!'

한 가닥 바람은 무위로 끝났다.

고통이 시작되었다. 오장육부가 뒤틀리는가 하면 철퇴로 뒷머리를 두들겨 맞는 것처럼 머리가 아팠다.

백비에서 받은 고통은 지금에 비하면 아무것도 아니었다. 조족지혈(鳥足之血)…… 그렇다. 지금에 비하면 조족지혈이다.

크기도 같고 색깔도 같지만 백면여인이 먹인 환단과 지금의 환단은 같지 않다. 입에서 녹는 느낌부터가 달랐다. 백면여인의 환단은 구역질이 치밀었는데, 지금 먹은 환단은 혓바닥에 불이 붙은 듯 뜨겁고 아리다.

독사는 치를 부르르 떨다가 뒤로 넘어갔다.

하늘을 쳐다보는 눈길이 공허해지고 입이 벌어졌다. 벌어진 입에서는 침과 게거품이 줄줄 흘러나왔다.

독사는 죽어갔다. 죽은 사람처럼 꼼짝도 하지 않았다. 그러다가 간혹 정신이 드는 듯 몸을 부르르 떨며 경련을 일으켰다.

그로부터 두 시진이 흐른 후 독사는 회색 빛 하늘을 보았다.

하늘은 금방이라도 눈발을 휘날릴 듯 흐렸다.

죽었나 살았나 하는 생각은 하지 않았다. 자신은 살아 있었다. 개미 수천 마리가 한꺼번에 달라붙어 살점을 뜯어먹는 듯한 고통이 생생히 되살아나 기진맥진해 있을 뿐이다.

'용서하지 않는다, 백비! 골인! 너희 모두 용서하지 않는다!'

속으로 이를 갈았다.

무천문은 그래도 인간이다. 시함온은 요빙과 독사가 마지막 회포를 나눌 시간마저 주었다. 이들은…… 인간인가, 요물인가.

'몸을 일으켜야 하는데……'

손가락을 꿈지럭거려 봤다.

'어!'

손가락이 움직였다. 이번에는 조금 더 움직여 봤다.

'움직인닷! 움직엿!'

독사는 흥분을 이기지 못하고 몸을 벌떡 일으키고픈 충동에 사로잡혔다. 하지만 그러지 않았다. 그래서는 안 된다. 자신의 몸이 어느 상태인지부터 파악해야 한다.

기진맥진해 있는 모습 그대로 암암리에 진기를 일으켜 봤다.

'아……!'

이번에는 실망이다. 진기 운용을 포기하고, 암혼사 초기에 진기 운용인 줄 알았던 내관법을 실시했지만 그마저도 관찰되지 않았다.

요혈이 파악되지 않고 있다는 증거다. 혈도가 어디에 있는지 알고 있지만 혈액의 흐름을 느끼지 못하니 진기 자체를 읽을 수 없다. 범인(凡人)이 아무리 눈을 감고 속을 들여다봐도 아무 느낌이 없는 것과 같은 이치다.

무공을 모르는 범인이라면 이해할 수 있다. 육신이 마비된 상태라면 이해가 된다. 하지만 육신은 움직이는데 혈도가 읽히지 않는 현상을 어떻게 이해한단 말인가. 진기를 전혀 몰랐던 사람이라면 몰라도 실체처럼 뚜렷하게 진기를 잡아냈던 사람이 흐름조차 읽지 못하는 현상을…….

'이렇게 되면 할 수 없지. 내공이 없어도 초식은 펼칠 수 있으니, 몸으로라도 뚫고 나가는 수밖에.'

고개를 돌려봤다. 돌아간다. 팔꿈치와 무릎은 시험해 보지 않았지만 아마도 정상으로 돌아왔을 것 같다. 실제로 땅에 닿아 있는 촉감이 느껴진다.

주위는 밖에 나와 어슬렁거리는 골인이 몇 명 있을 뿐 모두들 나무 집 안에 틀어박혀 있는 것 같다.

몸을 일으켜 앉았다.

감각이 돌아오고 있다. 지극히 정상이다. 주먹에 힘을 주어보니 힘이 들어간다.

'이 정도만이라도 됐어. 무인이라면 몰라도 한 주먹감밖에 되지 않는 골인들 정도는…….'

그때 그의 등 뒤에서 조그만 음성이 들려왔다.

"섣부른 행동은 집어쳐."

등을 돌려 말한 사람을 쳐다봤다.

당문삼기가 멍한 표정으로 앉아 있다. 한 명은 고개를 푹 숙이고 땅만 쳐다보고 있으며 또 한 명은 팔을 휘둘러 보고 있다. 모두들 벌거벗은 모습이다.

그에게 말한 사람은 콧수염을 가지런하게 기른 사내였다.

"당문삼기…….."

신음처럼 말을 흘렸다.

"우릴 아는군."

"백비에서 엽수낭랑 소저가 당숙이라는 사람과 나누는 말을 듣고 짐작했소."

"아! 머리가 둔하지는 않군."

그는 무표정하게 말했다. 처음부터 무표정을 조금도 흐트러뜨리지 않고 있다.

그가 다시 말했다.

"우리도 네가 독사라는 것을 알아. 영아가 관심을 갖고 있어서."

"잘 아는 사람들은 영아라고 불러요."

역시 당문삼기는 엽수낭랑과 일가족, 아니면 친척이 된다.

"주먹을 불끈 쥐는 걸 보니 한바탕 할 모양인데…… 적수를 잘못 찾았어."

"뭐요?"

"이곳에 있는 사람들은 모두 백비를 찾아갔던 사람들 같아. 말을 나

뉘보면 알겠지. 그만 기운 내고 일어나. 그래도 우린 백비 중심에 들어섰잖아. 그걸로 위안을 삼자고.”

뒤에 말은 독사에게 한 말이 아니라 다른 당문삼기에게 한 말이다.

당문삼기가 몸을 털고 일어섰다.

‘진기가 왜……?

독사는 묻고 싶은 것을 꾹 눌러 참았다. 어깨를 축 늘어뜨리고 앞서 가는 당문삼기의 모습에서 그들 역시 진기를 잃어버렸다는 것을 알게 되었으니까.

“이리 와!”

독사와 당문삼기가 걷기 시작하자 가장 가까운 나무 집에서 키 작은 골인이 불렀다.

독사와 당문삼기는 키 작은 골인에게 갔다.

안으로는 들어가지 못했다. 그가 들어오라는 소리를 하지 않아서이지만, 들어오라고 말했어도 들어갈 공간이 없었다.

그러잖아도 작은 사람이 반지하에 앉아 있으니 꼭 웅덩이에 빠진 사람과 대화하는 느낌이다.

“잘 들어. 한 번밖에 말 안 해.”

“…….”

“이곳에서는 내가 촌장(村長)이야. 내 말은 곧 법. 내 말을 듣지 않으면 죽어.”

골인의 눈에서 섬광(閃光)이 터져 나왔다. 힘없이 어기적거리며 걷는 모습에서는 볼 수 없었던 날카로운 안광이다.

‘백비를 찾은 사람들이라더니……!’

독사의 눈빛이 밝아졌다.

진기를 잃은 상태에서 별로 악의가 있어 보이지 않는 무인을 만났으니 반가울 수밖에 없다.

"무인이겠지? 그랬으니 백비를 찾아갔겠지. 무공이 어떻든, 밖에서 뭐라고 불렸든 모두 다 잊어. 여기선 모두 똑같아. 시키는 대로 하고, 시키지 않는 일은 묻지도 말고 하지도 마."

독사가 말했다.

"도대체 어떻게 된 영문인지나 알아야 되지 않겠습니까."

존대를 한 것은 키 작은 골인이 가까이서 보니 의외로 나이가 많아서였다. 골인이 아니라 정상인이었다면 최소한 환갑은 지났을 나이처럼 보였다.

"시키지 않는 일은 묻지도 말고 하지도 말라고 했다. 오래 살고 싶으면 꼭 명심해."

독사는 골인의 말에서 섬뜩한 살기를 읽었다.

파락호의 경험에 비추어보면 골인은 마음이 얼어버렸다. 이런 식으로 마음이 얼어버린 사람은 사람도 쉽게 죽인다. 어쩔 수 없이 사람을 죽이는 사람은 오히려 피가 뜨겁다. 피가 차가운 사람은 습관적으로, 재미 삼아 사람을 죽인다.

골인은 후자다.

독사는 입을 다물었다.

'아직은 참아야 돼. 무공을 찾을 때까지는…….'

골인은 그만 가보라는 듯 손을 휘휘 내저었다. 두 눈에는 여전히 살심(殺心)을 담은 채.

독사와 당문삼기에게 나무 집이 배정되었다.

안에 들어서니 발을 쭉 뻗으면 꽉 들어찰 만큼 협소하다. 공간이 없을 줄은 알았지만 상상 이상으로 비좁다.

독사는 가부좌를 틀고 앉아 운기조식부터 했다.

'진기가 모이지 않아. 도대체 어떻게 된 일인지…….'

좌절하고 싶었다. 콱 주저앉고 싶었다.

전에도 이런 적이 있다. 아니, 많다. 무천문을 적으로 돌렸을 때도 그랬고, 요빙이 죽었을 때도 그랬다. 현문에서 현문 문도와 싸운 다음 힘없이 물러났을 때도 주저앉고만 싶었다.

'요빙…… 정말 이럴 거니. 도와줘. 제발…….'

독사는 흩어져 버린 진기를 찾아 운기조식에 몰두했다.

그날 밤, 독사는 당문삼기 중 자신에게 말을 걸었던 당한의 거처로 숨어들었다. 나무로 만들어진 문을 소리나지 않게 여는 데는 상당한 노력이 필요했다.

"뭐야!"

당한이 숨죽여 소곤거리는 음성으로 질책했다.

"도와주십시오."

독사도 소곤거렸다.

"뭘?"

"진기가 모이지 않습니다. 당문에서 오셨으니 어떻게 된 연유인지 아실 것 같아서 찾아왔습니다. 도와주십시오."

"……."

당한은 독사의 얼굴을 물끄러미 바라보다가 말했다.

"무공을 익힌 지 이 년인가?"

"네."

"기가 막히군. 이 년 동안 내공의 기초도 모르면서 무공을 익혔고, 성취까지 보았어. 넌 괴물이야. 영아가 네놈을 왜 좋아하게 되었는지 조금은 이해하겠어."

"……?"

말뜻을 이해할 수 없다. 암혼사 구결을 참오하였고 약간의 성취를 이뤘다. 암혼사는 절반 이상 익히고 있다. 그런데 기초도 모른다니?

"백비에서 당한 독은 몽환소라고 하지."

'아! 그 검은 환단. 그게 몽환소…….'

"몽환소는 신체를 무력화시킬 뿐 죽이지는 않아. 독에 중독되는 순간 전신이 마비되는 느낌이었지?"

'그럼 백면여인이 나타나기 전에……? 그랬군. 검은 환단이 몽환소가 아니라 그전에……. 독이란 과연…….'

"어떻게 무력화시키는지 짐작해 봤나?"

"아뇨."

당한이 약간의 비웃음을 흘렸다. 그러나 말은 계속 이었다.

"진기를 흩어버리는 거지, 경맥 속으로."

"그러리라 짐작했습니다. 진기가 전혀 모이지 않아서……!"

"그것뿐이 아니야. 강제로 흩어진 진기는 경맥을 손상시키고 신경을 마비시키지. 그래서 육신이 마비된 거야."

"그렇군요."

"거기에다 소청환(掃淸丸)까지 복용했어. 오장육부에 깃든 오물을 한꺼번에 쏟아내는 것은 좋았는데, 그 과정에서 텅 빈 단전에 사기(邪

氣)가 깃들었지. 오물의 더러운 기운이 흘러나오며 흘린 기야.”

“…….”

독사는 묵묵히 들었다.

당한은 그와 같은 입장이다. 또 그가 모르는 부분을 알고 있다. 독에 대해서라면…… 왜 자신에게 이런 일이 벌어지고 있는지도 알 수 있을지 모른다.

“여기서 복용한 것은 도가비전인 사활근맥단(死活筋脈丹)이야. 진기가 흩어지며 손상시킨 경맥을 치유해 주는 효과가 있지. 약성이 아주 강해서 고통이 엄청나지만. 몽환소와 더불어 도가(道家) 이단(二丹)으로 불리는 명약(名藥)이야.”

“몽환소가 명약이라는 겁니까?”

“쓰기에 따라서.”

“…….”

“하지만 사활근맥단에도 한계가 있어. 근맥(筋脈)은 이어주지만 사기는 어쩌지 못해. 그건 본인 스스로 알아서 몰아내야 해. 이런 이치는 내공에 기본을 지닌 자라면 모두가 알고 있어. 왜 기본도 모른다고 했는지 이해됐나?”

“음……!”

“이제 가봐. 여기 있는 사람들 대부분이 사기를 몰아냈어. 너도 죽지 않으려면 빨리 사기부터 몰아내. 사기를 방치해 두면 몸이 썩을 거야. 지금 할 일은 이렇게 도둑괭이처럼 남의 거처를 기웃거리는 것이 아니라 사기를 몰아내는 일이야.”

당한은 그 말을 끝으로 눈을 감고 운기조식에 들어갔다.

第十六章

골인(骨人)들

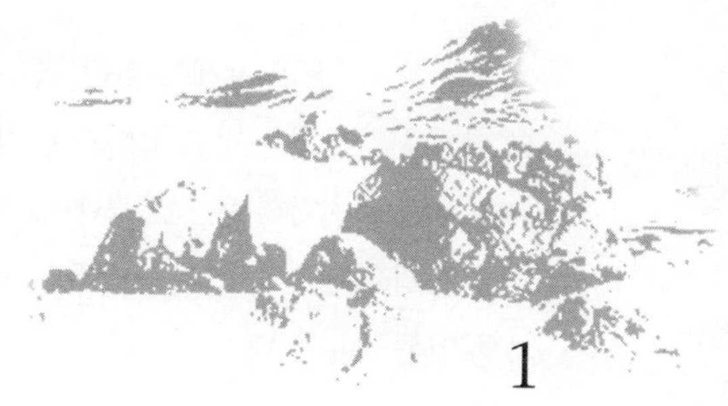

1

골인(骨人)들

피로……!

오랜만에 느껴본다. 피곤하다는 느낌은 항상 육신을 짓눌러 왔지만 몸이 축 늘어질 정도로 피곤해 보기는 처음이다.

운기조식은 아무런 성과가 없었다.

손으로 아랫배를 만져 보면 살갗의 감촉이 생생하게 전달되는데 눈을 감고 단전을 찾아보면 텅 빈 허공을 휘휘 걸어가는 느낌이다.

처음 진기란 것을 알았을 때, 지금 생각하면 주화입마에 걸릴 수 있는 상당히 위험한 방법이었지만 강제로 힘을 주어 진기를 이끈 적이 있다. 그러면 왠지 진기가 더욱 강한 힘으로 전신을 휘도는 느낌이 들어 좋았다.

위험천만한 방법이다.

진기는 생성된 상태 그대로 자력에 이끌려 움직이듯이 방향만 이끌어주는 운기법을 사용해야 한다. 인위적으로 힘을 가할 경우, 그렇다고 진기가 강해지는 것도 아니고 단지 강해졌다고 스스로 생각할 뿐이지만 무리한 진기 운용으로 경맥이 다칠 수가 있다.

그런 경우는 오히려 진기 운용을 하지 않았을 때보다 더욱 못한 결과를 얻을 수도 있다.

독사는 알면서도 답답한 마음에 옛날 방식대로 힘을 주어 강제로 이끌어 보기도 했다.

피로가 몰려왔다.

전신이 물에 적신 솜처럼 축 늘어졌다.

'모두 같은 입장이야. 당문삼기도 마찬가지고. 여기 있던 사람들이 모두 백비를 찾아간 사람들이라면 그들도 나 같은 과정을 겪었어. 나 혼자만 겪는 일이 아니지.'

백비가 왜 이런 짓을 하는지 따져 볼 엄두도 나지 않았다.

지금은 무공을 회복하는 게 급선무다.

독사는 모태에 있는 아기처럼 몸을 잔뜩 웅크린 채 잠이 들었다.

끼르르륵……!

그는 낯선 울림에 눈을 떴다.

처음 마을에 들어섰을 때 목조 안에서 들은 새의 울음소리다.

눈이 떠지자 몸을 일으켜 가부좌를 틀고 앉았다.

하루 일과를 운기조식으로 시작해 마무리지을 생각이다.

하지만 그의 생각은 혼자만의 바람이었다.

"나와. 밥 처먹으려면 일을 해야지."

독사에게 돌도끼 한 자루가 쥐어졌다.

골인 한 명이 다가와 그에게 말했다.

"네가 어떤 놈이었든 간에 여기서는 상관없어. 이름 날리던 놈이었든 무명배였든. 네가 기억해야 할 것은 네 상관이 나라는 점이야. 지금부터는 내 말이 법이야. 내가 죽이고 싶으면 죽이고, 살리고 싶으면 살린다. 죽고 싶지 않으면 눈치 잘 봐."

"……."

"아직 눈빛이 살아 있군. 좋아. 사람 하나는 잘 고른 것 같군."

피골이 상접한 골인의 눈가에 광기가 일렁거렸다. 그가 뼈에 달라붙은 가죽을 일그러뜨렸다. 웃음이다. 잔인한 웃음을 웃는다는 게 보기 흉한 웃음이 되고 말았다.

그가 앞장서자 돌도끼를 든 골인 다섯 명이 그의 뒤를 쫓았다.

다른 골인 한 명이 다가와 슬쩍 말을 건넸다.

"자진한다던가 하는 엉뚱한 짓거리 하지 말고 몸이나 잘 간수해. 우린 내기를 했거든. 기한은 닷새야. 닷새 동안만 버텨봐. 죽고 싶더라도 닷새 후에나 죽어."

'죽어? 내가 왜? 겨우 이 정도로? 난 산다. 반드시 산다!'

독사의 눈빛은 더욱 활활 타올랐다.

자신 역시 시간이 흐르면 골인들과 같은 형상을 하게 될지 모르겠다. 하지만 스스로 목숨을 끊을 생각은 없다.

골인들이 자신을 두고 내기를 했다는 데는 아무 느낌도 들지 않았다. 무슨 내기인지 알고 싶지도 않았다.

갈 곳이 있다. 오 년을 기한으로 반드시 돌아간다고 약속했다. 오 년을 넘기더라도 반드시 돌아가야 할 곳이 있다. 그에게는 기다리는 여인이 있다.

요빙……!

낮 시간은 순조롭게 흘러갔다.

그가 하는 일은 겨우 도끼질에 불과했다. 나무를 벌목하고, 자신이 왔음 직한 강에 띄우는 것이 고작이다.

반 시진을 일하고 일 다경가량 쉬었다.

골인들은 묵묵히 일했다.

일하는 동안에는 서로 말을 나누지도 않았다. 세상사 모두 가치없고 무의미하다고 생각하는 듯하다.

하지만 독사에게는 말을 건넸다.

그들에게는 독사에게 걸린 내기만이 유일한 낙인 듯싶었다.

"재수없다고 생각해."

골인이 어깨를 툭 치고 지나갔다.

"뭐 하던 놈이었는지 궁금하네. 네 놈 중 네놈 눈빛이 제일 반짝거렸거든. 그건 내공이 아주 강하거나 살아온 흔적이 순탄치 못하다는 증거지. 결국은 재수 옴 붙었지만."

다른 골인이 입가를 일그러뜨리며 말했다.

"내기 대상이 된 것은 재수 옴 붙은 거야. 다른 놈들이야 이래도 그만 저래도 그만 우리처럼 살게 되겠지만, 네놈은 내기에서 지면 우리에게 맞아죽고 이기면 다른 놈들에게 맞아죽어. 이래저래 죽을 팔자지. 그게 나을지도 모르겠다."

독사는 기회다 싶어서 물었다.

"여긴 어딥니까?"

순간 호의는 간데없고 골인의 눈가에 독기가 일렁이더니 느닷없이
돌도끼를 휘둘렀다.

쒜에엑!

돌도끼는 독사의 옆머리를 가볍게 훑으며 흘렀다.

돌도끼가 스쳐 간 자리에서 주르륵 피가 흘러내렸다. 심한 상처는
아니지만 가볍지도 않은 상처다.

독사가 '피해야겠다' 는 마음도 들기 전에 일어난 일이었다.

'무공……! 무공이야! 이 사람들은 내공을 잃지 않았어!'

"잊은 모양인데, 앞으로는 잊지 마. 여기에 대해서는 알려고도 하지
말고 묻지도 마."

그것뿐이다.

그런 이야기를 할 때만, 그런 행동을 할 때만 그나마 입가라도 일그
러뜨렸다. 그 외에는 묵묵히 도끼질만 했다.

퍽! 퍽! 퍽……!

단조로운 도끼질 소리가 적막한 산야를 일깨웠다.

'진기가… 진기가 깃들어 있었어. 방금 전 돌도끼는 진기를 실어서
전개한 부법(斧法)이야. 이 사람들…… 당한의 말이 맞았어. 사기만 몰
아내면 무공을 되찾을 수 있어. 아아!'

희망이 가슴 깊은 곳에서 솟구쳤다.

마을 사람들이 왜 뼈에 가죽만 붙은 기괴한 몰골을 하고 있는지는
금방 알게 되었다.

하루 종일 벌목을 하고 돌아온 독사는 운기조식을 하고자 가부좌를
틀었다. 그런데 느낌이 이상했다. 뼈의 감촉이 전달된다. 가부좌를 틀

고 앉자 허벅지에서 복숭아뼈의 딱딱한 느낌이 감지된다.

고개를 숙여 다리를 쳐다봤다.

"아!"

부지불식간에 신음이 새어 나왔다.

골인들처럼 뼈에 살가죽만 붙어 있는 것은 아니지만 단단하던 근육이 물렁해지고 근육도 줄어들었다.

살이 사라지고 있다.

'이, 이게 도대체……!'

도저히 믿을 수 없는 현실, 자신의 눈으로 직접 보고 있건만 믿기 싫은 현실.

독사는 부리나케 나무 문을 밀치고 밖으로 나섰다.

당한의 모습은 어제와 또 달랐다.

그래도 어제는 그나마 생기도 있었고 눈빛에 광채가 어리기도 했는데 오늘은 퀭하니 한쪽 구석에 쭈그리고 앉아 있다.

"자문을 구하려고……."

말이 나오지 않았다. 당한의 축 늘어져 있는 모습은 살이 사라지고 있다는 현실보다도 더한 충격으로 다가왔다. 그것은 그 역시 같은 증세가 일어나고 있으며, 그의 능력으로는 아무런 방도도 취할 수 없다는 것을 의미하고 있지 않은가.

"이게 도대체 어떻게 된 일인지……?"

당한이 피식 웃었다. 그러나 내면은 격동이 심한지 보기 좋은 콧수염이 파르르 떨려 나왔다.

"어느 날, 어떤 미친놈이 엉뚱한 생각을 했지. 인간의 뼈와 살을 완전히 다른 놈의 것으로 만들 수 있지 않을까 하는. 강한 놈 것으로. 뼈도 굵고 살도 단단하고."

"탈태환골(脫胎換骨)."

"그래, 탈태환골이야. 탈태환골로 가는 길이 있지만 너무 힘들고 어렵지. 무림사에서 몇 사람이나 탈태환골을 경험했는지……."

"음……!"

신음이 새어 나왔다. 왠지 모르게 답답했다. 무엇인가 가슴을 꼭 눌러대는 것 같았다.

"그 미친놈은 손쉽게 탈태환골로 가는 길을 선택했어. 약 한 알 먹어서 될 수 있는 길이 있다고 믿었지. 후후후! 그래서 탄생한 것이 몽환소야."

"……."

가슴을 답답하게 하던 실체가 드러났다. 백비에 가는 것이 아니었다. 그때부터 자신의 삶이 엉뚱한 방향으로 꼬이기 시작했다. 이건… 그가 원하는 삶이 아니다.

"몽환소에는 근육을 이완시키고 정기(精氣)를 고갈시키는 효능이 있어. 썩은 살에 새 살이 돋는 것이 아니라 썩은 살을 완전히 도려내고 새 살을 붙이는 거지. 사람을 고사(枯死)시키는 거야."

"그럼 골인들이 바로……?"

"우리도 조만간 그렇게 될 거야. 완벽한 골인이 되기까지는 일 년이 걸릴지 이 년이 걸릴지는 모르지만."

"진기만 찾는다면… 내공만 찾는다면……."

당한이 말도 하기 싫다는 듯 고개를 무릎 속에 파묻었다. 골인이 된다는 것은 그에게도 충격인 모양이다.

"얼굴이 몹시 초췌한 걸 보니 힘들었던 모양인데, 그럴 필요 없어. 우리도 사람이야. 인간 세상에 나가기 힘든 몸이지만 그렇다고 달라진 건 없어."

골인이 벌목장으로 걸어가며 말했다.

아무 소리도 들리지 않았다.

아침에 눈을 떠보니 근육 형태가 어제 저녁과는 또 달랐다.

급속하게 고사되고 있다. 주먹에 힘을 줘보니 힘은 전과 달라진 것 같지 않은데 살만 사라지고 있다.

독사는 벌목장으로 가는 길을 주의 깊게 살폈다.

구르르릉……!

천지가 뒤집히는 소리가 울린다. 거대한 폭포에서 물이 떨어지며 흘려내는 소리다. 폭포는 한겨울임에도 불구하고 결빙되지 않았다. 물의 양이 많다는 소리다.

그 외에는 어느 산이나 똑같다.

특별히 급한 것도 아니고 희귀한 나무가 있는 것도 아니다. 단지 사람 발길이 오랫동안 닿지 않은 듯 한아름이나 되는 굵은 나무들이 빼곡하게 들어차 있다.

'빠져나가야 돼. 여기서 골인들과 같이 지낼 수는 없어. 말라비틀어질 때까지 여기 있을 수는…….'

독사의 눈빛은 더욱 세차게 타올랐다.

그러나 그의 생각은 하루도 지나지 않아서 무너져 버렸다.

그날 저녁, 골인들이 생기 잃은 눈빛으로 키 작은 골인의 나무 집 앞으로 모여들었다.

그들은 질서정연하게 줄을 섰고, 키 작은 골인은 검은 환단을 한 알씩 나눠 주었다.

사활근맥단이다.

사활근맥단을 복용한 골인들은 독사가 그랬던 것처럼 극심하게 떨었다. 어떤 이는 땅바닥을 뒹굴며 몸부림치기도 했다.

처참한 광경이 여기저기서 속출했다.

일정 시간이 흐른 후 그들은 몸을 툭툭 털고 일어섰고 줄을 설 때와 마찬가지로 힘없이 자신들의 거처로 돌아갔다.

그들이 사활근맥단을 왜 복용하는지도 알았다.

자신의 차례를 기다리며 줄 서 있던 자들 중 일부 골인이 픽픽 쓰러졌다. 마치 백비에서 자신이 중독되던 때처럼.

사활근맥단을 복용하지 않으면 전신이 마비된다. 근육이 힘을 잃게 된다. 사활근맥단은 그나마 골인의 형태로라도 움직일 수 있는 힘을 준다.

당한에게 물었다.

"당문은 독약의 명가인데, 사활근맥단을 만들 순 없습니까?"

"……."

당한은 대답조차 하지 않았다. 줄을 서서 사활근맥단이 지급되기를 기다리면서.

도주를 한다면 얼마든지 할 수 있다. 마을을 벗어나도 잡는 사람이 없다. 일을 하지 않아도 뭐라고 하는 사람이 없다.

하지만 마을의 규율을 어긴 대가는 혹독하다.

몰매를 준다거나 징계를 가할 필요도 없다. 사흘에 한 번 지급되는 사활근맥단만 지급하지 않으면 된다.

고통은 없다.

육신이 마비되어 고통조차도 느끼지 못한다. 그저 그렇게 멀거니 누워 하늘만 바라보다가 굶어 죽는다.

독사는 사흘을 보내는 동안 서로 간에 말하는 모습을 보지 못했다.

골인들은 서로에게 무관심하다.

같이 모여 살기는 하지만 자신이 형성한 영역 안에서 나올 생각을 하지 않는다.

'일 년이 걸릴지 이 년이 걸릴지…… 하지만 끝내는 저들처럼 골인이 될 수밖에 없어.'

그럴 수는 없다. 그러기에는 요빙이 너무 불쌍하다. 겨우 이런 모습으로 사는 것을 보려고 육신을 불태웠겠는가.

나무 집을 나와 숲으로 들어갔다.

깊이 들어갈 필요도 없다. 가까운 곳, 그저 분풀이할 만한 나무가 있으면 된다.

퍽!

일권(一拳)을 내질렀다.

주먹이 으스러지는 듯 아프다. 힘껏 내지른 만큼 반탄력도 강해서 주먹뼈가 욱신거린다.

퍽! 퍽퍽퍽……! 빠악!

오른손, 왼손 번갈아 주먹을 뻗어냈다. 살이 찢어지며 피가 흘렀다. 그래도 쉬지 않았다. 그러다 치솟는 울분을 이기지 못하고 머리로 들이받았다.

하늘에서 번쩍 하며 뇌성이 울렸다.

깜깜한 세상과는 전혀 다른 어둠이 순식간에 몰려오더니 곧 이어 샛
노랗게 변했다.

이마가 깨져 피가 흘러내렸다.

스르륵…… 미끄러지듯 흘러내리는 피의 감촉이 느껴진다.

독사는 나무에 등을 기대고 하늘을 올려다봤다.

별들은 영은촌에서 봤던 별과 다름없다. 달빛도 여전하다. 달라진
것이 있다면 자신의 몸뚱이와 처지뿐이다.

'설향… 불곰… 왜? 왜!'

느닷없이 자신 앞에 나타나 죽은 설향이 원망스러웠다. 흔적조차 남
기지 않고 사라진 불곰도 원망스러웠고, 구덩이에 파묻혀 죽은 무석 스
님도 원망스럽다.

그들은 왜 자신을 백비로 가게 만들었는가.

'이대로 무너질 수는 없어. 나는 독사얏!'

기운을 차린 독사는 다시 권각을 내질렀다.

"아직 발광하는 걸 보니 닷새는 버티겠군. 넌 오늘부터 나하고 잔다.
네놈이 버티는 걸 싫어하는 놈들이 꽤 많거든."

벌목 수장(首長)쯤 되는 골인이 말했다.

"……."

독사는 대답하지 않았다. 그럴 생각도 없다. 지금 심정 같아서는 누
가 건드리기라도 하면 성질이 폭발해 버릴 것 같다.

벌목한 나무가 강을 따라 어디로 흘러가는지, 누가 거둬들이는지,
자신이 왜 나무나 베어내고 있어야 하는지…… 하찮은 회의가 밀려오
기도 했지만 애써 외면해 버렸다.

퍽퍽퍽……!

나무에 분풀이라도 하듯 연신 도끼질을 해댔다.

이마에서 굵은 땀이 흘러내리는 것은 정상적일 때와 똑같다. 숨이 턱에까지 차 오르는 것도 똑같다. 하지만 무공을 익힌 다음과 비교하면 체력이 터무니없이 약해졌다.

그날 점심이 지났을 무렵, 독사는 눈을 번쩍 떴다.

벌목을 하는 그들 앞으로 자신들처럼 알몸에 치부만 천 조각으로 가린 골인 한 무리가 지나갔다.

'여인!'

눈이 번쩍 뜨였다.

뼈만 앙상해서 여자인지 사내인지 분간하기 힘들지만 여자들이 분명하다.

머리카락으로는 성별을 구분하지 못한다. 골인들은 거의 대부분 민대머리다. 몽환소의 독 성분이 몸에 있는 털까지도 모두 뽑아버린다. 외관상으로도 파악하기 힘들다. 뼈만 앙상하게 남은 해골은 여자와 사내의 구분을 지워 버린다.

그래도 그들이 여인임을 증명할 수 있는 부분이 있으니 가슴이다.

백비에 들어서기 전에는 풍만했을 가슴이지만, 지금은 살가죽의 일부분처럼 축 늘어져 있다.

여인들은 결코 욕정을 자극하지 않는다.

뼈만 앙상한 사람들이 터벅터벅 걸어가는 모습은 귀기스럽기까지 한데 욕정이 치밀 리가 없다.

그것보다…… 그렇다. 욕정이 치밀지 않는다. 몸 자체에서 양물이 기능을 잃어버렸다. 마치 내시라도 된 듯이 축 늘어진 양물이 일어설

기미를 보이지 않는다.

정(精)이 고갈되었다.

이것 역시 몽환소의 독성 때문이다.

이상한 것은 정기신(精氣神)이 소멸된 사람이 멀쩡하게 움직인다는 것이다.

몽환소는 정말 이해하기 힘든 독단(毒丹)이다.

'엽수낭랑…… 오지 않기를 잘했어, 오지 않기를. 왜? 왜 백비가 움직이지 않았지? 하루 상간에…….'

백비는 무공이 약한 사람만 잡아들이는가?

그렇지는 않은 것 같다. 당문삼기도 잡혀왔으니 무공의 고하를 가리는 것 같지는 않다. 더군다나 당문삼기는 엽수낭랑보다 무공이 뛰어나 보인다.

처음에는 여인이기에 백비가 움직이지 않은 줄 알았다.

그런데 그게 아니다. 여인이 있다. 여인도 잡혀왔으며 몽환소에 중독되었다.

'무슨 목적으로…… 겨우 벌목이나 시킬 생각인가? 무인들을 잡아서? 그건 아닌 것 같은데…… 그럼 무슨 목적이 있겠지. 목적은 조만간 드러날 테고.'

점차 회색 빛으로 침잠하던 독사의 눈빛이 다시 활활 타오르기 시작했다.

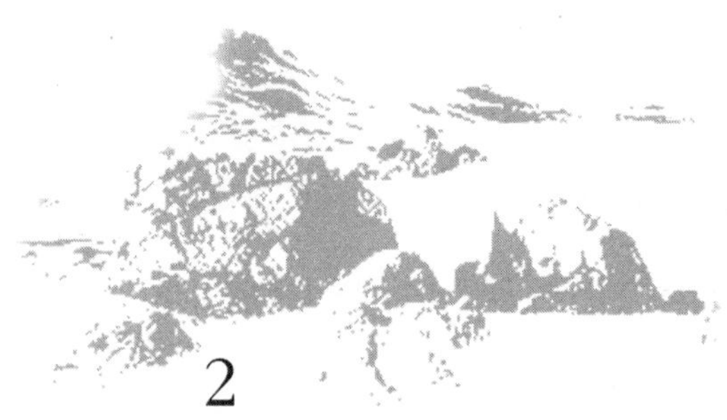

2

골인(骨人)들

쉬익!

바람 소리와는 전혀 다른 소리를 듣는 순간 경각심이 일었다.

'피해야 해!'

생각은 빨랐지만 행동은 굼떴다. 그의 몸은 예전 같은 순발력을 발휘하지 못했고, 기다시피 움집 한 귀퉁이로 몸을 굴렸다.

파앗!

죽창이 나무 판자를 뚫고 들어와 허벅지를 찔렀다.

"아악!"

독사는 비명을 참지 않았다. 죽창이 허벅지를 찌르는 순간, 오히려 엄살꾼처럼 처참한 비명을 내질렀다.

상대는 아무리 내공을 잃었지만 손의 맛만은 잊지 않고 있을 터이다. 땅을 치는 느낌과 살을 파헤치는 느낌은 확연히 다르다.

쒸익! 쒜에엑……!

화살이라도 쏟아지듯 죽창이 내리꽂혔다.

사방 세 평에 불과한 나무 집은 순식간에 고슴도치처럼 흉한 몰골이 되어버렸다.

'크윽!'

죽창 한 개가 허벅지를 찌르고 지나갔다.

전처럼 단단하지 않은 근육이라 쉽게 찢어지고 많이 찢어졌다.

이번에는 아픔을 숨죽여 참았다. 말 못할 고통이 치밀었지만 이를 악물었다.

쒜에엑! 쒜엑……!

죽창이 다시 난무했다.

누군지는 모르지만 자신을 죽이기로 작정했는지 나무 집 곳곳을 찔러왔다.

'끄윽……!'

너무 심한 고통에 몸이 부르르 떨렸다.

나무 집은 움치고 뛸 수도 없을 만큼 비좁았다. 사방 곳곳을 찔러오는 죽창을 모두 피할 공간이 없다. 더군다나 독사의 신형은 굼뜨기 이를 데 없었으며, 죽창을 찌른 사람들은 독사가 어떻게 행동할지 알고 있다는 듯 구석구석을 남김없이 헤집었다.

죽창이 복부에 큰 구멍을 냈다.

쑤욱!

죽창이 뽑혀져 나가는 감각도 느껴지지 않았다. 그는 오장육부가 뒤틀리는 고통에 비명도 지르지 못하고 쩔쩔맸다.

비명은 한 번으로 족하다.

상대는 그것으로 죽었으리라 생각하리라. 두 번째에 이은 세 번째 죽창에는 비명을 토하지 말아야 한다. 그래야 죽은 것으로 알고 물러 간다.

그의 생각이 맞아 죽창 공격은 이어지지 않았다.

덜컹!

나무 문이 거칠게 열렸다.

달빛에 드러난 사람은 벌목 수장이다.

독사는 그의 얼굴을 보며 혼절했다.

그가 깨어났을 때는 날이 밝아 사방이 환했다.

나무 집 안이라 어두컴컴했지만 햇살이 나무 틈 사이로 화살처럼 날 아와 꽂혔다.

"으음……!"

독사는 몸을 일으키려다 말고 신음을 토해냈다.

창자가 가닥가닥 끊어지는 것 같다. 그리고 보니 어젯밤 습격이 떠 오른다.

"훗!"

웃음이 새어 나왔다.

내기를 했다더니만…… 무슨 내기인지는 모르지만 내기를 위해 사 람을 습격할 만큼 사람 목숨에는 미련이 없는 자들이다.

독사는 드러누워 이것저것을 생각했다.

무공도 생각했고, 요빙도 떠올렸고, 해사한 엽수낭랑도 생각났다. 불곰, 쇠스랑, 돌주먹, 대물…… 모두가 아무 일 없었던 듯 정겹게 다 가와 말을 붙이고는 아스라이 멀어져 간다.

나무 집의 주인은 해가 질 무렵에야 돌아왔다.

"원망스럽지? 크크! 여기 온 놈들 중 절반은 닷새를 넘기지 못하고 자진해 버리지. 이런 꼴로 사는 게 그렇게 역겹게 보였나?"

'그거였나? 내기가……. 닷새를 넘기느냐 마느냐 하는 치졸한 내기. 자진하지 않았으니 죽여서라도 내기에 이기겠다는 건가? 인간 같지 않은 놈들……!'

수장의 말은 더 이상하다.

"이제 내일이야. 내일 하루만 더 버티면 돼. 죽지 말고 잘 버텨. 몇 놈이나 살아올지는 모르지만 네게는 지옥 같은 하루가 될 거야."

벌목 수장은 독사의 상세는 살피지도 않았다. 그의 관심은 오로지 독사가 내일까지 버텨낼 수 있느냐 하는 것이었다.

'그 내기가 아니었나? 도대체 무슨 내기기에…….'

"무슨 내기입니까?"

그 정도는 대답해 주리라 생각하고 물었다.

"곧 죽을 놈이 알아서 뭐 해."

희망적인 답변이다. 입을 열었다는 것만 해도 큰 소득이다. 그러나 이어지는 말은 그의 희망을 산산이 부숴 버렸다.

"내일이면 죽을 거야. 몸이 성해도 견딜 수 없는데, 그 몸으로 는…… 크크! 백비를 찾지 말았어야지."

벌목 수장이 죽으리라던 날이 밝아왔다.

독사는 골인 두 명에게 양팔을 붙들려 광장으로 끌려 나갔다.

골인들은 일을 나가지 않았다. 그들 중에는 그래도 정상적인 사람이 있었다. 당문삼기……. 며칠 동안 보지 못했던 당문삼기도 골인들과 함께 그를 구경했다.

"난 너에게 걸었어."

당한이 씁쓸하게 웃으며 말했다.

"죽지 말고 살아라. 이를 악물고 견뎌봐."

당옥이 말했다.

"크크! 명이 긴 놈이군. 눈깔을 뽑아버릴 거야. 그 다음은 혓바닥을 잘라 버릴 거고. 죽지도 살지도 못하게 만들어 버리겠어. 살고 싶으면 눈깔 내리깔아. 알았어!"

도저히 얼굴을 분간할 수 없는 골인 중 한 명이 말했다. 다른 골인은 다른 말을 했다.

"버티지 못하면 뒈질 줄 알아. 네놈쯤 죽이는 것은 식은 죽 먹기야. 정신 똑바로 차리고 견뎌!"

'훗! 이래저래 죽을 팔자라더니만 정말 그렇군. 그럼 선택은 내게 달린 건가?'

오히려 마음이 편해졌다.

무슨 일을 겪을지는 알 수 없지만, 백비에서 당한 것보다 심하랴 싶었다.

독사를 광장 한가운데 끌어다 놓은 골인들은 두 줄로 늘어서서 누군가를 기다렸다.

시간이 흘러 정오가 지났다.

마을 입구에서 광장까지 들어서는 길에 골인들이 늘어서 있지만 아무도 나타나지 않았다.

해가 기울기 시작했다.

찬바람이 몰아치는 산속에서 하루 종일 서 있기란 몹시 괴롭다. 골인들은 몰라도 독사처럼 내공을 잃은 처지에는 더욱 힘들다. 독사는 무생곡 수련을 생각하며 신음 한마디 흘리지 않았다.

푸드덕……!

산 저쪽에서 갑자기 산새가 날아올랐다.

'기다리는 게 오는군.'

직감적으로 깨달았다.

산새가 갑자기 날아오르는 것은 누군가 기척을 흘리고 있다는 거다. 사람이 되었든 짐승이 되었든.

잠시 후 마을 어귀에 또 다른 골인들의 모습이 비치기 시작했다.

'음……!'

독사는 그들을 보며 숨을 죽였다.

나타난 자들은 한결같이 피로 목욕을 했다. 그러잖아도 괴기스런 몰골들인데 붉은 피까지 뒤집어쓰고 있으니 정말 악귀처럼 보인다.

어떤 자는 절룩거리고 있으며 어떤 자는 팔이 절단되어 붕대를 감았다.

모두들 성한 모습들이 아니다. 꼭 전쟁터에 나갔다가 패잔병이 되어 돌아오는 것 같다.

그들은 모두 십여 명에 이르렀다. 부상당한 사람은 거의 대부분이었고, 다섯 명쯤 되는 자들은 등에 업혀 오는데 양팔이 축 늘어진 것으로 보아 죽은 듯하다.

죽은 자들을 업고 오던 골인들은 마을 어귀에 이르자 시신을 내동댕이쳤다.

키 작은 골인이 마중을 나갔다.

"수고했어."

"크크크!"

"손해가 막심한 것 같군."

"입 닥치지 그래."

"내게 화내지 말라고. 기분이 우울할 것 같아서 제법 눈빛이 살아 있는 놈을 찍어놨지."

"크크크! 저놈인가?"

"그래, 마음대로 하라고."

혈인이 절룩거리며 다가왔다. 부상당한 혈인들이 조용히 그의 뒤를 좇았다.

마을에 있던 골인들의 눈빛이 안으로 침잠했다. 지금까지 들떠 있던 분위기는 씻은 듯이 사라지고, 귀중한 것을 보는 듯 눈빛이 빛나기 시작했다.

서로 침범하지 않고 자기 영역 안에서만 맴도는 골인들이 이때만은 한마음이 되어 어깨를 나란히 했다.

"일어서."

혈인이 말했다.

독사는 일어섰다. 아니, 일으켜 세워졌다.

"빌어먹을! 빤히 알면서도 당하다니!"

혈인이 쌍장을 한데 모아 독사가 입을 벌리듯 손가락을 쫙 벌리더니 그대로 쭉 뻗어냈다.

퍼억!

독사는 가슴에 극심한 충격을 느끼며 나뒹굴었다. 심장이 터져 피가 목구멍으로 올라오는 기분이었다.

독사는 누워 있지도 못했다. 그의 옆에 대기하고 있던 골인 두 명이 그를 부축해 일으켜 세웠다.

"음……! 백화쌍장(白花雙掌)……."

키 작은 골인이 혼잣말처럼 나직이 말했다.

혈인이 지나갔다. 그리고 뒤를 이어 다른 혈인이 독사 앞에 섰다. 오른팔이 손목 부근에서 절단되어 붕대를 감고 있는 혈인이다.

그는 목검을 들어 천천히 움직였다. 일면 춤사위 같기도 하지만 무공 초식이 분명했다. 그러던 어느 한순간,

쉬익! 따악!

목검이 쾌속하게 날아들며 손목을 강타했다.

"크윽!"

손목뼈가 으스러지는 것 같다.

왼손으로 오른손을 감싸 쥐며 주저앉았지만 그마저도 마음대로 할 수 없었다. 골인 두 명이 그를 주저앉도록 내버려 두지 않았다.

"빌어먹을! 처음 보는 검식인데…… 점점 힘들어지는군. 누가 저 초식 아는 사람 없나?"

마을에 있던 골인 중 한 명이 중얼거렸지만, 그의 말에 대꾸하는 골인은 없었다.

'제길! 보아하니 어디서 당하고 와서는 내게 초식을 전개하는 것 같은데…… 좋아. 그럼 어디 해보자!'

독사는 오기가 치밀었다.

그는 다음 혈인이 앞에 나서자 눈에 독기를 담고 쏘아보았다.

혈인이 앞에 혈인에게 목검을 인계받아 검무를 추었다. 그러다가는 독사가 지금은 아니겠지 하는 순간 허벅지를 후려쳤다. 궤이(詭異)하다는 말이 딱 맞을 기습적인 공격이었다.

"크윽!"

신음이 저절로 새어 나왔다.

혈인은 다리에 붕대를 감고 있었다.

독사는 피투성이가 되어 꿈틀거렸다.

아무도 그를 쳐다보지 않았다. 골인들은 자신들이 보았던 초식을 되새김하기에 여념없었다. 그러다가 누군가 꿈틀거리는 독사를 보고 말했다.

"저놈, 아직도 살아 있네."

"응? 정말? 저놈 아직도 살아 있잖아?"

"크크! 눈에 독기가 팔팔 살아 있더라니. 자, 빨리들 내놔. 쯔쯧! 죽이려면 확실하게 죽였어야지, 그게 뭐야?"

골인은 세 부류로 갈라졌다.

한 부류는 혈인들이다. 그들은 제각기 나무 집으로 들어가 숨어버렸다. 일부는 들어가지 않고 문 앞에 기대앉아 부르르 치를 떨었다. 어깨를 떨며 가늘게 숨죽여 흐느끼는 자도 있었다.

또 한 부류는 내기에서 이긴 자들이다.

그들은 혈인들에게는 눈길도 주지 않고 각기 내기 건 상대를 찾아 무언가를 건네받았다.

굼벵이 말린 것이다.

말라비틀어졌어도 검지 굵기로 살아 있을 적에는 상당히 컸지 않나 싶다.

마지막으로 진 자들은 몹시 아까운 듯 아쉬워하며 굼벵이를 건네 주었다. 그리고는 신경질난다는 듯 독사에게 걸어와 걷어차기도 하고 짓

밟기도 했다.

당문삼기 중 막내인 당호가 와서 작게 속삭였다.

"살아 있어줘서 고맙다. 덕분에 하루치 식량을 벌었어. 며칠 있어봤으니 알겠지만 여기서는 자급자족해야 돼. 누가 밥 먹여주지 않는다고. 어젯밤 네가 죽었으면 오늘 이 꼴을 당할 사람은 나였어. 고맙다는 말은 해야겠지?"

"……."

독사는 대꾸하지 않았다.

그는 혼절해 있었다.

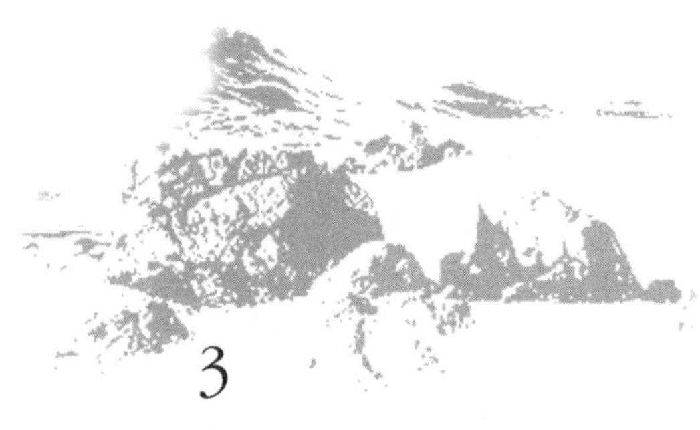

3

골인(骨人)들

춥다. 너무 춥다. 세상에 태어나 이토록 추워보기는 처음이다.

"추워? 나는 뜨거워서 못 견디겠는데. 세상 참 불공평하다. 그지?"

"요빙……."

"우리 꼭 껴안을래? 너는 추워서 죽겠고 나는 뜨거워서 죽겠으니 껴안으면 좀 괜찮을 거 아냐."

"그래, 요빙."

요빙을 껴안았다.

활활 타는 듯한 불길이 느껴진다. 너무 뜨거워서 견딜 수 없다. 사랑하는 여인이지만… 목숨이 다할 때까지 요빙에게 지워준 짐을 덜어내며 살아야 하지만…… 껴안을 수 없다. 너무 뜨겁다.

"왜 그래? 싫어졌구나?"

"아냐, 그게 아냐."

"그럼 뭐야? 왜 껴안다 말아?"

"너무… 뜨거워서."

"나 뜨거워서 죽겠어. 어떻게 좀 해줘. 너, 춥다고 했잖아. 내가 따뜻하게 해줄게. 어서… 어서 껴안아 줘. 아! 뜨거워! 너무 뜨거워! 제발… 제발 나를 좀 어떻게……."

"요빙!"

독사는 소리를 버럭 지르며 일어섰다.

꿈이다. 악몽을 꿨다. 하지만 현실처럼 생생하다. 뜨거워서 몸부림치는 모습이 뚜렷하게 기억난다.

"요빙……."

요빙이 듣기라도 하는 듯이 속삭였다.

그것도 잠깐이다. 현실은 그를 요빙의 생각에만 머물도록 내버려 두지 않았다.

추웠다. 몸에 소름이 돋고 이가 덜덜 떨렸다.

'너무 춥다. 이렇게 추웠던 적은 없었는데…….'

한겨울이지만 오히려 밖이 더 따뜻할 것 같았다.

독사는 손발을 허우적거렸다. 이상한 일이지만 구타당한 곳이 아프지 않다. 죽창에 복부를 꿰뚫렸는 데도 전혀 아픔이 느껴지지 않는다. 그리고 또 하나, 연신 손발을 허우적거리지만 그는 조금도 나아가지 못했다.

'이게 도대체……?'

의아스러워 주위를 둘러보다가 깜짝 놀라 굳어졌다.

골인, 골인, 골인, 골인…….

사방은 골인들로 빼곡하다. 모두 벽에 등을 대고 서 있는데 목석처럼 움직이지 않는다.

　손을 뻗어 옆에 있는 골인을 만져 보았다.

　차갑다. 얼음덩어리보다도 더 차갑다. 또한 딱딱하다. 바윗덩어리만큼이나 딱딱하다.

　'죽었어!'

　비로소 사태가 파악되었다. 벽에 등을 대고 서 있는 골인들은 죽은 자들이다.

　자신은…… 망자들의 안식처에 들어왔다.

　'여기서 나가야 해. 여기서 나가야……'

　막연히, 그러나 필사적인 생각이 들었다. 이대로 머물러 있으면 자신 역시 망자들과 같은 꼴이 되고 말 것이라는 불길한 예감을 지우지 못했다.

　벽에서 등을 떼자 '쩍!' 하는 소리가 들리는 듯했다. 등가죽이 벽에 붙었다가 떨어지며 묘한 느낌을 주었다.

　'비, 빙굴(氷窟)!'

　골인들은 죽은 자를 빙굴에 들여놓는 모양이다. 시신은 꽁꽁 얼되 썩지 않는다.

　상처가 아프지 않았던 이유도 알았다. 빙굴에 들어온 지 얼마나 되었는지는 모르지만 몸이 얼어버렸다. 얼어서 아픔도 느껴지지 않는다. 그대로 죽었을 것을…… 요빙이 살려줬다.

　독사는 나무토막처럼 딱딱하게 굳어버린 다리를 힘겹게 떼어놓았다. 너무 힘들어 서 있는 골인을 붙잡고 움직였다.

　한 발, 두 발…… 뼈마디가 부서지는 듯 아팠지만 이를 악물어 참았다. 이대로 동혈에 머물면 죽음의 마수에서 벗어날 수 없다는 필사적인 생각이 그를 움직이게 만들었다.

얼마나 시간이 흘렀을까?

죽을힘을 다해 동혈 입구에 이른 독사는 맥이 풀려 푹 주저앉았다.

동혈 입구는 거대한 바위로 가로막혀 있다.

천하역사라는 불곰이 용을 써도 꿈쩍도 하지 않을 엄청난 바위다.

이해할 수가 없다. 내공도 없는 골인들이 어떻게 이런 바위를 움직였을까? 분명한 것은 골인들이 움직였다는 것이다.

'기관이야. 기관 장치! 기관이 아니면 움직일 수 없지.'

이제는 추위도 느껴지지 않는다. 대신 졸음이 쏟아져 미칠 지경이다. 졸면 죽는다는 생각을 해도 눈꺼풀이 연신 내리깔린다.

반쯤 졸다 눈을 번쩍 뜬 독사는 정신이 번쩍 난 듯 주위를 두리번거렸다.

'안 돼! 졸면 죽어! 기관… 기관 장치를 찾아야 돼!'

손으로 바위를 더듬었다. 얼음장처럼 차가워 손을 대면 찰싹 달라붙는 것 같지만 그래도 더듬었다.

그러다 희망의 불꽃을 발견했다.

골인들이 동혈에 들어설 때 사용하는 것으로 보이는 작은 유등(油燈)과 부싯돌이다.

유등에는 기름이 절반쯤 담겨 있어 불만 잘 붙이면 불기를 쏘일 수 있을 것 같았다. 유등에서 뿜어져 나오는 열기라야 극히 미미한 것이지만 지금은 깨알만한 불씨라도 그리웠다.

탁! 탁! 탁……!

덜덜 떨리는 손으로 부싯돌을 마주쳤다.

힘들게, 아주 힘들게 유등에 불을 붙였다. 하지만 그가 생각했던 대로 유등에서 쏟아지는 열기는 조금도 도움이 되지 않았다. 더군다나 동혈이 워낙 추워서인지 타오르는 불꽃이 금방이라도 꺼질 듯 깜빡거렸다.

한 가지 소득이 있다면 동굴 내부를 훑어볼 수 있다는 점이다.

빙굴은 넓고 커서 어디가 끝인지 알 수 없지만, 유등 불빛이 어둠을 몰아낸 곳만은 뚜렷이 보였다.

표정 잃은 골인들이 해골처럼 서 있다.

그 수는 헤아릴 수 없이 많아서 얼핏 봐도 이십여 구는 넘는다.

유등이 비추지 못한 어둠 속까지 헤아린다면 그 수는 더욱 불어날 것이다.

눈을 부릅떴다. 졸음이 쏟아진다면 손가락으로 두 눈이라도 찌를 심산이었다.

춥고, 졸립고, 피곤하다.

독사는 일어나서 몸을 벽에 부딪치기 시작했다.

추운 데는 움직이는 것이 제일이다. 졸린 데도 움직이는 것이 제일이다. 피곤한 데도 움직이다 보면 피곤함이 가실 때가 있다.

쿵! 쿵! 쿠웅……!

빙벽이 울렸다. 소리가 빙굴 안에 회오리쳐서 더욱 크게 울렸다.

사정없이 몸을 짓이기고 나니 조금 추위가 가신다. 졸린 것도 가셨다. 그러나 이번에는 아픔이 치민다. 온몸이 쑤시고, 저리고, 죽창에 찔린 상처에서 솟아나는 아픔은 뼛골을 울린다. 차라리 춥고 졸린 편이 훨씬 나았다.

이를 악물었다.

'세상이 독사가 되기를 바란다면 독사가 되어주겠어. 세상이 모두
이런 거라면…… 나도 짓이겨 주겠어.'
그의 눈에도 골인들처럼 광기가 어렸다.
맹수의 눈처럼 살기로 번들거렸다.
앞에 있는 골인을 힘껏 잡아당겼다.
골인은 우두둑 소리를 내며 무너졌다. 뼈마디도 살도 나무토막처럼
딱딱하게 굳어 있는 완벽한 빙인(氷人)이다.
독사는 골인의 시신에 유등에 남아 있는 기름을 부었다. 그리고 가
물가물거리는 불꽃을 당겨 붙였다.
불은 붙지 않았다. 불이 붙기에는 시신이 너무 말랐고 차다.
유등의 심지를 뽑아 골인의 몸에 놓았다.
'살아야 해, 살아야……!'
그의 생각은 하나로 집약되었다. 생존(生存).

얼음벽에서 내뿜는 차가운 기류와 시신이 타면서 내뿜는 열기, 그리
고 매캐한 냄새가 어우러진 빙굴은 아수라지옥을 방불케 했다.
시신은 활활 타올랐다.
처음 불붙이기가 어려웠지 불이 붙은 시신은 손댈 필요도 없이 몇
시진이고 탔다.
불기가 죽을 만하면 다른 골인을 데려다 뉘어놓았다.
한 구, 두 구…… 골인들의 시신이 한 줌 재가 되어 사라졌다.
'사활근맥단은 사흘마다 복용해야 돼. 내가 아는 것만 하루가 지났
고 여기서 얼마나 있었는지 모르니… 조만간 마비가 찾아오겠군. 그럼
이 짓도 못하겠지.'

사실 그의 몸은 만신창이였다.

오직 생존만 염두에 두었을 때는 몸이라도 움직일 수 있었는데, 따뜻한 열기를 쪼이자 손가락 하나 움직일 기력이 없었다.

골인을 움직여 몸과 몸을 붙인 채 자신 주위에 둥글게 쌓았다.

몸이 마비되었을 경우 다만 얼마간이라도 얼어 죽지 않으려는 심산이었다.

독사는 불붙은 시신을 보다가 깜빡 잠이 들었다.

사람 육신이 타면서 내뿜는 노린내는 가히 살인적이다. 사방이 확 트인 공지에서 태워도 노린내에 코를 틀어막아야 하는데, 넓다고는 하지만 사방이 막힌 빙굴에서 시신을 태우고 있으니 그 노린내란 필설로 형용할 수 없다.

독사는 머리가 지끈거리는 걸 느끼며 잠에서 깼다.

시신을 태우는 불길은 여전히 살아 있다. 골인 한 구를 완전히 태우고 다음 골인을 태우는 중이다.

'다행이야, 불길이 꺼졌으면 다시 피울 수도 없는데. 다른 시신을 갖다 놔야겠군.'

타버린 시신의 자리에 다른 시신을 놓기 위해서 몸을 일으켰다. 그런데,

'이… 런……!'

몸이 꿈쩍도 하지 않았다.

생각해 볼 필요도 없다. 그가 잠든 사이에 몽환소의 중독 증상이 전신을 뒤덮어 버렸다.

'하하하! 하하하핫!'

빙굴이 떠나가라 웃어 젖혔다.

음성도 새어 나오지 않았다. 그는 가슴이 터져라 웃고 있는데 모두 목구멍 안에서만 뱅뱅 돌았다.

시간이 흐르면서 충분하다 싶을 만큼 쌓아났던 시신도 하나하나 재가 되어 스러졌다.

후회가 막급이다. 무엇 하러 골인들을 태웠단 말인가. 얼마나 더 살겠다고. 차라리 얼어 죽었으면 고통이나 덜할 것을…….

삶과 죽음의 경계가 종이 한 장 차이라는 것을 알았다.

눈꺼풀이 감겨 정신을 놓으면 죽은 것이요, 그러다가 눈을 뜨면 살아 있다는 존재감을 느낄 수 있다.

죽음도 그리 어렵지만은 않다.

사후 세계는 모르지만 깜빡 정신을 놓았을 때처럼 아무것도 의식하지 못하는 세계가 될 것 같다.

오히려 지금보다는 편한 것 같다.

독사는 골인들이 타는 모습을 보며 미소를 지으려고 했다.

불길에 파묻혀 살과 뼈가 타는 모습에서 요빙의 흔적을 찾을 수 있었다.

그녀가 저런 모습으로 탔다. 저들은 죽어 있기라도 하지, 요빙은 살아 있는 상태에서 불길이 핥아대는 걸 고스란히 봐야만 했다.

'요빙…….'

눈물이 주르륵 쏟아졌다.

막연히 '고통스러웠을 것이다', '처절했을 것이다' 는 생각을 했지, 이런 모습으로 탔으리라고는 생각하지 못했다.

'이대로 죽을 수 없어. 이대로는……!'

삶의 의지가 활활 타올랐다.

요빙의 뼈를 차디차고 답답한 항아리 속에 담아둔 채 죽을 수는 없었다.

'해보자! 해보는 데까지……!'

─하반사점(下盤四點), 중초사점(中焦四點), 상초사점(上焦四點), 합계십이점동흡(合計十二點同吸:삼초 십이점으로 동시에 들이쉬어), 중주보기(中柱補氣:몸의 중심에 기를 더한다), 흡포폐기(吸飽閉氣:숨을 물리며 폐기한다). 십이점동토(十二點同吐:삼초 십이점을 동시에 토해내며), 토진폐기(吐盡閉氣:토한 후에는 폐기한다).

암혼사의 구결을 떠올렸다.

혈도를 파악할 수 없지만 전에 진기를 돌렸던 위치를 짐작하고 있으니 어림잡아 운용했다.

진기는 움직이지 않는다. 그래도 움직인다고 생각하며 끊임없이 순환시켰다. 순환하지 않는다. 아무 느낌도 없다. 그러나 순환한다고 생각하며 대주천으로 이어갔다.

쌓아놓은 시신들이 모두 탔다.

빙굴은 다시 깜깜한 어둠 속으로 잠겨들었다. 아직 열기가 남아 있어 한기는 밀려들지 않지만 조만간 살과 피와 뼈를 얼려오리라.

빙굴에 미세한 균열이 있는지 연기는 점점이 흩어졌지만, 시신을 태운 노린내는 좀처럼 가시지 않고 몸에 배어들었다.

진기를 운용할 때는 풍한서습(風寒暑濕)을 조심해야 한다.

미세한 기운이 몸에 스며드는 것이라 조그만 악기나 사기도 염려해야 한다.

그런 면에서 볼 때 시신을 태운 장소에서, 연기와 냄새가 가득 찬 곳에서 운공을 한다는 것은 여간 나쁘지 않다.

하나 그런 것을 따질 계제가 아니다.

설혹 사기가 침범한다 해도 지금보다 나쁠 수는 없다. 주화입마도 정상적인 사람들이나 하는 말이다. 몸이 마비되고 한기가 몰아쳐 언제 죽을지도 모를 처지라면 주화입마고 뭐고 신경 쓰이지 않는다.

독사는 대주천만 스무 번을 시전했다.

정확히 세지는 않았다. 아마도 그쯤 되었을 것이라고 생각할 뿐이다. 그러고도 또 진기를 운행하기 시작했다. 눈에 보이지 않는, 단지 상상만으로 움직이는 진기이기에 수십 수백 번인들 하지 못할 까닭이 있을까.

불범성공도 참오했다.

동공이라 생각만으로는 아무 필요도 없는 신공이지만 암혼사 구결을 해독하는 데 도움이 될까 싶어서 머리 속으로 환상을 그려 연공했다.

모두가 생각이다.

실제로 그에게 도움이 되는 것은 아무것도 없다. 몽상가(夢想家)가 고개를 끄덕일 만큼 훌륭한 몽상이다.

십이천공도, 광섬창법…….

모든 무공을 수련했다. 아니, 생각을 거듭했다.

몽환소의 효력 중에 한 가지 좋은 점이 있기도 하다.

온기(溫氣)가 사라지고 추위가 몰려올 시간이 훨씬 지났는데도 한기가 느껴지지 않는다. 몸이 얼고 있는 것은 분명하다. 마비된 육신이기에 느낄 수 없을 뿐이다. 지금은 누가 다리를 베어내도 아픔을 느끼지 못할 것이다.

단 한 군데 추위를 느낄 수 있는 부분이 있다.

눈이다. 눈이 추위에 얼어 뻑뻑한 느낌이 든다. 눈동자가 아파서 눈을 감고 싶은데 그럴 수도 없다.

'득의망형…… 마음을 얻으니 육신을 잊는다. 모든 것이 마음에서 비롯되어야 한다. 삼재의 으뜸은 마음이니 진기 역시 마음으로 얻어야 한다. 몸으로 얻은 진기는 물체다. 물체는 지금처럼 불가항력적인 일을 당하면 소멸되어 버린다. 마음으로 얻은 진기는 영원이다. 소멸되지 않는다. 그럼 마음으로 얻는 진기란 무엇인가. 그것 역시 시작은 몸으로 얻어야 하는 것이 아닌가.'

거기에 난관이 있었다.

삼재를 알고 득의망형에 약간의 성취를 이뤘다고 하지만 근본은 몸에 달려 있다. 육신이 움직이지 못한다면 영원히 암혼사를 수련할 수 없다.

쉬고 싶었다. 잠시라도 머리를 쉬어주면 좀 더 좋은 생각이 날 것 같다. 그러나 쉬지 못한다. 생각을 하지 않으면 눈에서 전달되는 고통이 여간 심하지 않다. 한기는 눈동자마저 얼리는가.

그때, 장난처럼 네 명의 인물이 생각났다.

한가장에서 고용한 무인들로 와마고개에서 처음 상면한 자들.

한 명은 못 보는 것이 없는 듯했고 한 명은 못 듣는 것이 없었다. 한 명은 후각이 동물의 후각을 능가하는 것 같았고 마지막 한 명은 점쟁이에게나 있을 법한 영감(靈感)을 사용하는 듯했다.

그들은 무공도 강했지만 그 이상의 것이 있었다.

신비한 능력이라고 치부하면 그만이다. 하지만 불가(佛家)에서는 수

행으로 그런 능력을 얻기도 한다.

육신통(六神通).

'그건 감각 이상이야. 육신으로 얻어들이는 감각을 벗어난 마음의 능력이야.'

와마고개에서 만난 네 명의 무인도 마음의 진기를 얻은 것일까?

독사는 가까운 데서부터 시작했다.

빙굴…… 빙굴은 차갑다. 어디선가 음기(陰氣)가 흘러나오는 것이 틀림없다. 지저(地底)라고 해도 좋고 그 밖에 어떤 특수한 환경 때문에 차갑다고 해도 상관없다.

겉보기에는 어느 동굴과 다름없는데 엄청나게 차갑다는 특이한 성질을 지니고 있다.

'여기서는 음기를 소화해 내야 해. 음기…… 차가운 기운을 전신으로 받아들인다. 혈맥이 얼음 얼듯 얼어버리더라도 할 수 없지. 이것이 자연기야. 자연의 기운을 받아들여 본신진기와 어울리도록 만들어야 해.'

본신진기를 읽을 수 없으니 주변 환경에 흘러다니는 진기를 받아들이면 어떤 흐름이 읽어지지 않을까 싶어 시도했다. 본인 스스로 그만한 심득을 얻지 못했다고 생각하면서도.

형기(形氣).

미미하지만 기의 모양이 잡히기 시작했다.

자신의 진기는 아니다. 빙굴에서 전신 모공을 통해 스며든 진기가 단전에 모였다가 전신 경맥을 따라 흐른다. 다시 단전으로 돌아온 한기는 기도를 따라 올라와 코를 통해 스며 나간다.

들어온 진기는 빙굴의 순수한 한기다. 더러는 악기나 사기도 스며 있겠지만 전신 경맥을 유통하는 동안 정화되고 순화된다. 그래도 남는 악기는 빠져나가는 한기와 함께 배출된다.

'됐어!'

흥분이 치밀었지만 억눌러 참았다.

몸이 완전히 정상을 되찾을 때까지는 초심(初心)으로 운공해야 한다.

자신을 얻은 독사는 좀 더 운공에 몰두했다.

졸음도 느껴지지 않았다. 아픔도 모르겠고 피곤한 줄도 몰랐다.

몇 날 며칠이 더 흐른 후, 독사는 한 가지 사실을 깨달았다.

당한은 몽환소가 도가비전이라고 했다. 비전이라는 말은 아직도 극소수의 사람에게 전수되고 있다는 말이다. 그 말이 맞다. 몽환소는 전수되어야 마땅하다.

극약으로 알았던 몽환소는 사실이었다.

몽환소를 탄생시킨 도인은 미친놈이 아니었다.

몽환소는 살을 사라지게 만드는 것이 아니다. 그동안 익혔던 정(精)과 기(氣)를 소진시키는 역할을 한다.

살이 사라진다고 느낀 것은 몸에 깃든 악기가 사라지는 현상 때문이다. 천천히 사라지는 것이 아니라 급속도로 빠져나가기 때문에 육신이 이겨내지 못하는 거다.

무인들이 진기라고 일컫는, 인위적으로 생성한 물체가 사라진 빈자리는 무엇으로든 채워진다.

텅 빈 백지처럼 무엇을 써넣어도 된다.

그림을 그릴 수도 있고 글씨를 쓸 수도 있다.

독사처럼 외부에서 얻어들인 자연기로 채울 수도 있다.

아무런 행동을 하지 않아도 육체 스스로가 외부의 기를 받아들여 채

워간다.

그동안 움직이면 안 된다. 음식도 먹어서는 안 된다.

움직이면 육체 스스로가 근육을 쥐어짜서 생기(生氣)를 만들어낸다. 자연기를 흡수하고자 하는 의도에 반하는 행동이다. 음식을 먹으면 음식 속에 있는 기운이 빈 공간에 쌓이게 된다.

어떤 생기도 곤란하다.

몽환소를 만든 도인은 인간의 조급증을 익히 알았다.

그래서 자연기를 받아들일 동안은 육신을 움직이지 못하게 만들어 놓았다.

마비다.

도인은 내공을 급진전시킬 수 있는 희귀의 영단을 만들었다.

빈 공간에 진기를 채우는 시간도 오래 걸리지 않는다.

물이 흐르지 않는 곳에 웅덩이를 파고 물이 차기를 기다리는 것은 힘들다. 오랜 인내를 필요로 한다. 수련으로 쌓아야 하기 때문이다. 하지만 물줄기가 있는 곳에다 제방을 쌓고 구덩이를 판 다음 제방을 무너뜨리면 순식간에 물이 차는 법이다.

몽환소를 복용한 무인들이 각기 수련한 내공의 그릇만큼 순식간에 다른 진기로 채워진다.

무엇이든 자신이 원하는 진기로 채울 수 있다. 자연기, 사기, 마기, 정기…….

사기를 버리고 정기를 채우고자 한다면 오랜 수련을 거치지 않아도 되는, 순식간에 진기의 형태를 바꿀 수 있는 영단이다.

골인들은 사활근맥단을 복용했다.

사활근맥단은 다른 곳에서는 영단일지 모르지만 몽환소를 복용한 무인에게는 극독이다. 몽환소로 마비된 육신은 기다리면 풀리는데, 그 잠깐을 기다리지 못하고 인위적으로 풀어버리는 것이 사활근맥단이다.

잘못되어도 크게 잘못된 행동이다.

골인들은 자신이 원하는 진기가 아니라 사활근맥단의 기운을 쌓고 있다. 그들이 사용하는 진기는 사활근맥단의 진기다.

살이 말라비틀어져 해골처럼 된 것도 몽환소 때문이 아니라 사활근맥단 때문이다.

몽환소의 효능이 끝나기를 기다리면 육신은 정상으로 돌아온다. 한데 다른 기운으로 마비를 풀고 육신을 움직이다 보니 몽환소의 기운과 사활근맥단의 기운이 상충하여 부작용이 나타난 것이다.

더군다나 골인들은 완벽하게 마비를 풀지도 못했다.

사흘에 한 번씩 사활근맥단을 복용하는 것이 그렇다. 그들은 지금도 끊임없이 몽환소와 사활근맥단의 상충에 시달리고 있다.

골인들도 무공고수들이니 지금쯤 상황을 파악했을 게다. 아니, 틀림없이 파악했다. 그럼에도 자신이나 당문삼기에게 사활근맥단을 복용시킨 것은 몽환소를 알기는 하되 풀어내는 방법은 모르기 때문이리라.

'다행이야, 사활근맥단을 두 알밖에 먹지 않아서……. 몇 알만 더 복용했다면 나 역시 골인이 되고 말았을 거야.'

단전에서 형성된 진기가 계란만하게 느껴졌다.

실제로는 어떤지 모르지만 마음으로 본 진기의 모습은 그렇다.

계란처럼 딱딱하게 고정된 진기를 물에 녹이듯 줄줄이 풀어 경맥으로 유통시켰다.

진기의 처음과 끝이 이어졌다.

계란에서 풀어져 나간 처음 진기가 다시 돌아와 마지막으로 출발하려는 진기의 꼬리를 잡았다.

진기가 독사의 몸 안에서 끊어지지 않고 빙빙 돌았다.

진기가 전신 삼백육십오 개의 요혈을 고루 돌며 막힌 부분은 뚫어주고, 급한 부분은 천천히 흐르게 하며, 너무 느린 부분은 빠르게 이끌었다.

견천지지심(見天地之心).

독사의 마음은 몸속에 있지 않았다. 그는 빙굴에서 흘러나오는 한기를 즐거운 기분으로 맞이했다. 수림에 있다면 수림의 기를, 폭포에 있다면 물의 기를 받아들일 준비가 되었다.

그는 천지를 보았다.

천천히 몸을 일으켜 가부좌를 틀고 앉았다.

단전이 자연기로 가득 차자 몽환소의 독성이라고 생각했던 마비 증세는 씻은 듯이 사라졌다.

용호교회(龍虎交會).

임맥과 독맥이 연결되었다. 진기는 독사가 의식하지 않는 가운데도 꾸준히 흐른다.

가부좌 상태에서 일주천(一周天)한 독사는 몸을 일으켰다.

서서히…… 어천지공이라는 불범성공의 동공을 좇아 신형을 움직였다.

'용비흡기입단전(用鼻吸氣入丹田:코로 숨을 쉬어 단전으로 기운을 이끌고), 수복제강(收腹提罡:배 안으로 거두어 강기를 끈다)…….'

십팔식으로 이루어진 어천신공이 줄줄이 풀려 나왔다.

"휴우!"

폐기를 한껏 토해내자 전신이 상쾌함으로 물결쳤다.

독사는 내친김에 다른 무공도 시전했다. 사문의 무공인 십이천공마부터 시작하여 광섬창법까지 찰나간에 연이어 펼쳤다.

무공을 펼치면서 신법도 시전했다.

빙굴은 신법을 펼칠 수 있을 만큼 충분히 넓었으니 망설일 이유가 없었다.

처음에는 칠채기문보법을 펼쳤다.

나중에는 불범성공에 있던 방위나이를 펼쳤다.

독사는 고개를 갸웃거렸다.

사문의 무공은 몸에 완전히 붙었다고 생각할 만큼 오랜 시간 동안 수련했는데도 낯설게 느껴진다. 자신이 새로 얻은 진기와는 맞지 않고 어쩐지 겉도는 느낌이다.

십이천공마, 칠채기문보법, 소수천라변 모두 그렇다. 사문의 무공 중 자신의 진기와 어울린다고 생각되는 것은 암혼사뿐이다.

암혼사는 너무 잘 맞는다. 몽환소의 의도와 득의망형이라는 구결이 일맥상통한다는 점에서도 두말할 필요가 없다.

반면에 이름도 모르는 광섬창법과 불범성공, 방위나이나 여의지는 어렸을 때부터 익힌 것처럼 술술 풀려 나온다.

'이건 뭐가 잘못됐는데……?'

이상한 생각이 들어 다시 한 번 수련을 해봤지만 결과는 마찬가지다.

'사부님과 사형께는 죄송하지만, 우선 잘 풀리는 것부터 수련해야겠어.'

십이천공도부터 세세하게 파고들어 가기 시작했다.

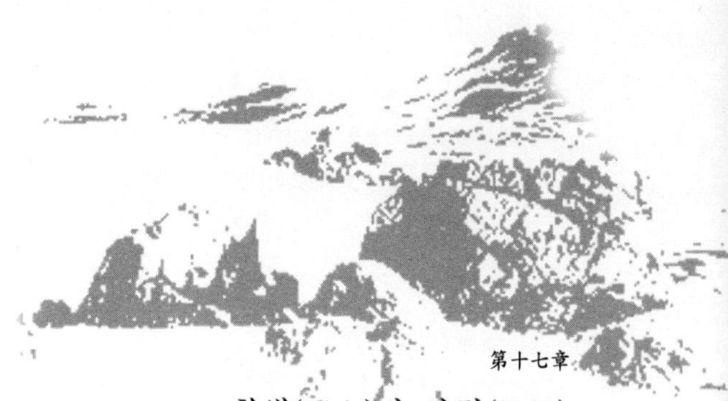

第十七章

회생(回生)과 좌절(挫折)

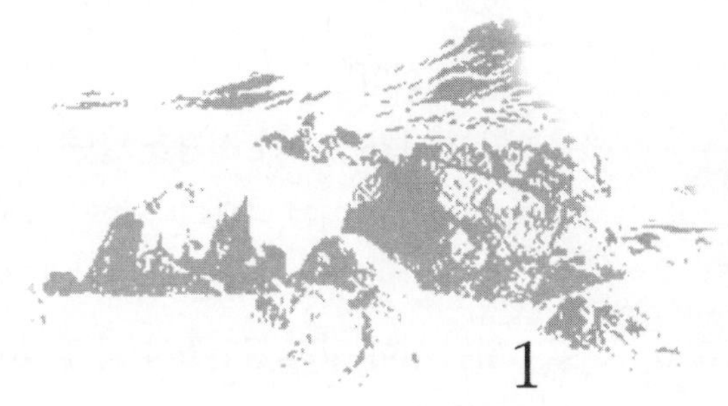

1

회생(回生)과 좌절(挫折)

“이게 어떻게……?”

“침입자! 침입자닷!”

바위를 밀치고 안으로 들어서던 골인들이 흠칫했다.

빙굴 안의 광경은 그들에게 익숙한 풍경이 아니었다. 가지런하게 서 있어야 할 골인들이 땅바닥에 누워 있으며, 일부는 불길에 타서 재가 되었다.

골인들의 행동은 민첩했다.

빙굴 좌우로 쫙 갈라서더니 언제라도 반격할 수 있는 방비 태세를 갖추고 빙굴 안쪽을 살폈다.

골인 중 한 명이 조심조심 안으로 들어섰다.

다른 자들은 이런 일에 익숙한지 미동도 하지 않은 채 앞선 자의 동정만 주시했다.

휘익! 파악!

앞서 나가던 자가 신형을 날렸다. 동시에 그의 주먹에서 강맹한 권력(拳力)이 뿜어져 나오더니 골인 시신 한 구를 격타했다.

시신은 뼈가 으스러진 듯 푸시시 주저앉았다.

뒤에 남아 있던 골인들이 일 장 간격 이상으로 벌어진다 싶은 순간 이동했다.

정확히 일 장 간격 안으로.

독사는 빙굴 안쪽에 앉아 귀기 어린 눈빛으로 다가오는 골인들을 바라봤다.

그에게는 빙굴에서 일어나는 한기가 더 이상 위협으로 느껴지지 않았다. 오히려 전신을 시원하게 해주는 산들바람 역할을 해줘서 다른 곳보다 기분 좋은 곳이다.

그가 일어섰다.

손에는 빙굴에서 주운 누군가의 정강이뼈가 들려 있었다.

빙굴에 뼈를 흘린 사람도 골인 중 한 명이리라. 다른 사람들은 시신이나마 온전하게 보존되어 있는데, 고작 뼈 하나만 남아 있는 것으로 보아 난도분시(亂刀分屍)쯤 당한 모양이다.

뚜벅! 뚜벅……!

독사의 발걸음 소리가 동혈을 울렸다.

굳이 발걸음을 죽이려고 노력하지도 않았다. 그는 자신의 무공에 확신을 가졌다. 새로 얻은 진기를 시험해 보고 싶기도 했다.

골인들이 흠칫거리며 멈춰 섰다.

"누구냐!"

거친 고함이 터져 나왔다. 그러나 독사의 대답은 골인의 물음보다 조금 빨랐다.

쒜에엑……! 뻐악!

어둠 속을 향해 물음을 던지던 골인은 휘청인다 싶더니 풀썩 주저앉았다. 그의 머리에서 붉은 핏물이 흘러내렸다.

"엇! 저놈은!"

빙굴 입구에서 새어 들어온 빛으로 독사의 모습을 파악해 낸 골인이 경악성을 토해냈다. 그러나 이번에도 독사의 반응이 한 수 빨랐다.

쒜에엑……! 뻐악!

정강이뼈는 여지없이 골인의 머리를 후려쳤다.

즉사다. 손속에 일말의 사정도 담겨 있지 않은 잔혹한 살수(殺手)다. 그는 골인들을 정인(正人)으로 보지 않았다. 처음은 어땠을지 모르지만 지금은 마성(魔性)에 젖은 마인(魔人)으로 보았다.

그때 이상한 일이 벌어졌다.

세 번째 골인이 저항을 포기하고 풀썩 주저앉았다.

다른 골인들도 같은 행동을 했다. 무릎을 꿇은 사람, 다리를 꼬고 앉은 사람…… 앉은 형태는 각기 다르지만 저항을 포기한 것만은 분명하다.

"내놔."

독사의 음성은 빙굴의 한기보다도 더욱 차서 얼음 꽃이 풀풀 날리는 듯했다.

"뭘 말입니까?"

"내 물건."

"허허! 독사라고 불러도 되겠습니까?"

골인들의 말투도 정중해졌다. 그렇다고 절대 강자 앞에서 목숨을 보존하고자 하는 비굴함은 엿보이지 않았다.

독사가 침묵을 지키자 음성이 육순은 훨씬 넘었을 것 같은 자가 다시 입을 열었다.

"독사, 멸혼촌(滅魂村)에 들어올 때를 기억합니까?"

골인들은 자신들의 마을을 멸혼촌이라고 부르는 것 같다. 그것도 지금에서야 알게 된 사실이다.

"우리는 모두 알몸으로 들어왔습니다. 목조에 들어가 진흙으로 몸을 굳힌 채. 그런데 우리가 당신의 물건을 어떻게 알겠소."

하기는 그렇다. 당한도 그런 말을 했다. 이곳에 있는 사람들은 백비를 찾아간 사람들이라고.

모두 같은 백비의 희생자다.

그렇다고 이들을 동정할 생각은 없다. 약자 앞에서 잔인하리만치 강인한 이들은 동정받을 자격이 없다.

'백비…… 백비를 찾아가야겠군. 다시 몽환소에 중독되지 않는다는 자신은 없지만 가만두지 않겠어.'

저벅! 저벅!

독사가 골인의 곁을 스쳐 지났다.

말을 하던 골인이 황급히 독사의 다리를 부여잡았다.

"대인(大人)!"

"……"

"대인은 죽었어야 합니다. 모두 죽었습니다. 우리도 이렇게 죽을 겁니다. 하지만 대인은 살았습니다. 몽환소 중독도 풀어낸 듯싶고…… 대인! 모든 체면을 내던지고 부탁드리겠습니다. 살려주십시오!"

독사의 대답은 냉랭했다.

"당신들에게…… 보존할 체면이나 있던가."

골인의 어깨가 가늘게 떨렸다.

빙굴을 나서자 부드러운 미풍이 몸을 감쌌다.

골인들이 자칭 멸혼촌이라고 하는 마을에 들어온 것이 한겨울인데 신록이 돋아나는 봄이 되었다.

맨발에 밟히는 풀잎이 부드럽다. 푸른 잎을 드러낸 나무들이 정겹다. 이름도 모르는 야생화(野生花)들의 노랗고 붉은 꽃망울도 탄성을 자아내게 만든다.

이십여 년 동안 살아오면서 무수히 보았던 평범한 풍경이 새삼 감흥이 되어 찾아든다.

전에는 느끼지 못했던 감흥이다.

견천지지심(見天地之心), 천지에 널리 퍼져 있는 모든 사물의 마음을 볼 수 있으니 느낄 수 있는 감흥이다.

자연은 아름답다. 하지만 인간은 추하다. 더러 아름다운, 영원히 잊지 못할 사람들도 있지만 대부분은 욕심이란 굴레를 벗어나지 못하고 약한 자를 핍박한다.

독사는 풀잎을 밟았다.

풀잎에서 전해지는 기운을 받아들였다.

빙굴의 한기와는 전혀 다른 기운이다.

독사 스스로 내단(內丹)이라고 명칭한 진기에는 생명력이 있다. 거두어들이면 계란 모양으로 둥글게 뭉치고, 풀어내면 가는 실이 되어 전신 경맥을 흐른다.

풀어내고 거둬들이는 것도 진기 스스로 알아서 한다.

경맥에 손상이 생기면 자연스럽게 풀려 나가고, 기운이 충만하다 싶으면 안으로 모여 축적된다.

풀잎에서, 봄이 안겨준 푸른 신록에서 받아들인 진기가 계란 모양의 진기와 뒤섞여 버무려진다.

대자연의 만물은 각기 다른 생명력을 지니고 있으나 근본은 하나다. 빙굴에서 받은 한기나 신록에서 스며드는 활기(活氣)나 모두 조화(調和)라는 틀 속에서 하나가 된다.

독사의 뒤를 골인들이 좇았다.

가까이 다가서지도 못하고 물러서지도 못한 채 일정한 간격을 두고 따라왔다.

빙굴은 산중턱에 있었다.

산을 내려오면 멸혼촌 광장으로 이어진다.

독사가 모습을 드러내자 멸혼촌 골인들이 한 명 두 명 나오기 시작하더니 종내에는 모두 나와 경이의 눈으로 쳐다봤다.

그중에는 당문삼기의 모습도 보였다.

춘궁기를 겪는 사람처럼 바싹 말라 초췌한 모습이다. 얼굴 살도 많이 빠졌고 몸도 많이 야위었다. 다른 골인들과는 비교도 할 수 없지만 서서히 골인이 되어가고 있다.

“사, 살았…….”

당호는 말을 잇지 못했다.

독사는 냉랭한 눈빛으로 지나쳤다.

키 작은 골인이 다가섰다.

“어, 어떻게……!”

그도 지나쳤다.

골인들과는 한마디도 나누고 싶지 않았다.

눈에 익은 골인이 보인다.

전부 해골 같은 모습들이라 처음 봐서는 그 사람이 그 사람처럼 보이지만 같이 생활하다 보면 보통 사람들 얼굴처럼 골인들에게도 얼굴이 있다는 것을 알게 된다.

빙굴에 있는 골인들은 전부 얼굴이 달랐다.

독사는 그자에게 갔다.

"상처가 다 나았군."

"소, 소협… 그때는……."

"다시 한 번 보고 싶은데."

"……?"

"그때 나를 가격한 초식. 다시 한 번 보여줄 수 있나?"

"소협… 제발……."

손목이 절단된 골인이 얼굴을 일그러뜨렸다.

골인들의 표정은 하나밖에 되지 않는다. 웃는 얼굴이나 우는 얼굴이나 모두 일그러진 표정으로 표현된다.

하지만 독사는 같은 표정에서도 감정을 읽었다.

손목이 절단된 골인은 울상을 짓고 있다.

"다시 한 번."

독사의 눈에 귀광(鬼光)이 서렸다.

'넌 거역할 수 없어. 시키는 대로 해. 그렇지 않으면 죽을 거야' 하는 말이 배어 나오는 듯.

골인의 눈가에 이채가 떠오르는 듯 번뜩이더니 얼굴이 일그러졌다.

옅은 미소를 짓는 듯하다.

"그 초식을 보여주면 몽환소 해법을 알려주겠소? 얼마든지 보여 드리리다, 얼마든지. 그 정도야."

그는 한달음에 나무 집으로 들어갔다가 손에 목검을 들고 다시 뛰쳐나왔다.

"무림을 횡행한 지 사십 년. 본 것도 많고, 들은 것도 많고, 겪어본 것도 많지만 이런 검식은 처음이었소. 물론 내가 시전하는 것은 흉내만 낸 것이니 일 할의 위력도 나오지 않겠지만."

"……."

독사는 정강이뼈를 축 늘어뜨리고 골인을 쳐다봤다. 빨리 검식을 펼치라는 무언의 재촉이 눈길에 담겨 나왔다.

"차앗!"

골인은 거센 고함을 내지르며 검무를 추기 시작했다.

독사는 눈을 부릅뜨고 상대의 검식을 살폈다.

'보인다. 이 검무는 발경(發勁)을 극대화로 이끌고 있어. 검이 흐르면서 진기를 끌어내어 검신에 싣고 있다. 검식 하나하나가 치밀하게 구성되어 있어.'

어느 순간, 검무를 추던 골인이 제비처럼 유연하게 날아들었다.

전 같았으면 아직 공격할 때가 아니라는 생각을 했을 게다. 느닷없는 공격에 당황했을 테고, 내공을 잃은 골인이 쾌속하게 달려드는 모습에 의아한 마음도 가졌을 터이다. 어떻게 이런 신법을 사용할 수 있는가 하고.

이제는 다르다. 골인들이 자신들도 미처 깨닫지 못하는 사활근맥단의 진기를 사용하고 있다는 것을 알고 있으며 검식의 흐름을 명확히 읽고 있다.

쉬익!

정강이뼈가 허공을 갈랐다.

빠악!

목검과 뼈는 부딪치지 않았다. 골인이 내지른 목검은 허공으로 흘렀고 뼈는 정확히 골인의 머리를 격타했다.

피가 튀었다.

살점이 거의 없는 골인들은 행동에 제약이 많다. 무엇이든 부딪치기만 하면 바로 뼈에 닿는다.

골인은 눈을 희번덕거리더니 풀썩 무너졌다.

그는 희망에 들떠 있다가 갑작스런 반격에 목숨을 내놔야만 했다.

'내 몸에 손댄 자들은 대가를 치르게 해주겠어. 누구든!'

살심(殺心)을 키웠다.

세상이 살심을 원한다면 그들이 원하는 대로 키워주겠다.

다른 혈인은 찾지 못하겠다. 손목이 잘린 자는 특징이 워낙 강해 한눈에 알아봤지만, 다른 자들은…… 더군다나 뒤에 가격한 자들은 비몽사몽 간에 당한 터라 모습조차도 기억나지 않는다.

그때 독사는 천지자연의 기운과는 전혀 다른 기운이 몸속에 스며드는 것을 감지했다.

내단이 가늘게 풀어져 전신 경맥을 휘젓고 있다. 몸속에 스며드는 악기(惡氣)를 밀어내고 있다.

'독(毒)!'

독이라면 이가 갈린다. 몽환소도 그렇고 백면여인이 복용시킨 소청환이라는 까만 환단도 그렇다. 멸혼촌에서 복용한 사활근맥단도 치가 떨린다.

독사는 큰 숨을 들이켰다.

외기를 폐부 깊숙이 들이쉬어 진기의 활동을 더욱 강하게 한 다음, 악기가 흘러나오는 곳을 쫓아갔다.

많은 골인들 중 한 골인을 주목했다.

“허허! 유독(揄毒)까지 깨우쳤는가. 독을 밀어내다니 대단하군. 내 생전에 유독을 깨우친 사람을 네 명이나 보다니… 쓸모없는 삶은 아니었군.”

골인은 태연하게 웃었다.

“역시 이곳 독물(毒物)은 형편없어. 독성이 영 형편없단 말야.”

독사는 골인에게 걸어갔다.

뜻은 분명했다. 정강이뼈를 쥔 손에 힘이 들어가 있는 것만 봐도 무슨 생각을 하고 있는지 짐작할 수 있다.

독사가 예상하지 못했던 일은 또 일어났다.

당한, 당옥, 당호. 당문삼기가 독사의 앞을 가로막았다. 가로막은 것뿐만이 아니라 손을 쓰기까지 했다.

향긋한 냄새가 풍긴다. 싱싱한 과일에서 맡을 수 있는 풋풋한 냄새다. 생선 썩는 악취도 풍긴다. 풋풋한 향기 속에 어울려 있어서인지 더욱 인상을 찡그리게 만든다.

‘약간의 성취’를 얻기 전만 해도 냄새가 풍기기만 해도 신형을 뒤로 뽑았을 터이다. 그러나 방금 전의 일로 자신감을 얻은 독사는 물러서지 않고 태연히 받았다.

일면으로는 잔뜩 긴장하면서 진기의 흐름을 관찰했다.

내단이 실처럼 풀어져 감지조차 하지 못할 만큼 빠른 속도로 몸속을 휘젓고 있다. 일주천이 찰나간에 지나가며, 그럴 때마다 몸 안으로 침범하려던 악기가 코를 통해 배출된다.

"독을 얻었군. 역시 당문삼기. 무림인들이 당문도를 두려워하는 이유가 있었어. 당신들은 죽이고 싶지 않소. 물러서시오."

독사는 정말 당문삼기를 죽이고 싶지 않았다. 특별히 그들이 잘못한 것도 없다. 골인들의 세계에 들어와 좌절한 죄밖에는 없다. 정작 그들을 죽이고 싶지 않은 이유는… 그들이 엽수낭랑과 관계가 있기 때문이다.

엽수낭랑은 요빙과는 또 다른 의미의 여인이다.

그녀는 벗이다. 지인(知人)이며 은인이다.

'한 번. 이번 한 번만 살려준다. 다음에 또 하독하면…… 죽어.'

당문삼기는 독사의 태연한 표정에 놀란 듯했다.

"저, 정말 유독?"

"세상에! 독을 밀어내다니!"

당문삼기는 하독할 생각도 하지 못한 채 멍하니 쳐다봤다.

"허허허! 미련한 것들. 내 독이 먹히지 않았는데 네놈들 독이 먹히리라 생각했느냐! 허허허! 물러서라. 보아하니 네놈들은 죽이지 않을 모양이니 부질없이 죽을 필요 없다. 죽음은 나 혼자로 충분하지. 지겨운 삶, 이만하면 살 만큼 살았고……."

골인의 음성은 지저에서 울려오는 듯 괴기스러웠다. 하지만 독사는 그 속에서 훈훈한 인정을 읽었다.

'당문삼기와 아는 사람?'

예감이 맞았다. 당문삼기는 골인의 말에도 불구하고 물러서지 않았다. 대신 독사에게 경고했다.

당한이 말했다.

“독사, 무공이 놀랍게 급진전했구나. 몽환소의 중독에서 벗어난 것도 놀랍고. 축하한다.”

“……..”

“이분은 우리 종조부님이시다. 오래전에 백비에서 실종되셨지. 무슨 말인가는 알 게다.”

결국 자신들을 죽인 후라야 골인을 죽일 수 있다는 말이다.

‘종조부?’

독사는 골인을 한참 쳐다보다가 몸을 돌렸다.

골인들의 마음을 알 것 같다. 그들은 간절히 몽환소에서 벗어나기를 갈망하고 있다. 그러다 몽환소에서 벗어난 사람을 보게 되었으니 목마른 사슴이 물을 찾는 심정으로 바라봤으리라.

그런데 상대는 살귀로 변해서 왔다. 자신들이 한 일도 있다. 생명의 위협을 느꼈을 테고. 아니다. 그런 점보다는 제압을 해서라도 몽환소의 해법을 알고 싶은 생각이 더 컸으리라.

자신이라도 그랬다.

자신이 골인의 처지가 되었는데 몽환소의 해법을 아는 자가 나타났다면 수단 방법을 가리지 않고 알아내려 했으리라.

문득 독사가 걸음을 멈추며 물었다.

“조금 전… 유독을 깨우친 자가 네 명이라고 했는데, 누군지 말해 줄 수 있나?”

“허허허! 죽이지 않으려면 그만 가시오.”

“하독까지 했는데, 입 한 번 더 놀렸다고 손해 볼 건 없을 텐데?”

“허허! 경망된 자 같으니. 벼는 익을수록 고개를 숙인다고 했거늘. 교양부터 쌓아야 되겠네. 쯧!”

골인은 조금도 위축되지 않았다.

그만이 아니다. 독사에게서 몽환소에서 벗어나는 방법을 얻을 수 없다고 판단한 골인들은 예전의 무관심한 상태로 돌아갔다. 일부는 아직도 미련을 버리지 못하고 눈빛이 독기로 일렁거렸지만, 많은 골인들이 나무 집 안으로 들어가 버렸다.

"하하하! 교양… 교양있는 사람이 암수를 사용하는가!"

"쯧! 그럼 어쩌겠나? 살귀가 나타났으니 독이라도 써야지."

독사는 멍청해졌다. 뭐 이런 사람이 다 있나 싶기도 했다.

당문삼기에게 물었다.

"종조부 된다고 했소?"

"그렇다."

"백비에는 무슨 일로 왔소?"

당문삼기는 대답하지 않았다.

대답하지 않아도 알고 있다. 엽수낭랑이 불안한 마음에 딸려 보냈을 게다.

"사활근맥단 대신 다른 처방을 찾으시오."

'은원은 분명히 가린다.'

마음이 홀가분해졌다. 애꿎게 백비에 왔다가 멸혼촌까지 흘러들게 된 당문삼기에게 약간의 빚을 갚았다는 생각이 들었다.

이들은 독에 관한 한 대가들이니 한마디 말만으로도 충분히 알아들었으리라.

"아! 역시……."

반응을 보인 사람은 당문삼기의 종조부 당진도였다.

2

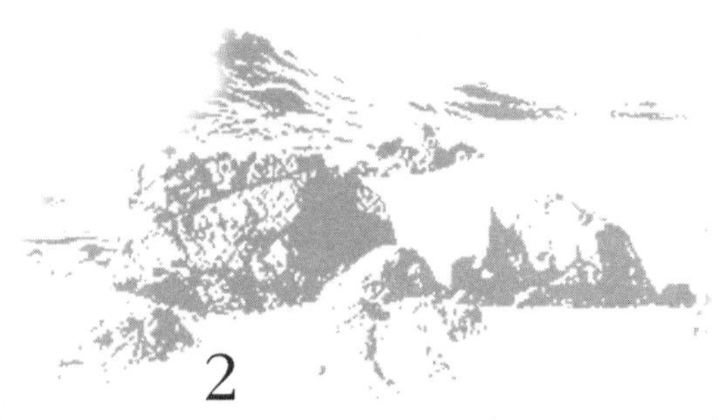

회생(回生)과 좌절(挫折)

독사는 미련없이 발길을 돌렸다.

멸혼촌이든 무엇이든 관심없었다. 당면한 문제 중 가장 큰 문제는 요빙의 전낭과 목걸이를 찾는 일이었다. 더불어서 설향의 죽음과 불곰의 실종에 대한 의문도 풀어야 한다.

하지만 그는 처음부터 난관에 부딪쳤다.

발길을 떼어놓기는 했는데 어디로 가야 할지를 모르겠다. 산을 내려가면 길이 있으려니 했는데, 험한 골짜기만 나온다. 물을 따라가면 강에 이르려니 했는데, 골에서 골로 이어질 뿐 강이 나올 생각조차도 않는다.

독사는 하루도 되지 않아 다시 멸혼촌으로 돌아왔다.

'길을 잘못 들었어.'

다른 방향으로 길을 찾아 나섰다.

벌목장을 찾아가서 강에 띄운 나무를 타고 강으로 흘러 들어갈 심산이었다.

그런 와중에 다른 골인들을 봤다.

곡괭이를 들고 있는 골인들은 전신이 흙으로 뒤범벅된 채 산에서 내려오고 있었다.

그들이 내려온 길을 더듬어 살펴보니 커다란 굴이 보인다.

아마도 금이나 옥을 캐는 광부들인 듯싶다.

그러고 보니 의문이 치민다.

벌목꾼들이 벌목한 나무는 누가 거두는 것일까? 광산에서 캐는 그 무엇은 또 누가 가져가는 것일까? 누가 백비에 찾아온 사람들을 몽환소로 중독시켜 멸혼촌에 집어넣는 것일까.

모든 의문은 백비를 찾아가면 풀릴 것 같았다.

설향의 죽음도, 불곰의 실종도 백비가 해답을 쥐고 있다는 생각이 들었다.

길을 찾아가는 중에 돌도끼를 든 골인들과 부딪쳤다.

골인 중 한 명이 찔끔했다.

그에게 돌도끼를 휘둘렀던 골인이다.

벌목 수장도 눈을 마주치지 않았다. 죽창에 찔린 사람을 두고도 상처는 보살피지 않고 내기에만 몰두했으니 원한이라면 원한이다.

독사는 그들 곁을 스쳐 지났다.

그는 은원을 분명히 할 생각이지만 사소한 일을 꼬투리 삼아 살인을 하는 마두는 되고 싶지 않았다. 그런 행동은 저승에 있는 요빙도 용납하지 않을 것 같았고.

골인들이 재빠르게 지나쳐 갔다.

폭포가 나왔다. 일순 폭포를 따라갈까 하는 생각도 들었지만 그냥 지나쳤다.

'더 헤맬 필요가 없지, 아는 길이 있으니.'

골인들이 벌목하는 나무는 갈참나무로 큰 것은 높이가 아홉 장에 이르는 것도 있다. 작은 것도 일곱 장은 넘어서 우뚝우뚝 솟아 있는 나무들 사이를 걸으면 심신이 상쾌해진다.

독사가 갈참나무 사이로 들어서자 단전 진기가 갈참나무들이 내뿜는 활기를 받아들였다.

"후읍!"

가슴을 크게 열고 시원한 공기를 폐부 깊숙이 들이켰다.

아무래도 빙굴의 차디찬 공기보다는 수림의 맑은 공기가 낫다. 사람 살을 뜯어먹는 것보다는 나뭇잎을 따먹는 것이 낫다.

빙굴은 그를 새로 태어나게 했지만 사람으로서 차마 못할 일을 하게 만들었다.

인육(人肉). 골인들은 그에게 인육을 먹도록 강요했다. 도저히 어쩔 수 없다 싶었을 때만 한두 점 떼어먹은 것에 불과하지만 가죽만 남은 골인들의 살점은 먹는 즉시 토하게 만들었다.

빙굴에 들어선 자들에게 처음부터 독수를 펼쳤던 것은 자신을 그렇게 만든 데 대한 분노였다.

'여기서 산을 내려가면 강이 나온다.'

아는 길을 찾아 안도했다.

강에만 닿으면 둥둥 떠내려가는 벌목을 타고 나무들을 수거하는 사람들에게 갈 수 있다.

그들은 백비에 대해서 알 것이다.

그렇지 않더라도 적어도 사람이 사는 마을에는 도착할 수 있을 테고, 계명산 백비를 찾아갈 수 있다.

독사가 산비탈을 내려가 물가에 이르렀을 때,

'누군가!'

청량한 대자연의 맑은 기 속에 혼탁한 기가 섞여서 흘러나온다. 냄새도 맡을 수 있다. 자연이 내뿜는 향은 맑은데 사람이 내뿜는 향은 맑지 못하다.

화식(火食)이나 육식(肉食)이 나쁜 이유를 꼽으라면 사람 몸에 냄새를 배게 하는 것이라고 말할 수 있다.

파앗! 쒜엑!

공기가 흔들렸다.

상대는 기척도 없이 신형을 띄웠지만 독사는 그가 나무를 박차고 뛰어내렸으며, 그가 나타나기 전부터 뽑아 들고 있던 진검으로 갈라오고 있다는 사실을 파악했다.

파파파팟!

재빨리 옆으로 네 걸음 물러나 공격을 피했다.

내려치는 검식에서 틈을 찾아 단숨에 옆구리를 가격하고 싶은 충동도 참았다.

"누구냐!"

처음 보는 사내다. 나이는 서른쯤 되어 보이는데 눈매가 옆으로 쭉 찢어져 솔개를 보는 듯하다.

특이한 점은 골인이 아니라는 거다.

사내는 세상에서 볼 수 있는 여느 사내들처럼 살이 올라 있고 근육이 단단하다.

상대는 대꾸도 없이 짓쳐들었다.

독사는 다시 뒤로 두 걸음 물러섰다.

직접 공격해 오는 자 말고도 좌우로 네 명이나 더 있다. 좌측으로든 우측으로든 몸을 피했다가는 당장 합공(合攻)에 휘말리고 만다.

합공이 무서운 건 아니다. 사실 지금 그는 세상 그 누구도 무섭지 않다. 현문의 석정하나 요신화는 안중에도 없고, 오천무인과 겨뤄도 질 것 같지 않다. 사천 오주라는 아미파, 청성파의 장문인들과도 손속을 겨룰 수 있다는 자신감이 팽배했다.

쉬익! 쒸이익! 쒜에엑……!

사내는 연속 오검을 쳐냈다.

'매 검이 정연하다. 각 초식이 방어로 시작해서 공격으로 이어지고, 방어로 마무리지어진다. 공격이 빗나갔다고 짓쳐들어 갔다가는 당하고 만다.'

독사는 사내의 요결을 단번에 파악해 냈다.

파앗! 파아앗……!

상황이 심상치 않다고 생각했는지 숨어 있는 자들이 뛰쳐나와 달려들었다.

오 대 일.

독사는 할 수 없이 정강이뼈를 들었다.

상대가 누구며 왜 공격하는지 이유를 알고 싶었지만, 상대는 이야기할 틈조차도 주지 않는다. 오로지 죽이겠다는 살념(殺念)만 무섭게 토해낸다.

'그렇다면…….'

일검단참(一劍斷斬)으로 쪼개오는 검을 흘리며 정강이뼈를 올려쳤다. 동시에 신법을 발휘해 좌측에서 짓쳐오는 자를 맞이했다.

방위나이(方位挪移), 칭직선공격속도지최적기공(稱直線攻擊速度之最的氣功)이란 신법이다.

인간이 움직일 수 있는 방향은 크게 여덟 가지로 나뉠 수 있다.

전(前), 후(後), 좌(左), 우(右), 좌전(左前), 우전(右前), 좌후(左後), 우후(右後).

방위나이는 기문둔갑(奇門遁甲)에 근본을 둔 신법으로 여덟 방위에 각기 문(門)을 설치한다.

전방을 휴문(休門)으로 정하면 오른쪽으로 돌면서 각기 생문(生門), 상문(傷門), 두문(杜門), 경문(景門), 사문(死門), 경문(驚門), 개문(開門)이 된다.

전방은 휴문이 될 때도 있고 경문이 될 때도 있다.

상대에 따라서, 상대하는 인원에 따라서 싸우는 도중에도 시시각각으로 변한다.

그렇기에 방위나이는 찰나간에 포착된 기회를 틈타 쏜살같이 달려들어야 한다. 한 번의 기회를 놓치면 다시 자신만의 문이 열릴 때까지 기다려야 한다.

신법에 숙달되지 않은 자는 몇 시진 동안 빙빙 돌아도 공격할 문을 찾지 못할 것이요, 숙달된 자는 일 수유에도 수십 번이나 찾을 수 있다.

문을 찾았으면 공격한다.

방위나이의 기문둔갑은 상대의 눈에는 보이지 않는다. 본인만이 알고 있는 본인만의 문이다. 주변 지형과 상대하는 자의 무공, 혹은 인원 수에 따라 본인 스스로 어느 적을 상대해야 좋을지 판단하는 근거밖에는 되지 않는다.

하지만 가장 공격하기 좋은 적을 골랐다는 것은 공격이 가장 효율적으로 이루어질 수 있다는 것을 의미한다.

방위나이 기문둔갑에 잡힌 적이 좌측에서 짓쳐오는 자다. 그는 자신이 가장 반격하기 좋은 사문으로 들어서고 있다.

용천혈(湧泉穴)에 진기를 밀어 넣자 그의 신형이 용수철처럼 튀어 나갔다.

정강이뼈도 휘둘러졌다. 상대의 검은 옆으로 휘둘러 오고 있다. 좌측이 텅 비어 있으며, 더군다나 사문이다.

빠악!

힘껏 휘두른 정강이뼈가 사내의 좌측 옆머리를 강타했다.

사내의 검은 방향을 잃었고, 독사와 사내의 신형이 부딪쳤다.

독사는 사내를 어깨로 밀어버리고 다시 방향을 잡았다.

“방위나이…… 완벽하군. 완벽해.”

전장에서 일 장가량 떨어진 곳에 나타난 꼽추노인이 몇 개 남지 않은 이를 드러내며 헐헐 웃었다.

독사는 마치 분신술(分身術)을 사용하는 것처럼 빠르다.

여기에 있었는가 하면 어느새 상대의 우측이나 좌측으로 돌아가 뼈를 후려친다.

방위나이의 특성이다. 본인 자신은 분주하게 움직이는데, 옆에서 보면 간단하게 신형을 이동하는 것 같다. 느닷없이, 또는 너무 빨리 다가온다.

그가 상대하는 고수는 다섯 명이지만 호랑이에게 달려드는 강아지

꼴로 순식간에 피를 흘리며 나뒹굴었다.

"손속도 잔인하군. 단매에 때려죽여. 헐헐!"

노인은 눈앞에서 사내 다섯 명이 죽어 넘어졌어도 전혀 놀라지 않았다.

독사는 땅에 널브러진 사내의 옷자락으로 뼈에 묻은 피를 닦아내며 말했다.

"싸울 거요?"

"쯧! 애송이놈, 몇 수 잔재주 나부랭이 좀 배웠다고 날뛰기는. 이놈아, 네놈 무공으로는 내 발끝도 못 따라와."

"그럴 수도 있고 아닐 수도 있고. 싸워보면 알겠지."

정강이뼈를 들고 일어섰다.

꼽추노인에게서 알지 못할 거력이 감지되었다.

독사는 꼽추노인을 보는 순간 사부를 떠올렸다. 사부는 그가 만난 무인들 중 단연 최강이다. 당시는 손속 한 번 부딪치는 것에 불과했지만, 그때 받은 강한 인상은 두고두고 가슴속에서 지워지지 않았다.

꼽추노인은 사부를 능가하는 것 같다.

단연 최강이다.

조금도 방심하지 못하고 처음부터 방위나이를 펼쳤다. 그런데,

"엇!"

독사는 너무 놀라 펄쩍 뒤로 물러섰다.

노인이 펼치는 신법 역시 방위나이다.

방위나이 신법은 공격하기 전에 미미한 몸의 움직임으로 방향부터 정한다.

독사는 다짜고짜 전면으로 생문을 열었다. 무시할 수 없는 적이니

최선을 다해야겠다는 생각에서.

그런데 노인은 사문으로 막아섰다. 자신의 생문으로 뛰어들면 꼽추 노인의 지팡이에 여지없이 가격당할 것 같다.

몸을 틀어 생문을 다시 열었다.

우연이 아니다. 독사가 몸을 트는 것과 동시에 노인도 미미하게 움직였는데, 이번에도 지팡이를 앞에 내세우고 있다.

이번에는 몸을 크게 움직여 생문을 열었다.

막힌다. 자신이 몸을 움직일 때마다 노인도 움직인다. 더군다나 노인의 움직임은 자신보다 빠르다. 신체의 움직임은 느릴지 모르지만 사문을 열고 닫는 것만은 확실히 빠르다.

결론은 하나다. 노인이 방위나이를 알고 있으며, 자신보다 뛰어난 경지로 익히고 있다는 것.

"헐헐! 왜? 공격할 틈이 없나?"

"……."

독사는 대답하지 못했다.

사문이라도 공격할 수는 있다. 전장(戰場)에서도 정예 부대와 정면으로 승부를 나누는 경우는 흔하다. 하지만 비슷한 실력에서 부딪치면 승패를 점칠 수 없다. 적이 약하다 해도 적이 강성한 곳을 치면 많은 손해를 본다.

방위나이의 기문둔갑은 그런 점을 말해 준다.

노인이 낄낄 웃었다.

"왜? 그런지 아닌지는 겨뤄보면 안다며? 알아보니 어때?"

"후웁!"

독사는 대답 대신 숨을 크고 깊게 들이켰다.

단전에서 풀어진 진기가 전신을 휘도는 가운데 새로 들이마신 천지 자연의 기운이 장작이 되어 불길을 드높인다.

'신법은 방위나이. 초식은 십이천공도.'

뼈를 들어 노인을 겨눴다.

"낄낄! 무모한 놈. 대체 안 되는 줄 알면서 덤비는 이유가 뭐냐? 너 바보냐?"

"타앗!"

사문을 짓쳐갔다.

노인이 움직이는 순간에 사문이 다른 문으로 변할 수도 있다. 사문 을 깨는 또 하나의 방법, 절대적으로 우월한 내력이나 초식으로 장애고 뭐고 모조리 부숴 버리며 짓쳐가는 방법이 있다.

'대도세(帶刀勢)!'

독사가 마음속으로 대도세를 외쳤을 때, 손에 든 뼈는 벌써 출도세 에 이어 압도세가 되었다. 노인에게 달려들며 투도접소세에 이어 안호 도세로 이어졌다. 배감도세, 저삽도세…… 십이도세가 눈 깜짝할 순간 에 풀려 나왔다.

"허! 사리일잠도(捨離一潛刀)."

노인이 감탄을 불어냈다. 뿐만 아니라 훌쩍 신형을 날려 옆으로 물 러서며 뼈의 공세에서 벗어났다.

독사는 당황했다. 노인은 십이천공도세에서 벗어났을 뿐만 아니라 '사리일잠도' 라는 말까지 했다.

도법까지 알고 있다.

그는 십이천공마로 무공을 바꿨다.

귀궁의 무공으로 아는 사람이 극히 적은 무공이다.

노인의 눈빛이 반짝 빛났다.

"십이천공마! 헐헐! 기가 막힌 놈이군. 광무(狂武) 신승(神僧)의 신법에다가 벽력도제(霹靂刀帝)의 사리일잠도, 이제는 천요문(千濟門)의 십이천공마인가? 도대체 네놈 사문은 어디냐?"

꼽추노인이 펄쩍 뛰며 말했다.

노인의 개구리처럼 뛰어오른 신법은 시기적절했다. 십이천공마가 노인을 훑어가기 바로 직전에 몸을 빼내 검권(劍圈) 밖으로 물러섰다.

십이천공마를 알지 못한다면 펼치지 못할 신법이다.

'이런!'

독사는 당황했다. 자신이 지닌 어떤 무공으로도 꼽추노인을 제압하지 못한다. 모든 무공을 손바닥 들여다보듯이 알고 있으니 공격을 하기 전에 미리 피해 버린다.

한 가지 사실을 알았다. 광무 신승, 벽력도제…… 누구의 무공인지도 몰랐던 무공의 주인을 찾아냈다. 도법의 경우에는 정확한 무공 명칭도 알았다.

노인이 귀궁의 무공을 천요문의 무공으로 잘못 알고 있는 것만 제외하면 노인의 안목은 가히 경탄할 만하다.

독사는 뼈를 축 늘어뜨렸다.

"재롱 끝났나?"

독사는 초식 모두를 포기했다. 노인이 알고 있는 초식으로는 싸울 수 없다. 아직 소수천라변이 남아 있지만 그것조차도 노인을 어쩔 수는 없으리라.

뚜벅! 뚜벅……!

독사는 거침없이 걸었다.

“뭐 하자는 수작이야?”

무작정 걸었다. 전신이 허점투성이다. 공격해 오면 무방비 상태로 당할 수밖에 없다.

“쯧! 미련한 놈은 어쩔 수 없다니까. 겨우 들고 나온 재롱이 동귀어진(同歸於盡)이냐? 그런다고 당해줄 것 같아?”

정강이뼈를 잡은 손에 힘이 들어갔다.

무인이라면 누구나 그렇게 생각한다, 동귀어진을 택했다고.

휘익!

신형을 띄웠다. 이번에도 완전히 무방비 상태다. 그가 전력을 집중시킨 것은 오로지 속도뿐이다. 꼽추노인과의 거리를 최대한으로 좁혀야 일격을 뻗어낼 수 있다.

스윽!

꼽추노인의 손이 허점을 비집고 들어섰다.

지금까지 노인이 독사의 무공을 읽었듯이 독사도 노인의 몸 동작에서 이어지는 초식을 짐작해 냈다. 그가 받아들이는 천지자연의 기운은 오묘해서 조그만 진동에도 미세하게 반응한다.

몸을 틀며 냅다 머리를 후려쳤다.

방위나이의 신법을 활용하지는 않았지만 같은 원리에서 나온 행동이다.

퍽!

어느새 쳐들린 노인의 일장(一掌)과 뼈가 정면으로 부딪쳤다.

독사는 손목이 시큰거렸다. 정강이뼈도 부서져 한 귀퉁이가 날아가 버렸다.

노인은 훌쩍 뛰어 일 장 뒤로 물러섰다.

“그래도 지금까지 본 재롱 중에는 제일 낫네. 무식한 공격이지만 쓸 만했어. 실전에서 쓰면 괜찮겠는데?”

노인은 묘한 사람이다. 그는 싸워서 꺾는 사람이 아니라 아예 전의(戰意)를 상실시킨다.

“이제 그만 하지? 재롱은 충분히 봤으니까.”

“……?”

“내 아이들 다섯을 죽였으니 셈이나 치러.”

“어처구니없군. 이들이 먼저 공격했다는 건 아시오?”

“알지. 내가 시켰으니까.”

“뭐요?”

“그런다고 죽일 것까지는 없지 않았나? 이놈들이 네놈 몸에 상처라도 입혔어? 어디 봐? 어디 상처난 데 있어?”

“억지는 그만 부리시오.”

노인에게 싸울 의사가 없다는 걸 알자 등을 돌려 떠나려고 했다. 그러나 노인은 그가 떠나도록 내버려 두지 않았다.

“쯧! 셈을 치르라는 말이 농담처럼 들렸나 보지? 난 수전노(守錢奴)라서 받을 빚은 반드시 받는 사람이야.”

“치르지 못하겠다면?”

“죽이지. 죽일 수 있다는 건 알지?”

“죽이시오.”

독사가 다시 싸울 준비를 하자 단전에 계란 모양으로 둘둘 감긴 진기가 알아서 스르르 풀어졌다.

“낄낄! 역시 협박이 안 통하는군. 그럴 줄 알았지. 그래서 다른 수를 준비했다고.”

노인은 작은 지팡이에 몸을 의지하며 뒤뚱거리며 걸어왔다. 몇 개 남지 않은 이빨을 활짝 드러내 웃으며.

"저놈들을 죽였으니 일을 해줘야겠어. 네놈이 죽인 건 사실이잖아."

"말이 통하지 않는 노인이군. 못하겠다면?"

"해줘. 부탁이야."

조금 전까지만 해도 협박이더니 이번에는 애원이다. 노인은 그의 상식으로는 종잡을 수 없는 사람이었다.

"난……."

"해주면 셈까지 치러줄게. 정말이야. 난 줄 게 많다고."

"억지는……."

"검도 있어. 노룡검이라고, 아주 명검이야."

독사의 눈이 번쩍 뜨였다.

"활도 있어. 손목에 차는 활인데 암기로 사용해도 되고 병기로 사용해도 쓸 만해. 당가 계집애가 만들어서 아주 정교해. 정말 줄 게 많다니까."

"당신……!"

독사의 마음속에 분노가 타올랐다.

백비다. 백비에 간여된 사람이 바로 이 꼽추노인이다. 노인은 누구인가? 몰라도 상관없다. 노인이 바로 그토록 찾고자 하는 전낭과 요빙의 뼈를 가지고 있다.

쒜에엑!

독사는 상대가 안 되는 줄 번연히 알면서도 덮쳐들었다.

노인이 그럴 줄 알았다는 듯 훌쩍 뛰어 전장 밖으로 벗어났다.

"다른 것도 줄 수 있어. 줄 수 있다고. 보물은 아니지만 목걸이하고 돈도 줄 수 있어. 다 준다니까."

손을 멈췄다.

아직은 노인의 상대가 되지 못한다. 노인이 싸움을 피하려고 작정하면 그의 옷깃조차 건드리지 못한다. 싸우려고 작정하면 일 초식에 제압당할 형편없는 무공이다.

'내 무공이 겨우 이 정도······.'

싸움에 대한 그의 생각이 송두리째 무너졌다.

파락호들은 모두 알고 있는 수법으로 싸운다. 권각을 날리고 육박전을 전개하기도 한다. 거기서 승부는 누가 얼마나 빠르고 강하냐에 따라 갈라진다.

무공 초식도 그와 같다고 생각했다.

귀궁 무공을 익힌 사람은 자신 외에도 막 사형과 곽 사형이 더 있다.

모두 같은 무공을 수련했다. 그렇다고 싸움을 피하고 싶다고 피해질 수 있는 것인가. 정작 싸움이 벌어지면 한 사람은 이기고 한 사람은 지게 된다.

무공을 얼마나 수련하느냐, 어느 정도의 깊이로 깨닫고 몸에 붙였느냐 하는 숙련도에 따라 승패가 나눠진다.

그런데······ 노인은 하나를 더 가르쳐 주었다.

수련의 차이가 너무 벌어지면 아예 싸움조차 되지 않는다는 것을.

'요빙. 요빙의 뼈가 이자에게 있어.'

"무슨 일이오?"

"이제야 말을 듣는군. 휴우! 곧 관 속에 들어갈 나이에 이리 뛰고 저리 뛰었더니만 숨이 차서······ 숨 좀 돌리고 이야기하자고."

"무슨 일이오!"

"그놈, 성질머리하고는. 멸혼촌으로 돌아가."

"뭐요?"

"멸혼촌 놈들은 보름에 한 번씩 출타를 하지. 싸움을 하러 가는 거야. 우선은 그놈들 틈에 섞여서 싸워줘."

골인들이 정상인과 함께 싸움을 벌여왔단 말인가? 말도 안 된다. 골인들이 내공을 잃지는 않았지만, 몽환소에 중독되기 이전에 비하면 어린아이 같은 내공이다. 더군다나 그런 몸으로…….

자신을 시험 대상으로 사용했던 혈인들이 바로 그럼…….

"알았소. 이제 내 물건을 주시오."

"히히히! 널 뭘 믿고."

"뭐요?"

"싸움 한 번에 하나씩. 어때?"

선택의 여지가 없다. 다른 방법을 제시해도 노인은 자신의 말을 번복하지 않으리라.

"좋소."

독사는 무공이 약한 자의 설움을 절절이 실감했다.

"제일 먼저 뭘 줄까? 다음에 만날 때는 가져와야지."

"목걸이를 주시오."

노인의 눈빛이 반짝 빛났다.

"노룡검이 아니고 목걸이인가?"

예상 밖이라는 물음이다.

"목걸이. 목걸이를 주시오."

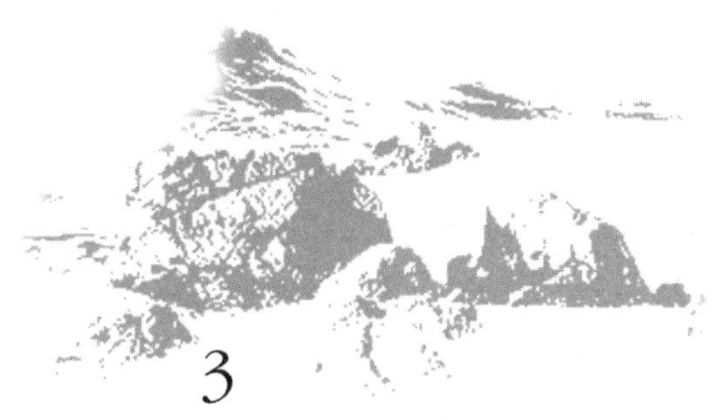

3

해생(回生)과 좌절(挫折)

초저녁부터 밝혀진 대황촉(大黃燭)은 밤이 깊도록 꺼지지 않았다.

"아유! 졸려요. 그만 주무세요."

시녀가 기지개를 늘어지게 켜며 눈을 비볐지만 엽수낭랑은 꿈쩍도 하지 않았다.

그녀는 읽고 있던 것을 다시 둘둘 말아 왼쪽에 놓고 오른쪽에 쌓여 있는 두루마리들 중에 하나를 집어서 펼쳤다.

"전 그만 잘래요. 자러 가도 되죠?"

아무 소리도 들리지 않았다.

지난 백여 년간 사천무림에서 벌어진 일들을 탐독하는 데 온 정신을 빼앗겼다.

그녀가 펼친 두루마리는 고색(古色)이 창연했다.

누렇게 변색된 종이에 깨알 같은 글씨가 오랜 세월을 말해 주었다.

─마해추룡(魔海追龍). 창법의 달인. 도린은사(韜潾隱士)에게 구환창법(九幻槍法)을 사사(師事)받은 후 용비문(龍飛門)에 입문하여 절창공(節槍功)을 수련. 이후 이십 년 동안 무림을 횡행하며 월사창법(月謝槍法)을 창안. 후인(後人)은 없으며 백비에서 실종. 성정(性情)은 강직하며…….

엽수낭랑은 헤아릴 수도 없는 많은 일들 중 백비에서 실종된 무림인들만 집중적으로 파헤쳤다.

당문에서 보관하고 있는 실종자 명부는 명성이 드높았던 무인들만 기재되어 있다.

그 양도 적지 않았다.

단순히 많은 무인들이 백비를 찾아갔다는 정도로만 생각했는데 의외로 백비가 몰고 온 파문은 심각했다.

백 년 세월이 흘렀다는 점을 감안하면 적은 수인지도 모른다.

'마해추룡의 무공은 초절정. 그런 사람까지 실종되었으니 독사나 당문삼기가 실종되는 것은 당연해. 하기는 종조부님도 실종되셨으니. 왜……? 왜 아무도 나서지 않는 거지?'

그녀가 궁금해하는 것은 고수들이 줄줄이 실종되는데 왜 사천무림의 기둥이라는 사천 오주는 꿈쩍도 하지 않는가 하는 점이다. 하다못해 사람을 보내서 실상이라도 파악해야 되지 않는가 말이다.

실종자들 중에는 청성파의 도인이나 아미파의 승려도 포함되어 있었다. 당문에서도 걸출한 기재였다던 당진도 종조부가 실종되었다.

실종 시기가 비슷하다는 점으로 미루어보면 당시에는 사천무림도 백비에 대해 신경을 곤두세웠던 것 같다.

그러던 것이 해결도 보지 못한 채 미궁에 빠져 오늘까지 이어오고 있다.

그뿐만이 아니라 당숙은 자신의 친아들 셋이 모두 실종되었는데도 백비에 뛰어들 생각을 하지 않는다.

“몽환소의 독기를 해소하지 못하는 한 백비를 풀어낼 수 없어.”

“그럼 이대로 물러서겠다는 건가요?”

대답은 아버지가 해주었다.

“네 종조부께서 실종되셨을 때 당문십독(唐門十毒)이 달려갔다. 피독단(避毒丹), 해약(解藥)…… 가지고 갈 수 있는 것은 모두 가지고 갔지.”

당문십독은 실종되었다.

당문에서는 문주가 새로 취임할 때 독약(毒藥)에 대해 성취가 가장 높은 문도 열 명을 추려 당문십독이라는 명예를 준다. 또한 암기에 관해 성취가 가장 높은 문도 열 명에게는 당문십비(唐門十秘)라는 칭호를 준다.

당문십독이야말로 약과 독에 관한 한 당문의 정화(精華)다.

“당문은 아직 포기하지 않았다. 몽환소에 대한 연구는 지금도 이루어지고 있다.”

“아직은 아니라는 말씀이군요.”

“삼기를 독사에게 딸려 보내는 것이 아니었다. 그런 부탁 자체가 삼기를 실종으로 몰고 간 거야. 그놈의 백비는 꼭 일 년마다 한 번씩 움직이는군. 한 사오 년 조용하더니…… 그래서 백비를 비밀에 부쳤거늘.”

당문은 움직이지 않는다.

당문십독까지 실종되었다면 당문도 전부가 달려들어도 화를 면키 어렵다는 말이 된다. 억지로 달려들 수도 있으나 결정권을 가진 당문주 아버지의 뜻이 백비 파해에 있지 않으니 어쩔 수 없다.

실종된 사람은 어디서 무엇을 하고 있을까.

독사와 당문삼기를 생각하면 가만히 앉아 있을 수 없다.

독사는 참 이상한 사람이다.

처음에는 호기심으로 바라봤다.

한 여자에 대해 그토록 절심(絶心)한 사람은 찾기 힘들다.

그의 뒤를 조사한 뒤에는 조금 이해가 되었다. 어느 사내라도 여자가 자신을 위해 죽었다면 마음의 짐을 떠안게 된다. 그것마저 없다면 죽은 여자만 불쌍하다.

조금 심정이 강직한 사람이라면 독사와 같은 행동을 취할 수 있다.

독사는 조금 심한 편이다.

장난기가 치밀었다.

'이 사내의 마음이 어느 정도인지 떠볼까?

그녀는 사내의 마음이 어떨 때 움직이는지 알고 있다. 어머니는 소위 말해서 '곰과 여우' 중에 여우 쪽에 속했고, 입에서 살살 녹아나는 애교에는 곰 같은 아버지도 꼼짝 못했다.

엽수낭랑은 아버지와 어머니의 중간 성격이라고 할 수 있지만, 어려서부터 본 것이 있어서 사내의 마음이 움직이는 방향 정도는 읽을 수 있었다.

은은히, 그러나 꾸준하게 정성을 다했다.

어떤 때는 작은 것으로, 어떤 때는 깜짝 놀랄 만한 선물을 주었다.

한 가지 주의할 점은 선물에는 반드시 정성이 묻어나야 한다는 것이
다.

호기심으로 시작한 유희(遊戲)…… 그러나 노룡검을 줄 무렵에는 장
난스럽던 마음이 진지하게 바뀌었다.

독사는 보면 볼수록 괜찮은 사내다.

그는 그녀의 주변에 얼씬거리는 어느 사내들과 견주어도 뒤지지 않
는 영준한 용모를 지녔지만 용모는 눈에 들어오지도 않았다. 파락호였
다지만 지난 과거도 개의치 않게 되었다.

끈질긴 인내, 죽음을 불사하는 투지… 사내다운 매력이 물씬 풍기지
만 눈여겨보지 않게 되었다. 가슴속 깊이 묻어둔 요빙의 환상도 그의
한 부분에 지나지 않는다.

독사가 옆에 있으면 즐겁고 없으면 허전하다.

침상에 드러누우면 무생곡에서 고독하게 자고 있을 독사의 생각에
가슴이 저린다.

'이게 사랑……?

곰곰이 따져 보면 하나도 뛰어난 게 없는 사내, 그러나 주변 사내들
과 견주어 보면 모든 게 뛰어난 사내.

그것이 그녀 혼자만의 생각일지라도 상관없었다.

그는 있는 그대로의 모습으로 그녀의 가슴속에 살아 있다.

그런 사람이 실종되었다. 그가 실종되고 나니 그의 영상이 더욱 진
하게 피어나 가슴을 울린다.

엽수낭랑은 서둘지 않았다.

우선 백비에 관해 수집한 모든 것을 읽어 나갔다. 과거 종조부께서
실종되었을 당시, 실종 사건에 관여했던 어른들을 만나뵙고 그때의 정

황을 들었다.

그녀가 알게 된 것은 여러 가지다.

백비에는 절정고수조차 속수무책으로 중독되고 마는 극독 몽환소가 존재한다는 것. 몽환소 해약을 손에 쥐지 않는 한 백비에 접근할 수 없다는 것. 실종된 사람이 다시 모습을 드러낸 적이 한 번도 없다는 것. 백비는 일 년에 한 번씩 발동한다는 것. 과거에는 백비를 찾은 사람이 많았지만 근자에 들어서는 사천 오주의 노력에 힘입어 소문조차 흘러다니지 않는다는 것.

마지막으로 독사의 모습을 한 번이라도 보려면 자신 역시 실종을 택해야 한다는 것.

엽수낭랑은 시간 가는 줄 모르고 두루마리의 글귀에 파묻혀 밤을 하얗게 지새웠다.

삐걱……!

소문이 작은 소리를 흘리며 열렸다.

"어서 오시지요."

문을 연 청수한 중년인이 포권(抱拳)을 취하며 말했다.

"오랜만이외다."

방문객도 마주 포권했다.

"들어가십시오. 문주님께서 기다리고 계십니다."

방문객은 사양하지 않고 들어섰다.

두 사람은 향기 그윽한 찻잔을 앞에 놓고 마주 앉았다.

워낙 뚱뚱해서 한눈에 알아볼 수 있는 사람, 현문 뇌천검객은 찻잔에 손도 대지 않았다. 반면에 칠흑 같은 흑발에 하얀 수염을 기른 청수한 용모의 중년인은 찻잔을 들어 차를 음미했다.

방문객은 뇌천검객, 마주 앉은 사람은 당금 사천무림에서 오주로 불리는 당문의 문주 흑발백염(黑髮白髯) 당학용(唐學湧)이다.

뇌천검객이 먼저 말을 꺼냈다.

"당문삼기까지 실종되었다는 소식을 들었습니다. 유감입니다."

당문주가 찻잔을 내려놨다. 그는 아무 소리도 하지 않고 속을 알 수 없는 눈빛으로 뇌천검객을 바라봤다.

"이번 일도 선례에 따라 자중해 주셨으면 하는 부탁을 올립니다."

"……."

침묵이 대답을 대신했다.

당문주 당학용은 아무 언질도 주지 않았다.

뇌천검객도 당문주의 말을 기다리고 있다는 듯이 입을 다물었다.

한참 만에야 당문주가 말했다.

"독사라는 아이가 현문과 연관이 있는 것 같던데."

뇌천검객의 눈살이 가늘게 좁혀졌다.

"어떻게 아셨습니까?"

"딸아이가 대화산에서 막세건을 만났더군. 음모가 난무하는 세상에 계집아이 혼자 다니게 내버려 둘 수는 없었지."

"허허! 멍청한 제자를 뒀습니다, 뒤를 밟히는 줄도 몰랐다니."

"아직은 어리지 않은가. 좀 더 세월이 지나면 무림에 일조를 할 아이가 분명하던데, 그렇게 말할 필요는 없지."

"맞습니다. 독사는 현문과 관계가 있습니다. 그래서 제가 직접 찾아왔습니다."

"딸아이 문제군."

"독사와 인연이 있는 것으로 알고 있습니다만……."

당문삼기의 실종으로는 당문이 움직이지 않는다. 그것은 뇌천검객도 알고 있고 당문주도 그리 생각한다. 당진도의 실종 때도 움직이지 않았는데 지금에 와서 움직일 리가 없다.

뇌천검객은 당문삼기 때문에 찾아온 것이 아니다.

문제는 엽수낭랑에게 있다.

그녀가 실종된다면 문제가 달라진다. 당문주가 늦은 나이에 본 금지옥엽이지 않은가. 엽수낭랑의 실종은 당문주를 자극하여 잠들어 있는 독룡(毒龍)을 깨울 우려가 있다.

뇌천검객은 그것 때문에 찾아왔다.

더불어서 당장은 백비가 닫혀 있어 엽수낭랑이 움직여도 실종될 염려가 없지만, 현문은 그녀가 백비에 관한 어떤 일에도 간섭하지 않기를 원한다.

"단속하지."

"감사드립니다."

뇌천검객이 몸을 일으켰다.

엽수낭랑은 경장을 입었다. 허리에는 검도 찼고 등에는 갖은 환단과 침이 들어 있는 약낭(藥囊)도 걸머졌다.

화약도 준비했다.

백비를 뒤져 봐서 아무 흔적도 찾지 못한다면 백비를 폭파시켜 버릴 생각이다.

사람이 날개가 달려 하늘로 솟을 수는 없다. 두더지가 되어 감쪽같이 땅으로 꺼질 수도 없다.

분명히 어딘가에는 움직인 통로가 있다.

몽환소에 중독되면 더욱 다행이다. 그거야말로 독사가 있는 곳으로 편히 갈 수 있는 방법이지 않은가.

백비를 폭파시켜 길을 찾을 것이다.

엽수낭랑은 방 안을 휘둘러 봤다.

'뭐 빠진 게 없나?'

가지고 가고 싶은 게 한 가지 있다. 당문의 무가지보(無價之寶)로 일명 '용목(龍目)'이라고 일컫는 피독주(避毒珠)다.

피독주라고 해서 구슬은 아니다. 약재를 버무려 만든 환단이지만 딱딱하게 굳었을 때 백색 진주처럼 영롱한 빛을 토해낸다고 해서 '주(珠)'라는 말이 붙었다.

처방전이 유실되어 다시 만들 수는 없고 만들어진 것만 사용하지만, 효능은 기가 막혀서 어떤 독도 풀어낼 수 있다.

단 한 알 남은 용목은 현재 당문도조차 알지 못하는 곳에 보관되어 있다.

욕심은 나지만 가져갈 수 없는 물건이다.

'됐어, 이만하면……'

엽수낭랑은 허전함을 달래고 문으로 갔다.

그녀가 막 문을 밀치려는 순간, 문이 기다리고 있었다는 듯 벌컥 열렸다.

"아! 아버지."

문을 연 사람은 아버지다.

아버지의 뒤에는 당문십독과 당문십비 중 두 명씩이 서 있었다.

'무슨 일……?

"출타할 생각이냐?"

"네."

"집에 좀 있지. 쯧!"

'휴우! 들키지 않았어.'

엽수낭랑은 지레 찔려 가슴을 쓸어내렸다.

"남만(南蠻)에 갈 일이 생겼는데, 경륜도 쌓을 겸 네가 같이 가는 게 어떨까 싶어서 들렀다."

"아버님, 전……."

"곤란하니?"

"네."

"그럼 할 수 없지. 다녀오너라. 늘 조심하고."

"네."

엽수낭랑은 큰 숨을 내쉬었다.

아버지는 그녀의 행동을 제약한 적이 없다. 장중보옥(掌中寶玉)이지만 그럴수록 밖에 내놓고 키워야 한다는 것이 아버지의 뜻이다. 아버지는 그녀가 어디를 가든 말리는 법이 없었다.

그런데… 그녀는 아버지의 사촌 오라버니들이 아버지의 뒤를 좇으며 나누는 말을 들었다.

"이제 다 끝났군. 해약이 언제 완성되나 걱정했는데."

"단정하기는 일러. 적련화(赤蓮花)를 섞어봐야 알지. 적련화가 피는 곳도 모르고."

그녀는 적련화가 피는 곳을 알고 있다.

남만에 갔을 때 우연찮게 보게 되었다. 붉은빛 연꽃이 너무 아름다워 독성이 있다는 것도 잊은 채 손으로 만질 뻔했다.

"그래도 성공 가능성이 팔 할은 되잖아."

당문십독 입에서 팔 할 가능성이라는 말이 나왔으면 해약은 완성된 것이나 진배없다. 자잘한 실패는 반복될지 모르지만 곧 완성된다.

사촌 오라버니들의 음성이 멀어져 갔다. 모습은 진작부터 보이지 않았다. 대여섯 걸음만 걸으면 회랑(回廊)이고, 회랑에서 계단을 밟아 내려가면 후원이다.

"문주님, 해약이 완성되면 제가 제일 먼저 시험해 보게 해주십시오. 몽환소가 어떤 놈인지 오래전부터 궁금했습니다."

'몽환소!'

엽수낭랑의 귀가 쫑긋 세워졌다.

"쯧! 경망되기는. 그런 말은 물건을 손에 쥔 다음에나 하는 거야. 적련화나 찾아온 다음에 이야기해."

엽수낭랑은 한달음에 아버지를 쫓았다.

출행(出行)

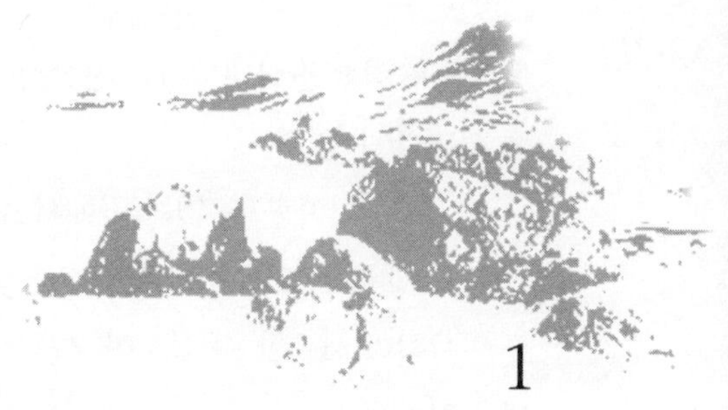

1

출행(出行)

나무를 다듬어 목검을 만들었다.

병기 대용으로 사용할 것이지만 검의 형태는 필요없었다. 손에 꼭 들어오고, 휘두르기 간편하며, 검과 같은 날카로운 병장기에 잘라지지 않고, 무거운 병장기와 부딪쳐도 부서지지 않으면 그만이다.

몇 번의 실패 끝에 박달나무를 선택했다.

창도 만들었다.

이것 역시 형태는 필요없었으니 그저 기다란 봉에 끝이 날카로워 찌를 수 있는 형태만 갖췄다.

멸혼촌에도 쇠로 만든 병기가 있다.

소도(小刀) 두 자루와 소검(小劍) 한 자루.

어디서 구했는지는 알 수 없다.

모두 알몸이 되어야만 들어올 수 있는 곳이니 누군가 꼽추노인이나 독사를 습격했던 사내들처럼 정상적인 사람이 들어와 놓고 갔다고밖에는 설명할 수 없다.

쇠라고는 찾아볼 수 없는 곳에서 소도와 소검은 아주 중요한 도구가 된다. 그래서 소도와 소검은 멸혼촌 공동 소유다. 키 작은 골인의 허가를 받아야만 사용할 수 있으며, 사용한 다음에는 깨끗이 손질해서 반납해야 한다.

목검과 목창을 만든 다음 소도는 미련없이 반납했다.

"좀 깨끗이 다듬지……."

키 작은 골인이 힐끔 쳐다보며 한마디 했다.

독사에게 왜 다시 돌아왔느냐는 말도 묻지 않았다. 몽환소의 해법도 묻지 않았다. 아무것도 묻지 않았다.

'알고 있어, 꼽추노인이 감시하고 있다는 것을. 이건 방목(放牧)이야. 사람을 풀어놓고 키우는 것과 다름없어. 왜? 싸우라고? 이 사람 무공으로도 꼽추노인을 어쩌지 못하는 건가? 그렇다면 도대체 얼마나 강해야 이곳을 벗어날 수 있단 말인가.'

암울한 생각이 들었지만 실망만 하고 앉아 있지는 않았다. 그럴수록 무공 수련에 박차를 가해야 된다.

목검과 목창을 들었다.

곽 사형에게 병기에 대한 존중을 배웠지만 멸혼촌에 들어온 다음에는 생각이 달라졌다.

병기는 자신이 지닌 무공을 잘 활용할 수 있으면 된다.

한적한 곳을 골라 터전을 마련했다.

멸혼촌에는 들어가고 싶지도 않았다. 그래서 따로 장소를 물색했고, 수림이 빼곡한 곳에 토굴을 팠다.

야지(野地)에서 생활하는 것이라면 이골이 났지 않은가.

잠잘 곳을 마련한 다음에는 나무뿌리를 캐서 질겅질겅 씹었다. 그러면서 생각했다.

'노인에게 사용하지 않은 무공은 광섬창법과 소수천라변, 그리고 여의지. 십이천공마를 알고 있으니 소수천라변도 알고 있을 테고 방위나 이를 알고 있으니 여의지도 알고 있겠지.'

꼽추노인이 광섬창법까지 알고 있는지는 몰라도 어쨌든 광섬창법은 노인이 모르는 그만의 비밀 무공이 되는 셈이다.

'확실하게 깨달아야 돼.'

광섬창법의 운용 묘리(妙理)는 모두 열여덟 가지다.

합(合), 찰(扎), 권(圈), 천사(穿梭), 벽(劈), 붕(崩), 도(挑), 발(撥), 전(纏), 교(絞), 대(帶), 탁(托), 가(架), 박(撲), 란(攔), 용파(用把), 소(掃), 점(點).

합을 사용할 때와 점을 사용할 때를 정확히 구분해 내고 완벽하게 소화해야 광섬창법의 위력이 발휘된다.

'전(纏)… 얽힐 전. 얽힌다는 것은 교(絞). 목맬 교. 묶는 쪽으로 해석해야겠군.'

광섬창법의 초식을 떠올리며 묘리를 참오했다.

허기가 조금 가시자 목창을 들고 일어섰다.

쒸익! 쉬이익……!

허공을 찢는 파공음이 수림을 찔렀다.

독사는 당진도의 방문을 받았다.

토굴 앞에 나란히 앉은 독사는 당진도의 숨소리를 가늠했다.

몽환소의 효험 덕분에 새로운 진기를 얻은 다음부터는 감각이 훨씬 영민해졌다. 자연기를 받아들이면서 인간이 내뿜는 기운도 저절로 흘러들었다.

당진도의 호흡은 가늘고 깊다.

내공이 심후하다는 소리다.

골인이고 사흘마다 사활근맥단을 복용하고 있으니 사활근맥단의 진기다.

그런 진기도 수위를 높여갈 수 있구나. 당진도처럼 높은 경지까지 이룰 수 있구나.

자신의 호흡과 견주어봤다.

숨을 들이쉬었다가 내쉴 때까지의 시간이 자신보다 훨씬 길다.

당진도와 목숨을 걸고 싸울 경우에는 초식의 힘을 빌려야 한다. 당진도가 초식마저 뛰어나다면 질 수밖에 없다.

멸혼촌에서 그와 싸울 기회가 있었지만, 당문삼기가 앞을 가로막지 않아 승부로 이어졌다면 승부를 예측하지 못한다.

독사는 자신감을 버렸다.

자신감은 꼽추노인과 싸워 졌을 때 곧바로 버렸다. 대신 겸손을 배웠다. 자신 스스로 천하제일의 무공을 익혔다고 자신할 때도 결코 천하제일의 무공이 될 수 없다는 것을.

당진도가 눈을 마주치지 않고 수림을 쳐다보며 말했다.

"내가 알고 있는 독물(毒物)은 모두 이천여 종. 그중에서 독공(毒功)으로 사용할 수 있는 것이 천여 종. 하독 방법만 해도 오백여 개가 넘지. 한때는 당문 제일 기재로 불렸고 내 자신도 당문의 모든 독술을 깨달았다고 자부했으니 조금은 쓸모있을 걸세."

"……."

“그걸 모두 전수해 주겠네.”

“……”

“자네에게 전수해 주면 당문 비기가 외인에게 흘러 들어가는 첫 사례가 되는 셈이지.”

“필요없습니다.”

당진도의 얼굴이 일그러졌다. 그러나 곧 평정을 되찾고 차분히 말을 이었다.

“그럴 테지. 이미 유독지경(瘉毒之境)에 이르렀으니. 하지만 알아둬서 나쁜 것은 없지 않은가.”

“왜입니까?”

당진도가 표정을 일그러뜨리며 말했다.

“몽환소의 해법을 주게.”

독사는 당진도를 쳐다봤다.

나이를 알아볼 수는 없지만 엽수낭랑의 종조부이니 어림잡아 일흔에서 여든은 되었을 게다.

그런 사람이 정상적인 몸을 되찾고자 당문 비기를 내놓을 리 없다. 자신의 입으로 당문 절세기재였다는 말까지 했으니 죽는 순간까지도 당문 비기만은 혼자 간직하리라.

“당문 비기까지 외인에게 전수하면서 몽환소의 해법을 원하는 이유가 무엇인지 말해 주실 수 있습니까?”

“휴우!”

당진도는 한숨부터 쉬었다.

백비가 미혹한 무인들을 사이한 말로 현혹시킨다는 소문은 피 끓는 청년 고수를 계명산으로 향하게 만들었다.

당진도는 계명산을 이 잡듯 뒤진 끝에 한 달 만에야 미등에서 백비를 찾아냈다.

소낙비가 줄기차게 퍼붓는 한여름이었다.

"무공을 기재하면 환상을 보여준다고? 세 살배기 어린아이도 믿지 않을 거짓말을 늘어놓다니. 오늘 백비는 지상에서 사라진다. 내가 왔으니까. 백비가 사라지기는 좋은 날씨군."

사라진 건 당진도였다.

천하에 산재한 독이란 독은 모두 안다던 그가 얕게 피어나는 아지랑이를 보는 순간 무너지고 말았다.

'독이 아냐. 이건 독이 아냐.'

아차! 하는 생각이 들었을 때는 이미 늦었다. 그의 곁에는 백면여인이 서 있었다.

그녀가 먹이는 검은 환단이 소청환이라는 것을 알았다. 그리고 멸혼촌 사람들이 그렇듯이 진흙이 가득 든 목조에 담겨 몇 날 며칠을 여행했다.

여행 내내 자신을 마비시킨 것이 무엇인지 생각했다.

당문에 쌓여 있는 독경(毒經) 수십 권이 머리 속을 스쳐 갔지만 멸혼촌에 도착할 때까지 알아내지 못했다.

그는 당문 사람이라고 말할 수도 없을 만큼 창피했다.

멸혼촌 사람들의 모습이 인간의 모습이라고 생각할 수 없을 만큼 기괴했지만 왜 이런 모습을 하게 되었는지 조그만 실마리조차 잡지 못했다.

그가 만난 사람은 외팔이골인이다.

그는 백면여인이 복용시킨 것과 같은 조그만 검은 단환을 복용시켰
다. 사활근맥단이다.

그때부터 사흘에 한 번씩 사활근맥단을 복용했다.

단환을 복용할 때나 복용하지 않을 때나 그의 생각은 오로지 한군데
머물렀다.

자신을 중독시킨 것이 무엇이며 복용하는 단환은 무엇인가.

당시의 골인들도 지금과 변함이 없어서 냉정하리만치 서로에게 무
심했다. 먼저 말을 건네는 법이 없었고, 무엇이라도 물을라치면 구타
로 응답했다.

낮에는 광산에서 옥을 캐고 밤에는 단환 생각에 잠 못 이루기를 얼
마간, 그는 마침내 몽환소라는 이름을 기억해 냈다.

도가비전 이대단환 중 하나인 몽환소.

그는 멸혼촌을 뛰쳐나갔다. 자신은 죽더라도 당문에 이 사실을 알려
야 한다는 생각이 그에게 목숨을 던지도록 만들었다. 사흘 안에 당문
에 도착하지 않으면 마비가 찾아올 터이지만, 인가에만 도착하면 당문
에 전서를 날릴 수 있다는 희망도 있었다.

그를 가로막은 사람들은 다섯 사내였다.

거의 소멸되어 버린 내공으로는 그들의 상대가 되지 않았다. 백비를
찾아갈 때 입고 있던 옷에는 스무 가지가 넘는 암기가 숨겨져 있지만
벌거벗은 몸에는 단 한 개의 암기조차 없었다.

벅찬 싸움을 벌이고 있을 때 만무타배(萬武駝背)가 나타났다.

무명에 '타배' 라는 말로 알 수 있듯이 그는 꼽추다. '만무' 라는 말
은 천하에 산재한 무공이란 무공은 모두 알고 있다 해서 멸혼촌 사람
들이 붙인 무명이다.

그는 당진도가 사용하는 초식을 전부 알아냈다. 그가 초식을 전개하기도 전에 사정권 밖으로 벗어났다.

너무 기가 막혀 싸울 힘마저도 사라져 버렸다.

멸혼촌으로 다시 돌아와 예전 생활로 돌아갔다. 암암리에 산을 오가면서 독초를 뜯었고 밤이 되면 진기를 되찾기 위해 고심했다.

그러던 차에 당문십독이 들어왔다.

그들이라고 별반 사정이 다르지 않았다. 내공은 소멸되었고 몸은 마비된 상태다. 당시는 당진도의 사정이 조금 나아져서 단전에 미미한 진기가 쌓여가고 있을 때였다.

사흘마다 사활근맥단을 복용하지 않으면 여지없이 마비가 찾아왔지만 진기가 쌓이고 있다는 생각은 희망을 주기에 충분했다.

당진도와 당문십독은 밤만 되면 다른 골인들의 눈을 피해 만났다.

산을 돌아다니며 독물을 잡았고 독초를 뜯었다. 그것을 말려 하독할 수 있는 상태로 빻기도 했다.

일 년이 지나갈 무렵에는 단전에 진기도 제법 든든하게 생성되었고 독도 충분히 마련되었다.

다시 한 번 탈출을 시도했다.

그러나 이번에는 더욱 기가 막힌 일이 벌어졌다.

다섯 사내를 쉽게 제압했다 싶은 순간 만무타배가 나타났다.

그는 독에 중독되지 않았다. 유독지경에 이르러 스며드는 독을 모조리 배출해 냈다.

결국은 무공으로 싸울 수밖에 없었지만 그마저도 용이치 않았다.

만무타배의 무공은 진기가 정상이라 해도 상대할 수 없을 만큼 고절했다.

당진도와 당문십독이 전의를 잃고 주저앉았을 때 그가 말했다.

"주인님이 살려두라는 말만 하지 않았어도 죽었어. 얌전히 멸혼촌으로 돌아가 시키는 일이나 제대로 해."

기가 막혔다.

놀라도 크게 놀랐다. 당진도와 당문십독의 협공을 손쉽게 받아낸 만무타배야말로 천하제일인이다. 이 세상에 누가 있어 당문십독과 당진도의 협공을 누를 수 있을까.

그런데 그를 부리는 사람이 있다니!

당진도와 당문십독은 다시 멸혼촌으로 돌아왔다.

그들은 오직 한 가지 생각만 했다. 예전 내공을 다시 찾지 않는 한 만무타배를 상대할 수 없다고.

다시 일 년이란 시간이 흘렀을 때 당진도는 자신의 내공이 사활근맥단에 기인한다는 것을 알아냈다.

'몽환소를 어쩌지 못한다면 사활근맥단의 진기라도 늘려야……'

하지만 사활근맥단 역시 쉽게 제조할 수 없는 도가비전 이대단약 중 하나다.

외팔이노인도 만무타배가 거느린 사내에게서 단약을 공급받고 있다. 마음은 있으나 제조 방법을 안다고 해도 제조할 수 없는 단약이다.

'세월… 세월에 맡기는 수밖에……'

무공 수련하듯이 십 년을 기약하고 고련(苦練)에 들어갔다.

그러나 운명은 이번에도 당진도의 손을 들어주지 않았다.

어느 날 외팔이노인이 찾아왔다.

"내일 출행(出行)해."

"어딜 말이오? 여기서 나갈 수 있소?"

“따라가 보면 알아.”

골인을 따라가 보니 설명을 해주지 않아도 알게 되었다.

그들이 만난 사람은 정상적인 무인들이다.

골인들은 다짜고짜 그들을 급습했으나 처절한 패배만 안았다. 사천 무림뿐만이 아니라 중원 전역을 돌며 많은 무공을 견식한 당진도지만 그들이 사용한 무공은 알아보지 못했다.

철저히 살인만을 목적으로 탄생시킨 살공(殺功)이다.

무림에서라면 사마(邪魔)의 무리로 매도될 만큼 손속이 잔혹했다.

첫 출행에서 당진도는 큰 부상을 입고 돌아왔다.

그래도 그는 그만하니 다행이다. 멸혼촌을 나설 때는 열 명이었으나 돌아올 때는 네 명에 불과했다.

네 명이 여섯 명의 골인을 들쳐 업고 와서 빙굴에 뉘었다.

“골인은 세상 그 어느 곳에도 묻힐 곳이 없어. 오직 한 곳, 빙굴뿐이지. 세상에 낯을 들고 살 수 없는 사람들이 죽는다고 묻힐 곳이 있을까.”

당문십독도 한 명 한 명 출행했다. 그리고 그들은 세월이 지남에 따라 점점 돌아오는 숫자가 줄었다.

이십 년이라는 긴 세월이 흐를 즈음에는 당문십독은 세상에 존재하지 않았다.

당진도는 그때에서야 백비를 찾았을 당시의 내공을 회복했다.

모두 사활근맥단의 진기다.

그는 다시 만무타배에게 도전했지만 역시 실패했다. 이십 년 전에 만났던 만무타배는 사라졌고 새로운 만무타배가 그를 맞이했지만 후인 또한 전인에 비해 조금도 뒤지지 않는 고수였다.

세 번째 패배를 당한 다음에도 그는 실망하지 않았다.

골인들 중 자신과 내공이 비슷한 사람을 포섭했다. 모두 힘을 합치면 만무타배를 이길 수 있지 않을까?

외팔이골인, 인간 세상에서는 마해추룡이라는 무명으로 불렸던 그가 힘없이 말했다.

"난 무림에서 마해추룡이라고 불렸지."

놀랐다. 마해추룡이라는 명호는 그도 들어봤다. 창술에 관한 한 신의 경지에 이르렀다고 해서 창신(槍神)으로도 불렸던 자다.

"네가 들어오기 얼마 전에 나와 비슷한 내력을 가진 골인들 십여 명이 만무타배에게 도전했지. 만무타배가 뛰어난 고수지만 열 명을 상대로는 역부족이라고 생각했지."

그가 골인들을 포섭하고 있다는 말이 마해추룡의 귀에 들어간 것이다.

"모두 죽었군요."

"그래. 하지만 만무타배에게 죽은 건 아냐."

"……?"

"만무타배는 나타나지 않았어. 기회다 싶어서 도주했는데, 이놈의 산은 얼마나 깊은지 사흘을 쉬지 않고 달렸어도 벗어나지 못했지."

'마비되어 죽었어!'

"당문도라는 것을 알고 있어. 독초를 수집했던 것도. 개죽음당하지 말고 몽환소에서 벗어날 수 있는 길을 연구해 보는 게 어떤가?"

당진도는 주저앉았다.

외팔이노인은 그를 위해 한 가지 방도를 마련해 주었다.

출행했다 돌아온 골인들은 자신들이 만났던 자들이 사용하는 무공을 재현해야 한다는 규칙이다.

멸혼촌 사람들에게는 잔인하지만 내기를 걸게 했다.

그러잖아도 무료했던 사람들이 반색을 하며 반긴 것은 물론이다.

출행했던 사람들이 무공을 재현하는 데 꼭 사람을 대상으로 사용할 필요는 없다. 하지만 그렇게 했다. 사람 수에 맞춰 지급되는 사활근맥단 한 알을 아끼기 위해 목숨 하나를 버리는 것이다.

남긴 사활근맥단은 당진도에게 지급되었고, 당진도는 그것을 쪼개기도 하고 태우기도 하며 연구했다.

그러한 풍습은 마해추룡이 죽고 키 작은 노인이 촌장이 된 지금까지도 이어져 오고 있다.

멸혼촌 골인들 중에서도 몇 사람만이 아는 비밀이다.

혹여 만무타배나 그의 주인에게 이야기가 흘러 들어가서는 안 되기 때문에 연구 결과로 얻어진 모든 것은 아무리 사소한 것이라도 철저히 비밀에 붙였다.

당진도는 평생을 바쳐 몇 가지 사실을 알게 되었다.

몽환소에 중독된 후 사활근맥단을 복용하면 안 된다는 것.

실제로 수수방관한 적도 있지만 마비를 이겨낸 무인은 없었다. 그것이 유일한 길인데도 한결같이 진기를 얻지 못했다. 모두 마비된 상태로 죽었다.

고갈된 그릇에 새로운 진기가 쌓여야 되는데 그놈의 단전이란 놈을 읽을 수 없었다. 모두 멀뚱멀뚱거리다가 죽고 말았다.

거기에는 특별한 심공이나 기연(奇緣)이 필요했다.

사활근맥단을 네 알까지 복용하는 것은 괜찮다. 하지만 다섯 알째를 복용하면 몽환소와 사활근맥단이 상충한다. 사활근맥단의 진기가 쌓이기 시작하는 시점이다.

사활근맥단의 진기가 한 올이라도 쌓이기 시작하면 영원히 골인의 저주를 벗어나지 못한다. 몽환소는 원하는 진기가 들어가야만 소멸된다. 인위적으로는 절대 소멸시킬 수 없다.

확신은 못하지만 방법이 전혀 없는 것은 아니다. 몽환소에 다시 중독되는 것. 사활근맥단으로 형성된 진기를 말끔히 지워 버리고 다시 시작하는 거다.

혹시 모른다. 그렇게 하면 골인의 저주에서 벗어나게 될지.

알면서도 사활근맥단에 의지하지 않을 수 없었다.

긴 이야기를 끝낸 당진도는 회한에 젖어 하늘을 올려다봤다. 한평생 멸혼촌이라는 작은 울타리에서 보낸 자의 회한이다.

"나 같은 늙은이가 몸을 되찾아서 뭐 하겠나. 난 이제 미련없네."

독사는 당진도에게서 가식을 찾지 못했다.

그가 흘리는 숨결이, 그에게서 뻗어 나오는 기운이 온화하고 평화롭다.

'진심이다.'

자신이 옳게 읽었다면 당진도는 믿을 수 있는 사람이다.

"하지만 내가 죽은 후에도, 자네가 죽은 후에도 백비는 지속될 걸세. 많은 사람들이 여기 끌려와 골인이 되어서 알지도 못하는 싸움에 끌려다니겠지. 그 사람들이 만무타배의 손에서 벗어날지 못할지는 운명이고, 몽환소의 고통에서는 벗어나게 해줘야 하지 않은가."

알려주고 싶다는 생각이 불현듯 일었다.

알려줘야 한다. 많은 사람이 고통에서 벗어날 수 있는 길이라면 당연히 알려줘야 한다.

하지만 자신이 몽환소의 바람대로 자연기를 얻은 것은 오로지 암혼사의 구결 덕분이다.

알려주려면 암혼사의 구결을 알려줘야 한다.

당문이 그렇듯이 자신 역시 사문의 무공을 외인에게 전해줄 수는 없는 노릇 아닌가.

독사가 한숨을 쉬며 말했다.

"미안하군요. 제가 마비에서 풀려난 것은 사문 심법 때문이죠. 해법을 알려달라는 것은 사문 무공을 전수해 달라는 말과도 같은데…… 어렵습니다. 생각해 보죠."

"사문 심법? 여기서 내가 만난 사람만 해도 오백여 명이 넘고, 그들은 무림 각파에서 왔지. 하지만 어떤 심공으로도 파해하지 못했네. 사문을 물어도 되겠나?"

"귀궁입니다."

"귀궁…… 처음 듣는 문파군."

이해했다. 문도라고 해봐야 겨우 세 명뿐이지 않은가. 오랜 세월 단 몇 사람만으로 이어온 문파다.

"심법 명칭은 어떻게 되는가?"

"암혼사."

"암혼사……. 처음 듣는군. 처음 들어."

당진도가 일어서며 말했다.

"몽환소는 요물이네. 자신이 원하는 진기가 들어와야만 마비를 멈추지. 누가 만들었는지, 어떻게 그럴 수 있는지 평생을 독약으로 산 노부도 짐작조차 못하겠네."

독사는 묵묵히 듣기만 했다.

당진도가 돌아가고 난 다음 독사는 목검을 놓고 주저앉았다.

정말 검을 들 생각이 나지 않는다. 자신을 완벽하게 굴복시킨 꼽추 노인이 세상에 존재하는 무학을 모두 알고 있다니 말이 되는가.

'여기는 허점이 있어. 사람이 그럴 수는 없어. 사람은 제각기 자신에게 맞는 무공이 있는 거야. 무엇인가가 있어. 무엇인가가.'

한참 동안 하늘에 떠가는 구름만 쳐다봤다.

그러다 정신이 번뜩 들었다.

상대가 높은 산 위에 있다면 한 걸음이라도 더 움직여야 가까이 다가갈 수 있지 않은가. 산봉만 멀거니 쳐다보면 평생을 가도 올라가지 못한다.

그는 꼽추노인과의 싸움을 생각했다.

노인을 이길 수 있는 무공은 오직 모든 무공을 최극상까지 끌어올리는 길뿐이다.

노인이 자신의 무공을 보고 피할 수 있었던 것은 노인의 무공이 자신보다 더 숙달되었기 때문이다. 무공을 알기 때문에 피할 수 있었던 것만은 아니다.

그렇다면 자신 역시 노인보다 더 지고한 무공을 쌓았을 때 싸움은 반대 양상으로 진행될 터이다.

그의 머리 속은 온통 무공 수련으로 가득 찼다.

앉은 채 목창을 집었다.

"타앗!"

방위나이에 이은 광섬창법.

땅을 주름잡듯 환상처럼 신형을 날린 독사의 손에서 목창이 번뜩였다.

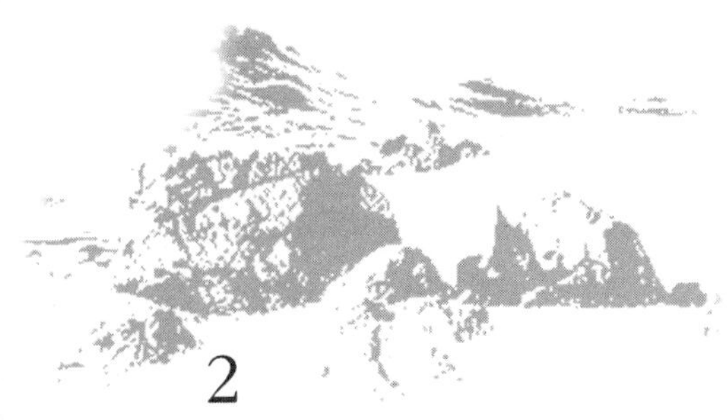

2

출행(出行)

골인들은 변함없었다. 그들은 여전히 말을 나누지 않았고 서로 간섭하는 법이 없었다.

음식을 스스로 알아서 해결하는 것도 여전했다.

그러나 조용한 가운데 변화가 일었다.

독사가 다시 멸혼촌에 들어온 순간부터 말은 하지 않았지만 골인들의 얼굴에는 희망이 맴돌았다.

일부 골인들은 노골적으로 접근해 말린 굼벵이를 주면서 몽환소의 해법을 알려달라는 이도 있었다.

골인들의 무공은 천차만별이다.

강한 이는 절대적으로 강한 반면에 약한 자는 형편없이 약하다.

독사에게 몽환소의 해법을 묻는 자들은 한결같이 호흡이 거칠다. 그들은 사활근맥단의 진기조차도 제대로 받아들이지 못하고 있다.

독사는 아무 일도 하지 않았다.

날이 밝으면 멸혼촌은 사람 그림자조차도 찾을 수 없는 유령 마을이 된다. 모두들 돌도끼를 들고 벌목장으로 가거나 곡괭이를 들고 광산으로 간다.

마을에 남는 사람은 독사와 키 작은 골인, 그리고 몇몇 나이가 많아 열외가 된 골인들뿐이다.

어느 날 저녁, 독사는 키 작은 골인의 방문을 받았다.

"아직도 생각 중인가?"

"……."

암혼사의 구결을 말하고 있다. 당진도와 의견을 교환한 것 같다.

"이곳에도 두 맥(脈)이 있네. 정도와 사도의 분류쯤으로 해두지. 그건 좋게 말한 거고 실은 패거리에 지나지 않아. 한 패는 나를 주축으로 하고 있고 다른 한 패는 자네를 격타했던 섭혼살호(攝魂殺虎)를 중심으로 하고 있지."

독사는 목검을 내려놓고 키 작은 골인의 말을 들었다.

그는 한시도 목검과 목창을 떼어놓지 않았다. 잠을 잘 때도 품에 안고 잤다. 병기를 몸에 붙이려는 의도에서가 아니라 하루 종일 무공을 수련하고 지쳐서 잠이 들다 보면 그렇게 되었다.

"마해추룡님 때는 딴 마음을 가진 사람이 없었는데, 나는 그만큼 덕이 없는 모양이야."

"……."

"출행해 줘야겠네."

당진도에게 일어났던 일이 그에게도 일어나고 있다.

독사는 말했다.

"기다렸습니다."

독사가 목검을 허리에 차고 목창을 손에 든 채 마을 광장으로 가자, 다섯 명의 골인이 그를 기다리고 있었다.
"내가 혈수(血首)다."
눈 위에 검은 점이 있는 골인이 나서며 말했다.
점이 있다고는 하지만 살이 사라지면서 살갗도 흑갈색으로 변하기 때문에 자세히 눈여겨보지 않으면 발견하기 힘들다.
"말은 들었을 터이니 긴말하지 않겠다. 누굴 도와주리라고는 생각도 하지 않지만 설혹 그런 마음이 있다면 지금 버려라. 네 몸 하나만 잘 건사하라는 말이야."
"그럴 생각이오."
골인들을 많이 이해하게 되었다.
키 작은 골인은 사활근맥단 한 알을 아끼기 위해 독사를 제물로 선택했다. 그가 아니었다면 당문삼기 중 한 명이 제물이 되었을 게다.
눈빛이 살아 있다느니 어쩌느니 말이 있었지만, 당문삼기가 당문도임을 한눈에 알아본 당진도의 입김이 작용했다는 것은 불문가지다.
그때의 일은 잊어버렸다.
오히려 감사를 드려야 할지도 모르겠다. 빙굴에 갇히지 않았다면 암혼사의 구결을 심득할 수 없었을 것이고, 자신 역시 사활근맥단의 진기에 놀아나고 있을 터이니.
야밤 습격 사건도 잊어버렸다.
몇몇 고수를 제외하고는 멸혼촌에서 일어나는 실상조차 모르는 사람들이다.

그들 대부분이 한번쯤은 탈출을 시도했다가 다섯 사내에게 길을 가로막힌 경험이 있다. 그러나 만무타배라는 꼽추노인을 만난 사람은 손에 꼽는다.

그를 만나는 것은 다섯 사내를 격퇴했을 때만 가능하다.

골인들 대부분이 백비에 들어설 적의 내공을 회복하지 못하고 있다. 다섯 사내를 격퇴하기란 하늘의 별 따기다.

그들에게는 눈에 보이는 멸혼촌의 실상이 전부다.

내기를 하면 수단 방법을 가리지 않고 대상을 제거하면 된다. 멸혼촌 관습이 행해지는 도중에 죽어도 좋고 그전에 죽어도 상관없다.

그런 일을 한 것뿐이다.

키 작은 골인도 그런 면에서는 수수방관한다. 어차피 한 사람이 죽어야 한 알의 사활근맥단이 남는 것이니, 어떤 방식을 취하든 눈감아주는 실정이다.

모두 잊어버렸다.

지금 독사에게 남은 문제는 빨리 싸움을 끝내고 돌아와 요빙의 유품을 돌려받는 것이며, 빨리 무공을 속성하여 만무타배를 격퇴하는 것이다.

조급해하지도 않았다. 오히려 좋은 기회가 아닌가 싶다.

무림에 나가도 이만한 고수들을 만나 무공을 겨뤄봐야 되고, 피 튀기는 싸움도 어느 정도는 해야 한다.

남이 알아주든 알아주지 않든 본인 스스로 이만하면 요빙 앞에 서도 괜찮은 무인이 되었다 싶을 때 요빙을 찾아가야 한다.

그에게는 무림이나 멸혼촌이나 매한가지다.

"열흘 일정이다. 누구를 만날지는 모르겠지만 살아서 돌아오기를 바란다."

혈수가 한 발을 내디뎠다.

'하나, 둘…… 다섯.'

다섯 명이라는 인원이 채워졌다.

자세히 기감을 느껴보니 그 외에 한 명이 더 있다.

무심히 지나치기 딱 좋을 만큼 미미한 기운이 수림 한쪽에서 흘러나온다.

독사는 그쪽을 보며 씩 웃었다.

'만무타배, 넌 신이 아니야. 난 착각을 했어. 사활근맥단으로 예전 진기를 되찾았다고 하지만 몽환소와 상충하는 한 진기의 흐름이 원만하지 못해. 내공이 약하다는 거지. 본인조차도 자각하지 못하는 미세한 허점이지. 안 그런가?'

독사가 기운을 감지하는 능력은 탁월한 경지에 이르렀다. 암혼사의 구결을 터득하면 할수록 그 능력은 배가되었다.

어천신공도 큰 도움이 되었다. 암혼사는 정공이라 앉아 있을 때, 누워 있을 때 수련하기 좋다. 어천신공은 동공이라 움직이면서 수련하기 좋다.

성질이 다른 두 개의 신공을 수련해도 그가 받아들이는 진기는 하나, 자연의 기운이다.

그는 잠자는 시간을 제외하면 말을 나누는 도중에도 신공 진기가 몸속을 휘돌았다. 앉을 때, 걸을 때, 목욕할 때…… 언제 어디서나 항상 진기가 운용되었다.

계란으로 둥글게 말리면 진기 운용이 멈춘 것이요, 가는 실로 풀려 나가면 운용되는 것이다.

그는 자신했다. 자신 앞에서 숨을 수 있는 자는 없으며, 자신을 미행할 수 있는 자도 없을 것이라고.

하지만 교만하지는 않았다. 자신감에 팽배했다가 무참하게 당한 경험은 한 번으로 족하다.

'만무타배, 약속을 지키기 바란다. 그렇지 않으면 넌 끊임없이 저들 다섯 명을 보충해야 될 거야.'

독사는 언젠가 한 번은 만무타배와 크게 부딪칠 것 같은 예감을 느꼈다.

혈수는 계속 산길만 걸었다.

다른 골인들도 길이 익숙한지 떼어놓는 발걸음에 망설임이 없었다.

말은 한마디도 나누지 않았다. 혈수가 걸음을 멈추면 쉬는 것이고, 몸을 일으키면 걷는 것이다.

독사도 골인들의 행동에 익숙해졌다.

혈수가 걸음을 멈추고 눈빛을 빛냈다.

골인들이 납작하게 엎드려 전방을 살폈다.

독사는 앉았다가 아예 길게 드러누워 흘러가는 구름을 바라보았다.

혈수가 노리는 것은 토끼다.

출행에 한 가지 좋은 점이 있다면 음식이 풍부하다는 것이다. 발가벗은 몸에 중요한 부분만 간신히 천 조각으로 가린 몰골인지라 남은 음식을 싸갈 수는 없지만 실컷 먹을 수는 있다.

휘익!

혈수의 몸이 번뜩인다 싶더니 '퀘엑!' 하는 울음소리가 울렸다.

혈수는 토끼를 잡은 즉시 목을 비틀어 버렸다.

그들이 토끼를 굽는 동안에도 독사는 일어서지 않았다. 진하게 진동하는 고기 굽는 냄새도 독사의 몸을 일으켜 세우진 못했다.

골인들이 걸신이라도 들린 듯 토끼 한 마리를 뚝딱 해치웠다.

독사는 잠시 더 누워 있다가 일어섰다.

골인들이 길 떠날 채비를 마쳤다.

닷새째 되는 날부터 혈수의 움직임이 눈에 띄게 둔해지고 조심스러워졌다.

한 발을 내디딜 때마다 눈동자를 서너 번씩 굴렸다.

'아무도 없어.'

독사의 기감에 잡히는 인기척은 없다.

하지만 말하지 않았다. 골인들이 무슨 일을 어떻게 하는지 관찰자의 입장에서 살펴볼 생각이다.

'사람이 있다! 하나, 둘… 두 명!'

푸른 나무들의 상쾌한 기운에 두 개의 강렬한 기운이 섞여서 흘러든다.

그가 기운을 받아들일 수 있는 범위는 방원 일 장이다.

방원 일 장 안에 있는 천지자연이 그의 몸을 관통했다가는 사라진다. 코를 통해 폐부로 들어와서는 단전 진기와 한바탕 어울린 다음 악기를 싣고 떠나간다.

느낌으로 전달되는 범위는 방원 사 장이다.

사 장 안에서라면 다람쥐가 도토리를 갉아먹고 있어도 감지해 낼 수 있다.

단순히 누가 있고 없는 것만을 알아내는 것이라면 범위가 일이 장 더 늘어난다. 거기에 상대가 특별한 기운, 살기(殺氣)와 같은 맹렬한 증 오심을 담은 기운을 흘려낸다면 범위는 더욱 넓어진다.

독사는 살기를 감지했다.

현재까지 살기를 뿜어내는 자는 두 명이며, 그 외에도 만무타배처럼 손을 쓰기 전까지는 아무 기운도 흘리지 않는 자가 몇 명이나 있을지 는 미지수다.

혈수는 살기를 감지하지 못했는지 사방을 두리번거리며 앞으로 나 아갔다.

독사가 혈수의 어깨를 툭 치며 턱으로 앞을 가리켰다.

혈수와 골인들의 반응은 기민했다. 그들은 곧 땅에 납작하게 엎드려 살금살금 기어갔다.

독사는 천천히 그들 뒤를 따르며 감지된 두 기운을 주시했다.

골인들이 반 각에 걸쳐 삼 장이란 간격을 좁혔을 때 살기가 급속도 로 증폭되었다.

'들켰어!'

골인들은 다시 일 장을 나아갔다. 그러다 혈수의 몸이 움찔하더니 딱딱하게 굳어졌다. 그도 상대에게 발각되었다는 느낌을 받은 것 같 다.

혈수의 눈빛이 불길처럼 타올랐다.

목검을 쥔 손에도 힘이 들어갔다.

'사문은 정면. 정면으로 치면 죽는다. 공격은 좌측에서부터. 한 명 이 달려들어 천둔(天遁)으로 경문(驚門)을 치고 다른 자가 바로 뒤를 이 어 풍둔(風遁)으로 개문(開門)을 친 다음에 오른쪽에서 지둔(地遁)으로

경문(景門)을 쳐야 한다.'

방위나이가 감각적으로 상대의 급소를 알려주었다.

혈수가 막 손을 들려고 했다.

정면으로 급공(急攻)을 취할 요량이다.

'죽는다. 사문에 검 두 자루. 검광은 사방으로 비산하여 사방에 죽음의 막을 씌운다.'

관찰자의 입장에서 지켜보려던 생각이었지만 죽음이 뻔한 곳으로 달려들려는 골인들을 보자니 차마 손 놓고 있을 수 없었다.

독사는 혈수의 등을 세게 쳤다. 탁! 소리가 울릴 만큼. 그와 동시에 혈수의 왼팔을 낚아채 좌측으로 힘껏 던졌다.

"엇!"

혈수가 깜짝 놀랐으나 그의 신형은 이미 허공에 띄워진 후였고, 그를 향해 검 두 자루가 방향을 돌리고 있었다.

독사는 즉시 다른 골인의 등을 쳤다.

골인이 움찔했다.

독사는 이번에도 그의 팔을 잡아 일으켰다. 그리고 혈수를 손으로 가리켰다.

상황은 이미 발생했다.

위치가 드러난 자는 이러지도 저러지도 못하는 처지가 되었지만 혈수를 향해 쏟아져 들어가는 검광을 보면서 넋 놓고 있지는 않았다.

그가 목검을 휘두르며 득달같이 달려들었다.

독사는 몸을 납작하게 눕혀 쾌속하게 오른쪽으로 돌아갔다.

사사삭……!

뱀이 풀밭을 기어가듯 독사의 신형은 땅에 밀착되어 부드럽게 나아갔다.

탁탁탁……!

혈수와 골인은 이미 검을 부딪쳤다.

역시 무공으로는 상대가 되지 않는다. 골인들은 첫 번째 격돌에서부터 밀리기 시작했다. 그나마 그들이 죽지 않았던 것은, 그들이 상대를 공격하지 않고 비켜가려고 했기 때문이다. 상대는 옆으로 빠져나가려는 골인들을 일단 제지하는 데 목적을 두었다. 그때,

파앗!

독사의 신형이 용수철처럼 튀어나왔다.

그보다 더욱 빠르게 튀어나온 것이 있다. 목창이다. 기다란 목창이 막 골인을 향해 살검을 전개하려던 자의 등판을 노리고 날아들었다.

"엇!"

무인이 깜짝 놀라 등을 돌렸다. 골인을 향해 전개하려던 검을 선회시켜 목창을 막아갔다.

탁! 따악!

목창은 막았다. 분명히 검으로 목창을 후려쳤다. 그러나 뒤이어 달려드는 목검은 막지 못했다.

목검이 무인의 머리를 으깨며 깊숙이 파묻혔다.

"앗!"

비명은 옆에 있던 무인에게서 흘러나왔다. 정작 목검을 맞고 비틀거리는 무인은 비명도 지르지 못했다.

독사는 첫 번째 무인이 퉁겨내 하늘로 날렸다가 떨어지는 목창을 받아 들었다.

쐐에엑……!

한줄기 빛이 혜성처럼 흘렀다.

"끄윽······!"

무인은 한 손으로 검을 움켜잡고 다른 한 손으로는 복부를 관통해 등까지 삐져 나온 목창을 움켜잡은 채 독사를 노려봤다.

쉬익!

그가 검을 휘두르자 목창이 중간 어림에서 싹둑 잘라졌다.

무인은 털썩 무릎을 꿇었다. 믿지 못하겠다는 표정으로 서서히 고개를 숙여 복부에 틀어박힌 목창을 쳐다봤다. 그러다 고개를 툭 떨궜다.

"나, 나는 화, 황산노웅(黃山怒熊)이라고 하는데······ 아니지. 지금은 그것도 아니지."

혈수는 말을 더듬거렸다.

황산노웅, 황산의 성난 곰······. 갑자기 불곰이 생각난다. 어디서 무엇을 하고 있는지.

"사실 혈수가 된 것은 이번이 처음이라······."

"이제 된 거요?"

"그, 그게 무슨 말······?"

"출행한 목적이 끝났는지, 더 할 일이 남았는지 물었소."

"아! 그거라면 이제 끝났······."

혈수는 말을 두루뭉술하게 마쳤다.

존대를 할 수도 없고 하대를 할 수도 없는 어중간한 입장으로 비쳤다.

독사는 고개를 갸웃거렸다.

겨우 이들 두 명을 죽이고자 그렇게 호들갑을 떨었던가?

이들 정도를 죽이는 것이라면 만무타배는 물론이고 멸혼촌을 지키는 다섯 사내로도 충분할 것 같은데…….

그들은 왜 멸혼촌 골인들을 이용하는 것일까.

"내가 돌아가지 않는다면 말릴 작정……."

독사는 말을 하다 말고 피식 웃었다.

감지된다, 미풍처럼 유유히 흐르는 한줄기 진기가. 미물이 내뿜는 기운은 아니고 사람만이 발출할 수 있는 독특한 기운이다.

무엇보다 독사는 이 기운의 임자를 알고 있다.

'만무타배…… 도대체 뭘 하자는 거냐?'

만무타배가 따라와 있다. 그가 어느 한구석에서 지켜보고 있다. 단순히 골인들이 도망갈 것을 우려해서 따라온 것 같지는 않다. 골인들은 사활근맥단이 없으면 죽은 목숨이나 다름없으니까.

"소, 소협, 지금 무슨 말씀을……?"

"대형."

"……?"

"앞으로는 대형이라고 불러."

"그게…… 네."

파락호의 세계에서는 강자가 대형이 된다. 그리고 독사는 대형이란 말을 듣는 데 익숙하다. 그는 무인들이 말하는 무슨 무명보다도 대형이라는 간단한 말이 좋다.

"끝났으면 돌아가지."

"네, 네."

혈수가 황급히 장검을 챙겼다.

쇠붙이가 없는 멸혼촌에서 장검은 중요한 병기다.

간혹 몇몇 골인들이 쇠로 만든 병기를 획득해서 돌아온 일은 있지만, 그리 오래 소유하지는 못했다.

골인들은 당진도나 키 작은 골인처럼 오래 살지 못한다. 진기를 쌓을 시간도 없다.

당진도나 키 작은 골인처럼 오래 산 사람들은 어떤 면에서는 복받은 사람들이다.

골인들 대부분은 이유 모를 싸움에 끌려 다니다가 황량한 곳에서 일생을 마친다.

혈수가 장검 두 자루를 들고 와 독사에게 내밀었다.

독사가 고개를 가로젓자 자신이 한 자루를 챙기고 다른 한 자루를 자신과 같이 공격한 골인에게 주었다.

이것 역시 파락호의 세계에서 존재하는 배분 방식이다.

사람이란 똑같다. 무인이나 파락호나 자신보다 우월한 사람을 대할 때는 같은 행동을 취하기 마련이다.

"이게 중요한 건가?"

독사는 낚아채듯 목걸이를 빼앗아 목에 걸었다.

"크크크! 네놈도 평범한 놈은 아냐. 아니지, 절대 아니지. 아무튼 좋아. 아주 좋았어. 방위나이를 싸움에 써먹다니. 크크크!"

만무타배는 연신 느물느물 웃었다.

독사가 등을 돌렸다. 만무타배에게는 볼일이 끝났다.

"다음에는 전낭을 주시오."

"호오! 이번에는 전낭? 노룡검이 아니고? 여기선 돈 쓸 일도 없잖아? 수전노인가?"

“…….”

“그런데 말야, 그게 좀 곤란해. 돈이 꽤 많아서 한꺼번에 주기는 아깝더라고. 그래서 말인데, 한 번 출행에 열 문을 주면 어떨까?”

독사의 눈에서 불길이 뿜어져 나왔다.

만무타배 말대로라면 전낭을 회수하는 데 무려 쉰네 번이나 싸워야 한다.

만무타배는 이글이글 타오르는 눈길을 태연히 받았다.

“당신은…… 언젠가는 내 손에 죽을 것 같군.”

“헐헐! 정말? 그런 날이 오면 나도 좋지. 죽음이란 좋은 거거든. 편히 쉴 수 있으니 오죽 좋아?”

“그 말 꼭 기억해 두지.”

독사는 만무타배를 뒤로하고 걸어갔다.

상대가 안 된다는 것을 알면서도 두 주먹이 부들부들 떨렸다.

그때 그의 등 뒤에 대고 만무타배가 말했다.

“그런데 말야, 마지막에 사용했던 창법은 마해추룡의 월사창법이던데, 어떻게 익혔지? 월사창법이라면 마해추룡밖에 모르고, 실전된 지 칠십 년이 훨씬 넘었는데. 마해추룡이 여기 들어온 게 아마 칠십 년 전이지?”

독사는 걸음을 뚝 멈췄다.

‘마해추룡… 월사창법…….’

광섬창법으로 명명한 미등 분지의 창법은 마해추룡이 기재해 놓은 것이었다.

무공 명칭은 월사창법.

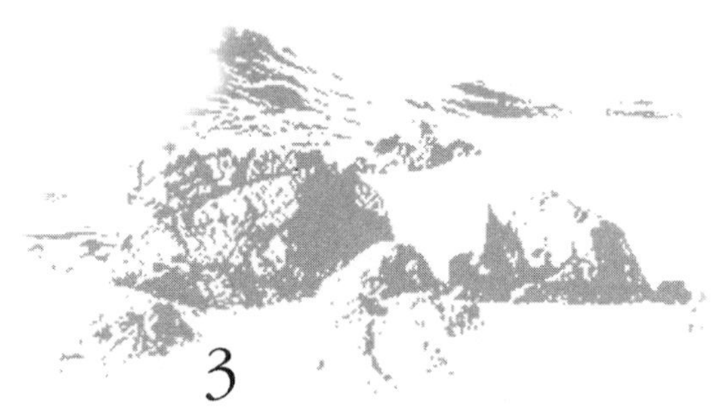

3

출행(出行)

초식과 내공은 떨어져서 생각할 수 없다.

무인이 일수를 떨칠 때 일어나는 모든 변화와 힘은 초식과 내공이 한데 어우러져 있을 때만 제 위력을 발휘한다.

하지만 수련에 들어가면 한 가지에만 집중하게 된다.

무공이 변변치 않았을 때는 부족한 점을 알지 못했는데, 약간의 성취를 얻고 나니 뚜렷하게 부족한 점이 보인다.

진기가 원활하다 싶었을 때는 초식이 부족해 보였다. 그래서 초식 수련에 집중했다. 그러나 초식이 일정한 진전을 이루자 이번에는 내력이 부족하다 싶었다.

하나를 이루면 뒤처진 것이 따라 올라가다가 더 높은 위치에 있게 되고, 그러면 또 뒤처진 것을 수련하고…… 초식과 내공은 서로를 이끌어준다.

독사는 목검과 목창을 놓고 내공 수련에 몰두했다.

그렇다고 초식 수련을 게을리 하는 것은 아니다.

일일백련(一日百練).

초식도 부지런히 수련했다.

내공 수련에 몰두한다고 해도 하루의 시간을 내공에 더 많이 배분한 것에 지나지 않는다.

―용자유식심흡외기하압단전진기(用自由式深吸外氣下壓丹田眞氣).

'법식에 구애받지 말고 외기를 자유롭게 흡입하여 단전 진기를 누른다. 누른다는 뜻보다는 굳게 뭉친다는 뜻이 맞겠지.'

암혼사의 구결 참오는 뒷부분으로 넘어갔다.

천이백마흔네 자를 십성(十成)으로 간주할 때 육성 경지까지는 이뤄냈다.

암혼사에는 일초 무공이 있다.

권심시내기(拳心是內氣)의 용법으로 가하는 내공일초(內功一招)다.

내공일초는 뒷부분으로 넘어오자 좀 더 자세한 용법 설명으로 이어졌다.

―동시(同時), 수악권용경(手握拳用勁:손에 경력을 담는다).

'이건 내공일초다!'

―중지화무명지겹로궁(中指和無名指掐勞宮:중지와 무명지를 합하여 노

궁(손바닥 중앙 부분, 중지를 구부려 닿는 부분)을 집는다), 중지실겹(中指實掐:중지를 실로 집고), 무명지허겹(無名指虛掐:무명지는 허로 집는다).

독사는 암혼사의 구결을 참오하며 구결에 적힌 대로 손의 형태를 취했다.

암혼사가 시키는 대로 단전에서 노궁까지 이어지는 경락을 더듬어 진기를 끌어올렸다.

일반적인 경맥의 흐름과는 조금 다른 발기(發氣)다. 건너뛰는 요혈도 있고 가로지르는 요혈도 있다.

암혼사 구결대로 이끌자 가는 실이 되어 줄줄이 풀어져 나온 진기가 노궁에 맺혔다.

맺혔다!

노궁에서 다시 흐르지 않고 뭉쳐 있다. 단전에 내단이 형성될 때처럼 노궁에 모여 흐트러지지 않는다.

─기주취회종로궁급사이출(氣柱就會從勞宮急射而出:진기가 노궁에 모이면 급히 쏘아낸다).

쒜에엑! 퍼엉!

손바닥을 떨쳐 내 거목을 강타했다.

강타하려던 것도 아니다. 단지 노궁에 모인 진기를 터뜨린다는 심정으로 쏘아낸 것뿐이다.

거목은 벼락이라도 맞은 듯 부르르 떨었다.

독사도 떨었다.

일장을 격타당한 거목에 장인(掌印)이 파였다. 손바닥 형태는 아니니 장인이라고 하기에는 뭣하지만, 손바닥 자국인 것만은 분명했다.

'이, 이게 내공일초!'

비로소 암혼사의 운용법을 깨달은 독사는 황급히 목검을 집어 들었다. 그리고 일장을 사용했던 것처럼 노궁에 진기를 모으고 일검을 떨쳐 냈다.

목검에 진기가 흐른다.

퍼억!

거목에 살이 파였다.

목검으로 쳐낸 것이 아니라 철퇴로 두들겨 팬 것 같다.

내공일초는 위맹한 위력을 발휘했지만 진기는 조금도 손상이 없다.

용자유식심흡외기(用自由式深吸外氣), 단전에서 사용한 진기는 본신 진기가 아니라 새로 받아들인 외기다. 공기만 있다면 언제든지 사용할 수 있는 무공이다.

'내공일초…… 아! 내공일초…….'

골인은 커다란 고목 앞에서 걸음을 멈췄다.

한참을 뚫어지게 쳐다보았다. 그러더니 신형을 주체하지 못하고 부들부들 떨기 시작했다.

"누군가!"

독사가 물어왔다.

토굴 앞에 드러누워 금방이라도 폭우를 쏟아낼 듯한 회색 하늘을 올려다보며 묻고 있다.

골인은 대답하지 못했다.

“이, 이게… 이렇게 강한 무공이…….”

골인이 떨리는 손을 들어 거목을 쓰다듬었다. 눈을 가까이 대고 자세히 살펴보기도 했다.

그의 눈에서는 놀라움이 가시지 않았다.

한참 동안 거목을 들여다보던 골인의 어깨가 축 늘어졌다.

“죽이려고 왔어. 죽이려고……. 한데 내가 죽겠군.”

독사는 응답이 없었다.

그는 골인이 오기 전부터 알았다. 한 걸음 한 걸음 내딛는 골인의 발걸음에는 진한 살기가 묻어 나왔다.

“무공이 이 정도라면…… 무공을 잃기 전이라 해도 어쩔 수 없었겠어. 단 일 초. 일초에 격살됐겠지.”

독사는 골인의 정체를 짐작해 냈다.

당진도와 버금가는 호흡, 키 작은 골인에 버금가는 기도가 풍겨 나온다.

정상적으로 내공을 수련하지 못한 사람이 상당한 경지의 내공을 지니고 있다면… 섭혼살호다.

“날 죽이려는 이유를 물어도 되겠나?”

“이탈… 놈들이 내 곁을 떠나려고 해서…….”

멸혼촌에 일어난 작은 변화 중에 하나다.

독사가 출행한 것은 단 한 번뿐이다.

하지만 출행을 해서 단 한 명의 희생자도 없이 모두 무사 귀환한 것도 멸혼촌이 생긴 이래 처음이다.

독사가 한 일은 간단했고 순식간에 끝났지만 골인들 역시 무인이었던 만큼 상황을 정확히 분별해 내는 것은 어렵지 않았다.

소문은 살을 보태고 날개를 달아서 멸혼촌 골인 모두의 귀에 들어갔다.

"기가 막혔다니까. 그건 무공만 높다고 되는 게 아니었어."

"그렇지. 무공만으로는 할 수 없지. 뭐랄까…… 싸움 감각이 뛰어나다고 해야겠지."

"어쨌든 난 그놈과 함께 출행한다면 언제든지 환영이야. 그놈과 함께라면 죽지 않을 것 같거든."

"그럼 이번 출행도 하지 그래?"

"독사가 간다면 언제든지 환영이라니까. 여기서 답답하게 세월을 좀 먹는 것보다는 훨씬 낫지 뭘."

"더군다나 무공도 뛰어나고."

"그럼."

"잘하면 몽환소 해법도 들을 수 있을 테고?"

"흐흐흐! 두말하면 잔소리지."

골인들은 독사와 함께 출행하기를 원했다.

출행 시 우두머리 역할을 하는 혈수는 물론이고 한 패를 완전히 장악하고 있는 키 작은 골인이나 섭혼살호는 난감해졌다.

키 작은 골인은 촌장이라는 직위에 미련이 없는 듯 연연해하지 않았으나 섭혼살호는 달랐다.

그의 눈에는 독사가 자신의 권력을 빼앗는 적으로 보였다.

독사가 말했다.

"가라. 죽이고 싶지 않다."

키 작은 골인은 재미있는 생각을 해냈다.

촌장이라는 직위는 연연할 필요도 없고, 조만간 후인을 골라 자리를 물려줄 생각이다. 그러나 멸혼촌에서 일어나는 조그만 변화는 간과할 수 없다.

'죽음만 깃들던 멸혼촌에 바람이 불고 있어. 다시는 불지 않을 바람이야. 이 기회를 놓치면 안 돼. 골인이 되어 사는 것만도 억울한데……. 서로 한마음이 된다면 오죽 좋을까.'

마해추룡이 촌장으로 있을 적에는 좌절 속에서도 웃을 때가 있었다. 지금은 그렇지 않다. 오직 절망과 허무 속에서 죽음만 기다리고 있다.

키 작은 골인은 독사를 찾아갔다.

"출행해 줘야겠네."

"……."

독사는 목검과 목창을 들고 일어섰다.

"만무타배가 지목하진 않았네."

"……?"

"여기서 내 마음대로 할 수 있는 것은 아무것도 없지. 난 그저 입 노릇을 할 뿐이야."

"그 말뜻은 출행도 만무타배가 지정한다는 것이오?"

"그렇지. 내가 혈수 한 명에 골인 다섯 명을 짝지어 통보해 주면 만무타배가 그중에 몇몇을 고르지."

"이번에 자네 혈수는 섭혼살호네."

"……."

독사는 다시 주저앉았다.

키 작은 골인의 뜻에 응할 생각이 없다. 그는 살행을 하고 싶지도 않고, 이유조차 모르는 싸움에 나서서 길길이 날뛸 생각도 없다.

출행 한 번에 동전 열 문이 보장되어야 한다.

"이번 일은 날 봐서 해주게."

"……."

키 작은 골인을 위해 싸울 만한 정리(情理)는 없다.

"무림에 있을 때 내 무명은 지천도(擎天刀)였지. 들어봤나?"

"……."

"그럼 도림이라고 들어봤나?"

"아!"

"도림에서는 그래도 괜찮은 도객이었네."

상상이 되지 않는다. 기껏해야 어린아이만한 자가 자신보다 커 보이는 도를 휘둘러 대는 모습이.

"도림의 도공을 전수해 준다면 이번 일을 들어주겠나?"

"당신이 얻는 건 뭐요?"

"멸혼촌 골인들의 웃음."

"……."

"희망."

"……."

"삶에 대한 애정."

"……."

"더 말해야 하는가?"

"됐소. 도림무공은 됐고…… 비무나 한 번 합시다."

독사가 목검을 들고 일어섰다.

지천도는 주위를 한참이나 뒤진 끝에 가느다랗지만 단단해 보이는 나뭇가지를 주워왔다.

“이거… 워낙 사용해 보지 않아서…….”

지천도는 나뭇가지로 허공에 대고 몇 번 휘저었다.

붕붕 하고 울리는 소리가 매우 경쾌하다.

독사는 지천도의 손가락을 주의 깊게 살폈다.

특이했다. 지천도는 나뭇가지를 꼭 쥐지 않고 모지와 검지, 중지만으로 가볍게 잡았다.

삼지집도법(三指執刀法)이다.

‘도를 가볍게 잡았어. 사용하는 도(刀)도 대도가 아니야. 빠르고 경쾌한 도법이야.’

독사도 도법을 생각했다.

그에게는 벽력도제의 사리일잠도가 있다.

“그건 사리일잠도!”

지천도가 도법의 달인답게 한눈에 알아봤다. 하기는 도법에 관심이 있는 사람치고 사리일잠도의 독특한 기수식을 모른다면 말이 안 된다. 반면에 독사는 지천도의 도법을 알아보지 못했다.

오른발을 슬쩍 내밀어 몸을 비틀었다.

상대가 들어오기 쉽게 휴문(休門)을 열었다. 바로 오른쪽은 생문(生門), 왼쪽은 개문(開門)이다. 도를 뻗어내기 위해서는 보법을 한 번 더 밟아야 하니, 이만하면 고수들 싸움에서는 아주 큰 허점이다.

“일 초로 끝낼 심산이군.”

“그렇소.”

“일 초면 된다고 생각하나?”

“…….”

"내 도법을 볼 생각은 아니군."

"내가 보고 싶은 것은 승부의 호흡이오."

"승부의 호흡이라…… 그건 무공이 비슷한 사람끼리나 통하는 말인데. 내 무공은 자네만 못해."

"내공이 못하다는 것이겠죠."

"그렇지. 자네 내공은 하루가 다르게 발전하고 있어."

"칠할 진기만 사용할 생각이오."

"그런 말을 들으니 어쩐지 비참해지는데. 하지만 어쩔 수 없지, 그게 현실이니. 자, 그럼!"

휘익!

지천도는 날쌔게 몸을 날려왔다. 공중으로 펄쩍 뛰어올라 두 무릎을 굽히고 오른팔은 머리 뒤로 돌아갔다. 손에 들린 나뭇가지가 머리 뒤에서 한 일(一) 자로 눕혀졌다.

휴문을 사문으로 바꾸기 위해서는 보법을 한 번 더 밟아야 한다. 그 점만은 독사라도 어쩔 수 없다.

양다리를 교차해 몸의 방향을 바꿨다. 휴문은 변함이 없지만 생문과 개문의 위치가 바뀌었다. 동시에 암혼사의 진결로 이끌어진 진기가 목검을 타고 횡으로 뻗어 나갔다.

지천도도 머리 뒤로 돌아간 손을 돌려 횡으로 그어왔다.

사(斜)와 횡(橫).

누가 빠르냐보다 누가 가장 적절한 시기에 적합한 곳을 정확하고 빠르게 베느냐 하는 싸움이다.

쉬익! 쉭! 따악!

독사가 좌상에서 우하로 그어 내린 일도는 지천도의 얼굴 앞을 스쳐 지나갔다.

지천도가 우에서 좌로 가른 도법은 정확히 독사의 몸을 가격했다.

독사는 휘청거리며 두 걸음이나 물러섰다.

지천도 역시 비틀거렸다.

지천도가 후려친 나뭇가지는 바위를 내려친 것처럼 깨져 있었다.

"장공의 위력이 대단하군. 이런 장공은 처음이야. 일도(一刀), 일장(一掌)을 같이 사용하는 무공도 처음이고. 이게 보도(寶刀)라고 해도 장으로 막았겠나?"

"당신 내력을 파악하고 싶었소."

독사는 일도가 빗나갔다고 느낀 순간 독사처럼 입을 쩍 벌리고 달려드는 도기(刀氣)를 감지했다.

'졌어!'

도와 도의 싸움에서는 독사의 패배다.

내공을 지천도의 수준에 맞췄으니 무공의 패배라기보다는 순수한 초식의 패배다.

과거 벽력도제는 무패(無敗)를 자랑했다.

패했다는 것을 느꼈으면서도 좌장을 들어 막은 것은 지천도의 내공이 어느 정도인지 정확히 파악하기 위해서다. 진기를 감소시켰는데 정확한 수준으로 감소되었는지 알고 싶었다.

'도법이 완벽하지 못해.'

구결만으로 무공을 수련하는 것은 쉽지 않다.

우수집도(右手執刀), 기운도방향불변(其運刀方向不變)이라는 구결만 해도 그렇다. 오른손으로 도를 들고, 도를 사용하는 방향은 변하지 않는다는 아주 간단한 구결이다.

실제로 구결을 이해하는 데는 어려움이 없다.

그러나 몸은 움직이고 있다. 움직임이 있는 곳에는 변화가 있다. 방향이 불변이라고 했고, 자신이 불변을 운용했다고 해도 정확히 그리되었는지는 알 수 없다.

실낱같은 차이가 큰 차이를 불러오기에 더욱 초식의 정확함이 요구된다.

구결로 무공을 수련하면 비무를 통해 확인에 확인을 거듭하는 수밖에 없다.

독사는 그런 사실을 경험을 통해 알았다.

암혼사의 구결을 완벽하게 깨우쳤다고 생각했는데 시간이 지나 보면 그렇지 못했다. 잘못 해석한 부분도 있고 무심히 지나친 부분도 있다.

지금까지 수정을 하고 또 했다.

초식도 같은 맥락이다.

독사는 자신의 무공을 확인하고 싶었다. 그리고 결과는 아직 벽력도제의 수준에는 미치지 못했다는 것을 알았다. 만약 정확한 초식을 구사했으면 벽력도제가 그랬던 것처럼 자신도 이겼을 것이다.

알지 못하는 부분에 미세한 착오가 있다.

"한 번 더 해볼 텐가?"

그럴 필요 없다. 승부를 내고자 한 것이 아니라 무공이 완벽한지를 알고 싶었다.

"됐소. 부탁한 일은 들어주겠소."

독사가 목검과 목창을 들고 광장으로 가자 섭혼살호의 안색이 미미하게 변했다.

그가 말했다.

"이번 출행은 내가 혈수인 줄 알고 있는데?"

"당신이 혈수지."

"자네는……."

"신경 쓰지 마."

신경이 쓰이지 않을 리 없다.

독사가 모습을 드러내는 순간부터 골인들의 안면에 미소가 감돌기 시작했다.

섭혼살호가 신경질적으로 말했다.

"가자!"

第十九章

귀궁(鬼宮) 원로(元老)와의 만남

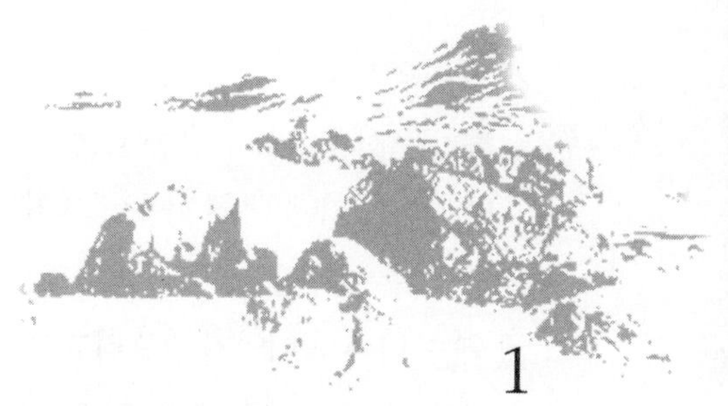

1

귀궁(鬼宮) 원로(元老)와의 만남

섭혼살호는 멸혼촌을 놓고 지천도와 겨룰 만한 자였다.

무리를 이끄는 능력이 탁월했다.

그는 황산노웅처럼 긴장하지 않았다. 멸혼촌을 출발하기 전에 지형이나 여로(旅路)를 미리 숙지해 놓았기 때문에 길을 잃는 불상사는 생각할 수도 없었다.

또 그는 골인 열 명의 능력도 개개인별로 소상히 알았다. 무공은 물론 성격까지도 꿰뚫고 있었다.

"여기서 쉰다."

나흘째 저녁, 섭혼살호는 평평한 수림을 골라 야숙 명령을 내렸다. 그는 곧 이어 다른 명령도 내렸다.

"노루나 멧돼지를 잡아와."

순간, 쉰다는 생각에 마음을 풀어놓으려던 골인들의 안색이 딱딱하게 경직되었다.

하기는 섭혼살호의 명령이 낯설기는 하다.

멸혼촌을 떠난 이후 사흘이 지났지만 한 번도 이런 명령을 내린 적은 없었다. 여우를 한 마리 잡아먹은 적이 있지만, 그것도 우연히 눈에 띈 재수 나쁜 놈이었지 잡으려고 해서 잡은 것은 아니다.

골인 네 명이 어슬렁거리며 일어나 숲 속으로 들어갔다.

다른 골인들은 엉거주춤하니 섭혼살호의 눈치만 살폈다.

사실 그들은 짐승을 사냥하러 간 네 명과는 달리 섭혼살호와는 처음 출행이다.

일의 난이(難易)는 어떤 혈수와 출행하느냐에 따라 결정된다.

독사가 함께했던 황산노웅은 대체로 가볍고 쉬운 일을 한다. 황산노웅처럼 큰소리를 내지 못하는 자는 이제 갓 멸혼촌에 들어온 자를 데리고 간다.

살아 돌아오는 횟수가 늘어갈수록 어려운 일을 맡은 혈수에게 배정된다. 사람이 워낙 없을 경우에는 귀환 경험에 개의치 않고 높은 혈수에게 배정되기도 하지만 그런 경우는 거의 없다.

만무타배가 사람이 없으면 출행도 줄여주기 때문이다.

섭혼살호는 늘 열 명을 데리고 출행한다.

그만큼 그가 맡은 일은 고난이다. 피해도 막심해서 항상 서너 명씩은 축 늘어진 시신이 되어 등에 업혀온다.

독사는 출행 경험이 적어도 서른 번 이상은 되는 골인들과 함께 있는 것이다.

숲 속으로 사라졌던 골인들은 채 반 시진이 되기도 전에 새끼 곰 한 마리를 잡아왔다.

골인들은 재빨리 움직였다.

가죽을 벗기는 손길도 재빠르다. 마른 나무를 구해오는 것은 일도 아니다.

반 시진 전만 해도 살아 있었을 새끼 곰은 나뭇가지에 꿰어져 불 위에 눕혀졌다.

골인 두 명이 양쪽 끝을 붙잡고 빙글빙글 돌렸다.

먹을 수 있을 만큼 고기가 익으려면 한 시진은 기다려야 한다.

골인들의 입가에는 벌써부터 침이 고였다.

고기가 노릇노릇하게 익어 구수한 냄새를 풍겨내자 섭혼살호가 조용한 음성으로 말했다.

"날이 밝으면 싸움을 한다. 우리 중 몇몇은 이것이 마지막 식사가 될 터이니 배불리 먹어둬."

골인들의 안색이 급격히 딱딱해지며 섭혼살호를 주목했다.

난데없는 명령을 내릴 때부터 긴장했는데, 혹시나 하던 불길한 예감이 들어맞았다.

"내가 받은 명령은 하나뿐이야. 저 산 너머에 초옥이 있는데, 노부부가 살고 있다는군."

그들을 죽여라.

상대는 겨우 두 명이다. 하지만 가공할 고수다. 멸혼촌 최정예 골인 열 명이 투입될 만큼 고수다. 그렇다고 반드시 죽인다는 보장도 없다. 오히려 투입된 열 명이 모두 죽을 수도 있다. 실제로 섭혼살호 혼자만 살아온 경우도 있다.

싸움이 코앞으로 다가왔다.

"먹자. 배불리 먹어둬야 기운도 내지."

골인들이 고기를 뜯어먹기 시작했다.

먹는다고 볼 수 없다. 단지 입에 쑤셔 넣고 있다. 새끼 곰의 연한 살점이 입 안에서 사르르 녹았지만 맛을 느낄 여유가 없었다.

결국 새끼 곰을 반이나 남겨둔 채 식사를 끝내고 말았다.

고기에 탐욕을 부리는 사람은 아무도 없었다.

독사는 모로 누운 채 눈앞에서 부지런히 움직이고 있는 개미를 희롱했다. 개미는 죽을힘을 다해 움직였지만 가볍게 한 번씩 툭툭 건드리는 손길에 제자리로 퉁겨오곤 했다.

등 뒤로 섭혼살호가 걸어와 앉았다. 그래도 독사의 희롱은 그치지 않았다.

섭혼살호가 한참 동안 앉아 있더니 말을 꺼냈다.

“당문삼기에게 약간 이야기를 들었지. 독사라고.”

“…….”

“내 나이는 쉰넷. 너보다 배는 많으니 좀 돌아눕지 그래. 사람이 말을 하면 얼굴이라도 쳐다봐야지.”

“할 이야기나 해봐.”

“무공을… 혼자 수련했다고?”

“…….”

“지금도 믿지 않지만 그 말이 사실이라면 너야말로 천하제일의 기인이야. 비급(秘笈)만으로 무공을 익힐 수 있는 사람이 존재하다니.”

“귀찮아.”

“……?”

“조용히 있고 싶어. 가.”

섭혼살호는 기가 막힌 표정을 지었다. 얼굴 근육이 약간 꿈틀한 것에 지나지 않지만 살이 붙어 있다면 틀림없이 어처구니없다는 표정이 되었을 게다.

"난… 마계지존(魔界至尊)은 아니지만 사천에서는 다섯 손가락 안에 꼽히는 마왕(魔王)이야. 내 앞에서 너처럼 거만한 자는 없었어. 무림에서 만났다면 볼 만했겠군."

"싸울 텐가?"

"매사 그렇게 도전적인가?"

"상대에 따라서."

"난 이야기할 상대가 아니라는 거군."

"그래."

"그 기준이란 걸 들어도 되겠나? 이야기할 상대와 무시해도 될 상대의 기준."

"귀찮다고 했는데."

"후후후! 좋아, 용건만 말하지."

"……."

"내일 혈수를 맡아줘."

"싫어."

"골인들이 죽는 꼴은 보지 못하는 줄 알았는데, 잘못 봤나?"

독사는 몸을 일으켰다. 그리고 대여섯 걸음 떨어진 곳으로 걸어가 팔을 베고 누웠다.

섭혼살호가 그 뒤를 쫓아가 얼굴 앞에 앉았다.

독사가 등을 돌려 누웠다.

"난 저놈들이 죽든 살든 상관없어. 난 살 자신이 있거든."

"……."

"그런 내가 저놈들 죽음이 안타까워서 혈수를 맡아달라고 하는 줄 아나? 저놈들이 다 죽으면 난 오히려 편해. 한동안은 출행을 하지 않아도 되니까."

"한 번만 더 말하면 죽는다."

독사는 정말 귀찮았다.

내일 싸움은 내일 생각하면 된다. 지금은 행공우무형무영지중(行功于無形無影之中)이란 글자가 머리 속을 휘젓는 통에 아무 말도 듣고 싶지 않았다.

내공일초 다음에 적힌 글로 행공은 무형무영 중에 행하라는 말인데, 요체를 쉽게 잡아내지 못했다. 물론 전에 풀이했고, 이해했다 싶은 말이지만 자신이 알지 못하는 현묘한 묘리가 숨어 있는 듯했다.

고기는 씹으면 씹을수록 맛이 난다고 했다.

암혼사 구결이 그렇다. 익히 알고 있는 것이라도 돌이켜 참오하면 할수록 새로운 깨달음이 독사를 흥분시켰다.

섭혼살호는 냉담한 말에도 불구하고 말을 이었다.

"골인이 되었을 때는 미칠 것 같았지."

참지 못하겠다. 구결의 신묘한 도리가 손에 잡힐 듯이 가물거리는데 이 작자는 계속 방해하고 있다.

"조금 세월이 지나다 보니 이 상황을 벗어날 수 없다면 우두머리가 되어 생사를 좌우해야겠다는 생각을 했지. 빌빌거리며 뒤꽁무니나 따라다니는 것보다는 나을 테니까."

독사는 벌떡 상반신을 일으켰다. 한 손은 벌써 허공을 가로질러 섭혼살호의 목을 움켜잡았다.

눈과 눈이 마주쳤다.

섭혼살호의 눈빛이 활화산처럼 이글거리고 있다.

"백비를 만든 놈…… 때려죽이고 싶은데 방법이 없어, 방법이!"

독사와 섭혼살호의 다툼은 모든 골인들의 이목을 집중시켰다.

그들은 섭혼살호가 독사에게 다가갈 때부터 암암리에 귀를 기울이고 있었다.

거기에 소리까지 질러댔으니 대놓고 쳐다볼 명분이 생긴 셈이다.

"멸혼촌이 왜 두 패로 갈라졌는지 알아! 권력을 차지하고 안 하고의 문제가 아냐! 빌어먹을 권력이란 것이 있기나 하나! 똥마려운 강아지처럼 만무타배의 종노릇이나 하는 게 뭐가 좋다고 촌장 자리를 놓고 다투겠나!"

일장이면 입을 다물게 할 수 있다. 하지만 그러지 못했다. 뜻밖에도 섭혼살호의 눈가에 그렁거리는 것은 눈물이다. 쉰이 넘은 사내가 비춘 눈물…….

"나도 알지, 골인이 된 이상 몽환소의 저주에서 벗어날 수 없다는 것을. 이 꼴로는 만무타배를 죽여도 두 번 다시는 무림으로 돌아갈 수 없다는걸. 큭큭! 이 꼴로 무림에 나가면 아마도 귀신이 나왔다고 모두 때려죽이려고 할걸?"

무림에서는 음모와 귀계, 무공으로 약한 자를 핍박했을지 몰라도 멸혼촌 골인이 되면 정인(正人)이든 마인(魔人)이든 하나가 된다. 이들의 목적은 오직 하나, 삶의 투쟁이다.

"난 우리를 감시하는 놈들을 한 놈이라도 죽이고 죽자는 입장이야. 만무타배에게 죽는 한이 있어도 한 놈이라도 죽여야지. 내일 죽이려는 노부부가 누군지 난 몰라. 내가 왜 그들을 죽여야 하지? 우리를 이 꼴로 만든 놈을 대신해서 일을 해줘? 이게 내 입장이야. 지천도는 기다리자는 입장이고. 그래서 패가 나뉜 거야.”

독사는 할 말이 없었다.

지천도가 출행해 달라고 부탁해 왔을 때, 그는 힘든 싸움이니 힘을 보태달라는 뜻으로만 알아들었다.

그런데 아니다. 지천도는 간악한 여우다. 지천도는 아마도 섭혼살호가 이런 말을 하리란 걸 예측했을지도 모른다. 그래서 자신에게 출행을 부탁했는지도…….

“난 그날… 네게서 희망을 찾았어. 너라면 백비를 만들어 우릴 이 꼴로 만든 놈을 죽일 수 있을 것 같아. 못해도 상관없어. 하지만 싹수라도 보인 놈은 네가 처음이야. 봐! 우리 꼴을! 모두 이 꼴이야. 너만 아냐.”

“…….”

“처음 했던 말 다시하지. 내일 혈수를 부탁해.”

“…….”

“하찮은 목숨이지만 충심으로 목숨을 맡길 각오가 되어 있어. 백비를 만든 놈… 그놈만 죽일 수 있다면 종이라도 되겠어.”

이게 지천도가 노렸던 거다.

혈기가 뜨거운 골인들을 섭혼살호에게 맡기느니 자신에게 맡긴 것이다.

‘지천도…… 꾀주머니군. 내게도 꾀주머니가 있었지. 대물이라고. 좋은 생각이었지만 지천도… 당신은 큰 실수를 했어.’

목을 놓아주었다.

“혈수는 맡아주지. 종은 필요없어.”

골인들의 얼굴이 일그러졌다. 기분 나쁠 때는 갈댓잎처럼 가느다란 입술이 안으로 말린다. 기분이 좋을 때는 입술이 살짝 벌어진다.

이번에는 후자였다.

누군가 말했다.

"이거 고기가 많이 남았네. 아직 뜨뜻한데, 염통이나 먹어야겠다."

다른 골인이 말했다.

"하하! 방금 먹었는데도 또 배가 고프네. 쩝! 아깝다. 조금만 일찍 말했어도 내가 염통을 먹을 수 있는 건데. 아쉽지만 가슴살이나 먹어 볼까."

어둠이 물러가기 시작하자 골인들은 출발 준비를 서둘렀다.

독사가 혈수가 되었다고는 하지만 소문만 들었을 뿐, 독사의 진실한 무공이나 싸움 방법을 눈으로 본 사람은 없다.

불안한 심정은 마찬가지다.

배를 두둑이 채우고, 마지막으로 지니고 왔던 목통(木桶)을 거둬 은 밀한 곳에 숨겼다.

사활근맥단이다.

사활근맥단은 출행 명령을 받으면서 지급받는다.

십 일 일정일 경우에는 보통 세 알에서 네 알을 받는다.

이것은 한 명이라도 살아남은 자가 있다면 모두 거둬서 가지고 돌아 가야 한다. 골인들의 시신은 데려가지 못해도 사활근맥단만은 가지고 가야 한다.

만무타배는 죽은 자들의 몫을 지급하지 않는다. 중간에서 분실이라 도 하는 날에는 몇 명이 마비되어 며칠간을 고생한다.

"한 번은 나까지 열 명이 나온 적이 있었지. 세 알씩을 받았는데, 모두 죽고 나만 살았어. 한 알씩밖에 복용하지 않았었지. 스무 알을 손에 쥐는 순간 무슨 생각부터 한 줄 아나?"

"……."

"도주야. 스무 알이면 무려 육십 일이야. 그동안이면 세상에 나갈 수 있다고 생각했지. 그런데 그게 아니었어. 왜 그런 줄 아나? 몇 날 며칠을 걸은 끝에 강을 발견하고 통나무에 몸을 실었지. 강물을 따라가더니만…… 우여곡절이 많았지만 하구(河口)라 싶은 곳에 도착했어. 강이 아니라 바다 같더군. 너무 넓었어. 통나무만으로는 갈 수 없을 만큼."

기억난다, 지류로 스며들기 전에 끝이 보이지 않는 강을 헤쳐 온 기억이.

섭혼살호는 꽤 멀리까지 도주한 유일한 사람이다.

"결국 다른 길을 찾으려고 강변을 따라 빙 돌았는데… 사활근맥단이 떨어져서 돌아올 수밖에 없었지. 그나마 길눈 하나는 밝아서 돌아올 수 있었지, 꼼짝없이 죽었을 거야."

본인 스스로는 길눈이라고 아무렇지도 않게 말했지만 대단한 기억력이다. 배짱도 두둑하고 침착함도 돋보인다.

"목적지는?"

"산 너머에 초옥이 있다는 것만 알지 다른 건 모른다."

"가자."

혈수로서 명령했다.

"이대로?"

"그럼 뭘 준비해야 되나?"

독사는 섭혼살호처럼 조심도 기하지 않고 뚜벅뚜벅 걸어갔다.

초옥은 굳이 찾으려고 애쓸 필요도 없었다. 산 고개를 넘자마자 하얀 연기가 솟구치는 초옥을 발견했다.

독사는 초옥을 향해 걸었다.

골인들에게 따라오라는 소리도 하지 않았다. 조심하라는 말도, 어떻게 싸우라는 말도.

"세 패로 나눠서 가는 게 좋지 않을까? 우리는 정면으로 가고 두 패는 좌우측으로 분산시키고."

섭혼살호가 걱정이 되는지 말했다.

다른 골인들의 얼굴에도 걱정이 가득했다. 그들의 눈에는 독사가 무공만 믿고 막무가내로 쳐들어가는 철부지처럼 비쳤다. 그것도 그럴 것이 그들은 무려 서른 번 넘게 출행한 경험을 가지고 있지만, 이토록 무모하게 접근한 적은 한 번도 없었던 것이다.

독사는 귓가로 흘려들으며 무작정 걸었다.

"혈수, 아무래도……."

골인 한 명이 섭혼살호를 쳐다보며 말했다.

섭혼살호의 대답은 냉랭했다.

"혈수는 독사야."

독사는 무작정 걸어간 것도 모자라서 울타리 문을 불쑥 밀고 안으로 들어섰다.

이때쯤에는 섭혼살호도 긴장하지 않을 수 없었다.

그가 받은 명령은 하나같이 쉬운 게 없었다. 죽일 사람이 한 명이라면 그만큼 강한 고수라는 의미다. 그 사람에게 골인 아홉 명을 잃고, 자신도 부상당했으며, 결국 죽이지도 못했다.

그런 의미에서 보면 차라리 많은 수를 죽이라는 쪽이 더 낫다.

이번에 받은 명령은 두 명이다.

무척 강한 고수들이다. 이토록 다짜고짜 쳐들어가는 것은 무지라고밖에 할 수 없다.

독사는 울타리를 넘어선 것도 모자랐는지 초옥 문까지 벌컥 열고 안으로 들어갔다.

골인들은 차마 따라 들어가지 못했다.

그들은 이제나저제나 거세게 터져 나올 격전에 대비했다.

독사가 다시 나왔다. 병장기 부딪치는 소리는커녕 고함 소리 한 번 나지 않았다.

"따뜻한 밥이 있는데 들어와서 먹지 그래. 쌀 구경 해본 지 오래되지 않았나?"

골인들은 멍청해졌다.

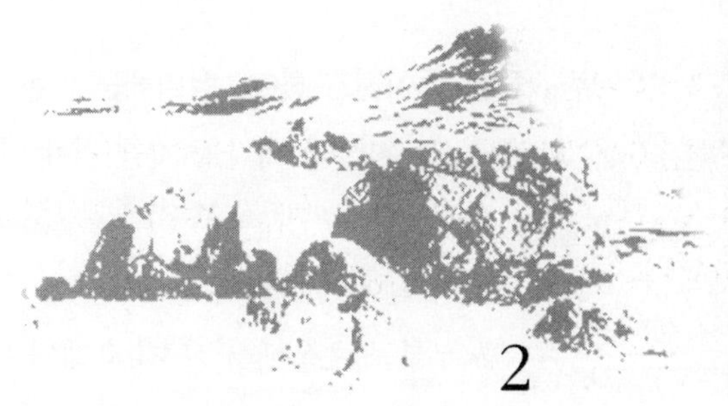

2

귀궁(鬼宮) 원로(元老)와의 만남

독사는 울타리에 서서 주변 경관을 둘러보았다.

골인들은 입으로 들어가는지 코로 들어가는지도 모르고 허겁지겁 쌀밥을 먹고 있다. 고기는 간혹 먹었어도 쌀 구경 해본 지는 오래된 사람들이다. 몽환소에 중독되지 않았다고 해도 그렇게 굶어서는 비쩍 마를 수밖에 없다.

독사는 초옥에서 아무런 기운도 느끼지 못했다.

아궁이에 불이 지펴져 있고 아침 식사가 차려져 있는데 어디를 갔단 말인가.

몸을 빙 돌리며 사방에서 풍겨오는 기운을 흠씬 들이켰다.

상쾌한 기운만 밀려든다. 인간이 내뿜는 인내(人臭)는 느껴지지 않는다. 인내는 골인들이 들어가 있는 초옥 안에서만 풍겨온다.

'노부부는 누구기에 이런 산속에 틀어박혀 있지? 만무타배는 왜 그

들을 죽이려고 하고. 백비에는 많은 사연이 숨겨져 있군. 무슨 일인지
는 모르지만, 꼭 대가를 치를 거야.'

구구구구……!

닭장 안에서 닭들이 울어댔다.

노부부는 초옥에서 산 지 오래된 듯하다. 닭도 많고, 오리도 있으며,
돼지도 두 마리나 키우고 있다.

어디서나 흔히 볼 수 있는 평범한 초옥이다.

무림인의 냄새는 어느 곳에서도 맡을 수 없다.

그러다 문득 초옥 아래 있는 개울가에서 지극히 미미한 인내를 감지
해 냈다.

'고수다! 만무타배와 버금가는 고수야!'

섭혼살호가 문을 밀치고 나왔다.

"이상하네. 이런 일은 한 번도 없었는데…… 목적지에 도착하면 항
상 죽일 놈들이 있었거든. 기다릴 필요도 없었지. 이번처럼 헛다리짚
은 적이 없었는데……."

'나를 기다리고 있어. 올 줄 알고 있었어.'

독사는 직감적으로 깨달았다.

"편하게 쉬는 것도 좋겠지. 집다운 집에서 살아본 적도 오래됐으니
까. 닭도 잡아먹고 오리도 잡아먹고."

"허!"

"내 생각에는… 노부부는 오지 않을 것 같아. 그러니 마음 놓고 쉬
라고."

독사는 걸음을 떼었다.

"어디 가려고?"

‘이만한 고수면 이 사람들… 모두 죽는다. 순식간에 죽일 수 있는 고수야. 나 혼자로 족하지.’

파락호의 대형은 의리를 목숨처럼 여겨야 한다. 골인들이 파락호는 아니고 자신이 이들의 대형도 아니지만 혈수가 된 이상 혈수로서의 의무를 지켜야 한다.

“개울에. 오랜만에 목욕을 하고 싶군.”

섭혼살호는 멀어져 가는 독사를 멀거니 쳐다보다가 고개를 살래살래 흔들고는 안으로 들어갔다.

그가 소리쳤다.

“구운 고기만 먹었더니 뱃속이 니글니글하다! 밥도 좀 하고 닭도 삶아봐!”

개울로 내려온 독사는 느낌이 이끄는 대로 따라갔다.

느낌은 개울 상류 쪽에서 전해져 왔고, 발길을 떼어놓을수록 진해졌다.

커다란 바위가 길을 막아섰다.

할 수 없이 개울로 들어가야 한다. 알몸에 무엇을 꺼리랴. 물속으로 들어섰다.

첨벙! 하고 물 튀기는 소리가 시원하게 들린다.

바위를 끼고 옆으로 돌자 느낌은 더욱 확실해졌다.

‘오 장 안에 있어!’

목검과 목창을 다시 한 번 만져 본 후 방위나이의 기문진법에 따라 매 걸음을 질서정연하게 떼어놓았다.

개울에서 나가 다시 땅을 밟았다.

아무래도 물을 밟고서는 보법을 제대로 밟을 수 없다.

노부부의 모습이 보였다. 그들은 숨어 있지도 않았다. 이 장쯤 더 걸어가자 산에 도끼질을 해놓은 듯한 좁고 가파른 골짜기가 드러났고, 노부부는 그 안에서 나물을 캐고 있었다.

노부부는 벌거벗은 사내가 불쑥 나타났는데도 놀라지 않았다.

놀란 사람은 독사다.

"왔나? 휴우! 오랫동안 허리를 구부리고 앉아 있었더니 허리가 빠개지는 것 같군."

"영감, 나이는 어쩌지 못하는 거라우. 이제 영감도 슬슬 몸에 금이 가는 걸 보니 죽을 때가 다된 모양이우."

"망할 놈의 할망구 같으니. 멀쩡한 사람을 아예 송장 취급하네."

노부부는 티격태격 말을 거칠게 했지만 금슬은 좋아 보였다.

그래서 놀란 것이 아니다. 독사는 마치 노부부가 자신을 기다리고 있었다는 듯한 인상을 받았다.

초옥을 비켜나 개울로 들어선 것이 좋은 실례다. 그를 보고도 놀라지 않은 것도 그렇고, 옆집 청년이라도 온 듯이 태연하게 '왔나' 하고 말한 것도 그렇다.

"아십니까? 존성대명(尊姓大名)이 어찌 되는지는 모르지만, 전 두 분을 죽이러 왔습니다."

그 말에도 노부부는 놀라지 않았다.

"쯧! 오늘내일 숨을 걸떡거리는 산 송장을 죽여서 뭐 한다고."

"그러게 말이우. 영감, 나 몰래 숨겨논 돈이라도 있수?"

"돈이 어디 있어! 먹고 죽을래도 없다."

"그럼 첩질을 했수?"

“첩질했으면 진작 죽었게? 할망구가 가만있을 사람인가?”

“그럼 왜 저렇게 설친다우? 가만, 내가 새로 본 샛서방 때문에 저러나?”

“서방질했어?”

“젊은 놈 재미 삼아서 찔떡거린 거니 신경 쓰지 말구랴.”

노부부는 괴이했다. 낯선 사내가 자신들을 죽이러 왔다는데도 농담을 일삼았다. 암암리에 진기를 운집한다거나 긴장하는 빛은 조금도 엿보이지 않았다.

독사는 진기를 끌어올려 양손 노궁혈에 운집했다.

쌍수동시발기가(雙手同時發氣可:쌍수에서 동시에 기를 발출할 수 있다).

내공일초를 설명한 구결 중 하나다.

단전 진기가 실로 풀어지며 양쪽 기혈을 따라 노궁혈에 운집했다.

한 손에 목검을 쥐고 다른 손에는 목창을 쥐었다.

“정말 싸울 모양인데 영감이 할라우?”

“내가 왜 해? 샛서방 봤다며? 샛서방 봤으면 기운도 넘칠 텐데, 할망구가 하구랴.”

“쯧! 젊은 놈한테서 양기 좀 받았다 싶었더니 금방 써먹네.”

노파가 호미를 들고 일어섰다.

순간 독사는 태산이 서 있는 듯한 착각에 빠졌다.

고수라는 점은 짐작했지만 기도가 너무 엄청나다.

‘이 사람들…… 현문 오천검객과 겨뤄도 전혀 밀리지 않는다. 아니, 오히려 능가할 것 같아. 만무타배와 비등하다.’

긴장하지는 않았다. 암혼사 진기의 장점 중 하나가 사람 마음을 편하게 해주는 심안(心安) 역할이다.

"어디 죽이겠다고 달려온 놈이니 솜씨가 어느 정도인지 볼까? 설마 주둥이만 살아서 나불거린 건 아니겠지?"

"……."

독사는 무어라 말을 하고 싶었지만 입이 떨어지지 않았다.

숨이 가빠왔다.

노파가 내뱉는 기운이 칼날처럼 파고들었다.

현문 오천검객도, 사부도, 만무타배도 이렇게 날카롭지는 않았다.

물론 그들이 수련한 진기가 노파와 다르기 때문에 그렇다는 것은 안다. 부드러운 진기와 날카로운 진기 중 어느 것이 강하다고는 말할 수 없다. 하지만 칼끝이 되어 파고드는 진기가 훨씬 압박감이 강한 것은 사실이다.

노파는 움직이지 않았다.

서 있으려고 서 있는 것은 아니다. 노파는 움직여 보려고 발을 움직였지만 곧 제자리에 갖다 났다.

'통하고 있어. 방위나이…….'

독사가 노파에게 달려들지 못했다. 어느 곳을 치고 들어가더라도 노파를 어쩌지 못할 것 같은 불길한 예감이 들었다. 노파도 방위나이를 뚫지 못하고 있다. 허점을 발견하지 못하는 것이다.

노인은 자신이 말한 대로 싸움에 끼어들지 않았다. 하지만 한 곁에 서서 독사의 무공을 살폈다. 노인의 안광이 비수처럼 번뜩였다.

독사는 진기가 끓어오르는 것을 감지했다.

평온하게 흐르던 진기가 끓는 물처럼 부글거린다.

노파가 발산해 낸 예기(銳氣)를 완벽하게 밀어내지 못한 데서 기인한 현상이다.

'후읍!'

암암리에 외기를 받아들였다.

자연기를 보충한 진기는 조금 순해지는 듯싶더니 방금 전처럼 끓기 시작했다.

'내공이 달려. 진기가 흐트러지고 있어.'

내공만으로는 천하제일일 것이라고 생각한 적이 있었는데…… 무공의 끝은 어디란 말인가. 하기는 이제 겨우 사 년째 들어선 무공이니 평생을 수련한 사람과 같을 수 있을까.

"타앗!"

독사는 거센 고함을 내지르며 펄쩍 뛰어올랐다.

노파가 먼저 들어오기를 기다렸지만, 시간을 지체하면 할수록 자신에게 불리하다는 것을 깨달았다. 그렇다면 선공(先攻)밖에 없다.

노파의 신형을 흩트리기 위해 목창을 내질렀다.

제삼식(第三式)은 맹호도약(猛虎跳躍)하여 일창일점(一槍一點)으로 이어져야 한다.

우우웅……!

목창에서 기이한 울림이 터져 나왔다.

나무로 만든 창대가 문풍지처럼 떨어댔고 창끝도 분노를 억지로 참는 사람처럼 바르르 떨었다.

스슥! 쒜에엑!

노파가 신형을 좌로 비켜 움직이며 호미로 내리찍었다.

타악! 탁탁탁!

처음 부딪침은 느렸지만 이어지는 창과 호미의 격돌은 빠르고 급했다.

독사와 노파는 눈 깜짝할 사이에 오 초를 주고받았다. 독사가 두 번을 공격했고 노파가 세 번을 공격해 왔다.

누구도 우위를 빼앗지 못했다.

독사는 창술에 이어 벽력도제의 도법을 사용하려고 했지만, 창술로 공격하는 데 그쳤다. 노파는 창대를 밀어내고 안으로 파고들려고 했지만 무위로 끝났다.

독사는 아예 목검을 던져 버렸다.

창술과 검법을 동시에 사용하겠다는 것은 그의 오만이었다.

창을 두 손으로 부여잡고 노파를 직시했다.

노파는 고수다. 두말할 나위도 없다.

무공을 모를 적에도 이런 강자들과 부딪친 적이 많다. 무공을 익힌 것은 아니지만 범인으로서의 독사가 봤을 때 상대하기 버겁다고 느낀 강자들이 많았다.

그들 모두를 이겨왔다.

‘영은촌의 독사’ 라는 말은 말만으로 얻은 것이 아니다.

두 눈이 활활 타올랐다. 노파를 태워 죽일 듯이 노려보았다.

반대로 노파의 눈빛은 안으로 침잠했다. 너무 무의미해서 무슨 생각을 하고 있는지 종잡을 수 없는 눈빛이다.

“후웁!”

자연기를 폐부 깊숙이 들이킨 독사는 내공일초의 초식을 실어 몸을 쏘아냈다.

파라락……!

창대가 바람에 휘날리는 갈대처럼 휘청거렸다.

노파는 침착하게, 간결하게 호미를 쳐냈다. 꼭 필요한 곳에만 힘을 집중시켰고 필요한 동작만 했다. 발경을 하려면 기를 끌어 모으는 동작이 필요한데 그마저도 하지 않았다.

'쇠스랑이 쇠스랑을 휘두르는 것과 비슷해. 간결함과 정확성이 뛰어난 것만 제외하고는.'

노파와 쇠스랑을 비교한다는 자체가 어불성설이다. 하지만 노파의 무공은 쇠스랑을 연상시켰다.

탁탁! 탁탁탁탁……!

순식간에 십여 초가 흘렀다.

노파는 방어에 치중한 탓으로 독사의 일방적인 공격이 이어졌다.

'방법을 바꿨어. 한순간에 끝나. 틈이 한순간이라도 벌어진다면 끝장이야.'

이상하다. 아무 생각 없이 강하다고만 생각했을 때는 창을 쉴 새 없이 쏟아낼 수 있었는데, 한순간에 끝난다고 생각하니 쉽게 나가지지 않는다.

'그럼 나도……'

독사는 몸을 틀어 허점을 내비쳤다.

쒸익!

여지없이 노파가 병아리를 낚아채는 솔개처럼 달려들었다.

목창을 내지를 시간적인 여유가 없다. 좀 더 정확히 말하자면 거리를 잃었다.

계산하고 행동한 일이다. 그는 허점을 내주기 전에 대화산에서 보았던 창술 고수의 창법을 떠올렸다. 창을 자유자재로 늘였다 줄였다 하던 신기를.

슈욱! 파앗!

창대가 위로 쭉 말려 올라갔다. 창의 중단을 잡은 독사는 어느새 창파(槍把)로 노파의 아래턱을 올려쳤다.

노파는 허리를 노렸으나 황급히 호미를 들어 창파를 내리찍었다.

따악! 하는 울림이 토해지며 창파가 밀려났다. 노파의 호미는 창대를 타고 쭉 따라왔다.

독사는 창을 휘둘려 밀려나는 창파를 잡고 창대의 휘도는 기세를 빌어 노파의 머리를 후려쳤다.

이러한 공격에서는 후려치는 한 수뿐이다.

찌르는 공격은 전개할 수 없다.

노파는 짐작했다는 듯 허리를 살짝 틀어 창대를 피해내며 계속 달려들었다.

거리는 노파에게 있다. 능숙하지 못한 대화산 창술 고수의 창법은 차라리 계속 월사창법을 구사하느니만 못했다.

이것도 계산했다. 노파가 아니라 누구라도 이런 초식에는 필살의 일격을 생각할 게다.

노파는 순식간에 우위를 잡았다. 간극의 우위도 노파에게 있다.

서로가 바짝 붙어 입 냄새까지 맡을 수 있다. 창을 쓴다는 것은 무리, 아예 창을 던져 버렸다. 그리고 일장을 쭉 뻗어 마지막으로 생각했던 비장의 일수, 내공일초를 뿜어냈다.

노궁혈에서 뿜어진 진기와 노파의 호미가 맞부딪쳤다. 엄밀히 말하면, 옆머리를 가격해 오는 노파의 호미를 손바닥으로 막았다.

따악!

호미가 나무토막을 가격하는 듯한 소리. 그리고,

"음……!"

노파는 주춤주춤 뒤로 물러섰다. 호미는 튕겨 나가 일 장 밖에 나뒹굴었다.

호미를 놓친 노파의 손아귀에서 붉은 피가 흘러내렸다. 그때,

"그만 하지."

노인이 두 사람 사이를 헤집고 들어섰다.

독사는 숨 한 모금을 들이키며 퉁기듯 뒤로 물러섰다.

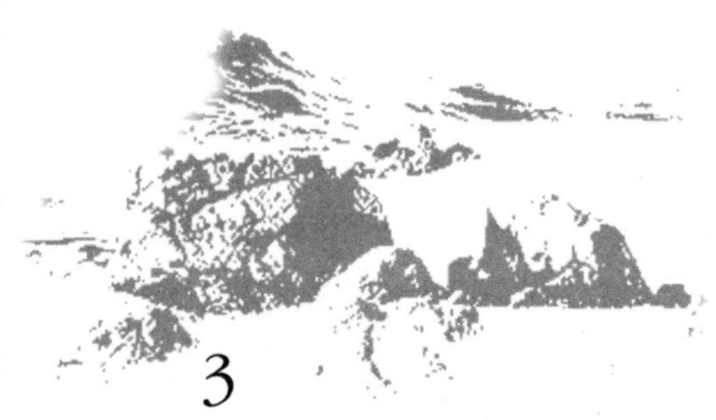

3

귀궁(鬼宮) 원로(元老)와의 만남

"창술이 제법이군. 어디서 배웠나?"

독사는 대답하지 않고 이글이글 불타는 눈으로 노인을 쏘아봤다. 근육에서는 힘이 넘쳐흘렀고 투지도 강렬하게 피어났다.

'이길 수 있어!'

노파의 손에서 호미를 떨어뜨리자 거대한 산을 하나 넘은 것 같은 기분이 들었다.

하지만 이런 정도로는 부족하다. 노부부를 죽여야만 멸혼촌으로 돌아갈 수 있다. 직감이지만 만무타배, 혹은 그가 사주한 누군가가 주위에 은신해 지켜보고 있을 게다.

노파와 겨루며 하나 크게 깨달은 점이 있다.

자신의 무공은 너무 단편적이다. 소수천라변은 소수천라변대로, 월사창법은 월사창법대로 각기 따로 논다.

모든 무공을 하나로 합일시켜 언제 어느 때든 가장 적합한 초식이 튀어나와야 한다. 싸움에서는 창술도 필요없고 검법도 필요없다. 상대를 격타할 수 있는 무공만이 살아 있는 무공이다.

독사가 노려보기만 하자 노부부가 말했다. 아주 이상한 말이다.

"기대했던 무공은 나오지 않고 엉뚱한 무공만 쏟아내는데, 안 잡아먹을 테니까 말해 봐. 창술은 어디서 배웠지?"

노인이 한 말이다.

"칠채기문보법, 십이천공마, 소수천라변. 이 무공들을 어디다 팔아먹었냐는 말이야, 이 문둥아."

노파가 한 말이다.

쌍장을 치켜든 채 허점을 살피던 독사의 눈이 크게 떠졌다.

'그, 그걸 어떻게!'

상당히 놀랐다.

빙굴에서 암혼사 구결로 몽환소의 효험을 흡수한 후 무공 수련을 했다. 당시 특이한 경험이었지만 사문의 무공은 어쩐지 겉도는 느낌을 받았다. 반면에 미등 분지에서 우연히 얻은 무공은 몸에 딱 맞는 옷처럼 편안했다. 그런 연유로 근래에 들어서는 솔직히 사문 무공은 거의 손대지 않는 실정이다. 암혼사만 제외하고는.

노부부는 어떻게 전개하지도 않은 무공을 알고 있지?

노파가 헝겊으로 찢어진 손아귀를 꾹 누르며 말했다.

"이놈아, 마해추룡의 월사창법을 어디서 배웠냐고 물었는데, 귀까지 먹었냐! 아니지. 다른 것도 그래. 집검법(執劍法)을 보니 검법이 아니라 도법을 사용할 요량이었던 것 같았는데, 초식이 특이한 걸로 봐서는 벽력도제의 사리일잠도? 아닌가?"

이 노부부는 많은 것을 알고 있다. 만무타배도 한눈에 알아봤는데 노부부도 한눈에 알아본다. 고수들은 전부 이렇게 지식이 해박한 것인가?

노파가 손아귀에 둘둘 감은 헝겊 매듭을 옥죄며 말했다.

"쯧! 요즘 젊은것들은 존장을 대우할 줄 모른다니까. 그놈도 미친놈이지, 어디서 저런 놈을 제자로 들여 가지고는."

"……!"

알지 못할 대화가 지속된다. 노파가 말한 그놈이란 누구인가. 설마 사부님……?

"할망구, 참아. 우리가 말하지 않은 죄지 뭐."

노인이 독사를 봤다.

"우린 귀궁 사원로 중 이원로야. 난 천리검(千里劍), 이 할망구는 백단살(白丹殺)이라고 하지. 들어봤냐?"

"……?"

금시초문이다. 귀궁에 사원로라는 사람이 있다는 말은 들어보지 못했다. 사부님과 두 사형밖에 없는 줄 알았는데…….

"이놈 봐라? 존장이 신분을 밝혔는데도 가만히 있네. 이놈! 어서 인사 올리지 못해! 쯧! 배우지 못한 놈은 어디가 달라도 다르다니까. 무공을 가르치기 전에 인간부터 가르쳤어야지. 쯧!"

독사는 귀신에 홀린 듯한 심정으로 엉거주춤 포권했다.

미심쩍은 구석이 많아 진기는 풀지 않았다. 가만히 내버려 둬도 스스로 알아서 움직이는 진기지만 긴장을 늦추지 못했다.

"이리 와서 앉아! 쯧! 뛰어난 구석이라고는 한 군데도 없는 놈을 제자로 받았으니 눈이 삐었지."

'이게 도대체……?'

"이리 와 앉아! 방금 전에는 팔팔 날더만 어찌 행동이 이리 굼떠!"

독사는 노부부가 앉는 것을 기다렸다가 일 장 앞에 가서 앉았다.

"그놈 의심하고는……. 그래, 천천히 다시 말해 보자. 창법은 어디서 배웠냐?"

"멸혼촌. 아시다시피 골인들은 무인들 아닙니까?"

경계를 풀지 않고 대답했다.

혹시 정말 존장일지도 모르기에 대답이 상당히 조심스러웠다. 많은 것을 가르쳐 줄 필요도 없고 예의에 어긋나서도 안 된다.

"아! 멸혼촌……. 우리 늙은이들은 백비총(白碑塚)이라는 이름을 지어주었지. 백비를 찾아간 사람들의 무덤이라는 뜻에서. 뜻밖이네. 인간 같지 않은 인간들이 마해추룡의 창법을 아직까지 이어받고 있었다니."

많은 의문이 치밀었지만 묵묵히 듣기만 했다.

무엇인지 알 수 없을 때는 우선 들어야 한다. 듣다 보면 거의 대부분의 문제는 풀린다.

이번에는 노파 백단살이 물었다.

"벽력도제의 사리일잠도도 백비총에서 배웠냐?"

"……네."

"또? 또 배운 것은 없어?"

이성은 묻는 말에 대답해야 한다고 말한다.

노부부는 의심할 수 없는 사람들이다. 자신이 익힌 무공은 귀궁을 모르는 사람은 죽었다 깨어나도 할 수 없는 말이다.

귀궁은 무림에 나선 적이 없다. 무림인들은 무공 명칭조차도 모른다. 만무타배 같은 괴물이라면 몰라도, 자신이 익힌 무공을 정확히 말할 수는 없다.

본능은 무엇인지 석연쩍다고 말한다.

노부부가 보내온 눈길은 따뜻하기 이를 데 없다. 하나, 자연기와 섞여 들어온 기도는 날카로움을 더해가고 있다. 마음이 얼음처럼 차게 굳어 있다는 증거다.

"그것밖에는 없습니다."

그때 천리검이 경각심을 일깨우는 말을 했다.

"유화신공은 몇 성까지 익혔는가?"

'유화신공?'

처음 듣는 무공이다.

경종이 울렸다.

"사부님께 원로가 계시다는 말씀은 듣지 못했습니다. 예의는 아니지만 먼저 원로이신지 알고 싶습니다. 귀궁의 무공을 보여주실 수 있으십니까?"

노부부는 당황하지 않았다. 인자하게 머금은 미소도 지우지 않았다. 얼굴 가득 귀엽다는 표정을 담았을 뿐이다.

"그놈, 의심 한번 줄기차네. 이놈아! 어른이 그렇다면 그런 줄 알아야지, 알고 싶기는 뭘 알고 싶어!"

천리검은 말을 하면서 양손을 간단하게 움직였다.

'소수천라변!'

소수천라변은 극성에 이르면 부동 상태에서 전신을 철벽으로 감쌀 수 있다고 한다. 소수천라변의 환상적인 변화에 어떤 공격로도 모두 막아버린다는 이야기다.

천리검이 전개한 소수천라변은 완벽했다. 단 몇 수에 지나지 않지만, 순간적으로 앉아 있는 천리검의 몸 전체가 튼튼한 철벽에 둘러싸인 듯 보였다.

뚫고 들어갈 틈이 보이지 않았다.

"죄… 송합니다, 의심해서."

독사는 본능을 밀쳐 내고 이성을 좇았다. 시인할 수밖에 없다. 아무에게도 전수하지 않는 비기 소수천라변을 알고 있다면 귀궁 문도가 분명하다.

"이제 말해 봐. 감히 이 할망구의 손을 이 지경으로 만들 정도라면 상당한 내공인데 몇 성이나 익힌 게냐? 칠성, 아니면 팔성 정도 되어 보이는데."

아니다. 유화신공이 아니라 암혼사 구결을 육성밖에 깨우치지 못했다.

그것도 전에는 팔성까지 익혔다고 생각했는데, 시간이 지날수록 점점 성취도가 낮아지고 있다. 어쩌면 지금 육성이라고 생각하고 있는 것도 먼 후일 암혼사를 완벽히 깨달았을 때 돌이켜보면 삼, 사성에 불과할지도 모른다.

암혼사는 참오하면 할수록 깊고 현묘한 내공심법이다.

'유화신공…… 암혼사의 다른 말이 유화신공인가?'

그럴 수도 있다. 천로인귀 불범성공은 어천지공으로도 불린다. 같은 무공이라도 다른 말로 불릴 수 있다.

"칠성입니다."

노파 백단살의 체면을 생각해서 한 말이다.

노부부가 귀궁 원로라면 자신은 사질(師姪)인데, 겨우 육성의 진기밖에 얻지 못한 사질에게 손아귀가 찢겼다면 상당히 무안하지 않겠는가.

"그런가? 궁주는 오성이라고 하더니 장족의 발전을 했군."

이번에는 독사가 질문을 했다.

"어떻게 된 일인지 말씀해 주시겠습니까?"

어떤 대답이라도 듣기 위해 함축적인 질문을 했다.

노부부는 멸혼촌을 알고 있다. 멸혼촌에서 닷새 거리에 살고 있고, 만무타배는 노부부를 죽이라고 했다.

천리검이 대답 대신 물어왔다.

"몽환소의 독기는 모두 빼낸 거냐?"

"……?"

독사는 즉시 대답하지 않았다. 대신 의문을 가졌다.

몽환소의 독기는 장구한 세월 동안 무인들을 폐인으로 만들어왔다. 그런데 노부부는 자신이 마치 몽환소의 독기에서 벗어날 줄 알고 있었다는 듯이 말하고 있다.

'이건 뭔가 이상해. 아무리 좋게 생각해도 내가 모르는 무엇인가 있는 게 분명해.'

"아직…… 사활근맥단이란 걸 복용하고 있습니다."

고개를 숙이며 말했다.

노부부가 보기에는 죄송해하는 행동으로 비쳐진다. 하지만 그게 아니다. 모든 감각을 진기에 집중하여 찰나간에 발생하는 자연기의 변화를 관찰하려는 행동이다.

진기는 평온했다. 산의 정기가, 바람의 기운이, 풀잎의 싱그러운 냄새가 고스란히 맡아졌다.

전신을 일주천한 진기는 단전에 동그랗게 말렸다.

주위에서 위험을 감지하지 못했다는 증거다.

'변화가 없다. 내가 사활근맥단을 복용할 줄 알고 있어. 그런데도 골인들과 다른 모습에는 놀라지 않아. 분명히 무언가가 있는데… 내가

알지 못하는 무언가가……'

독사는 말 한마디에서 무수한 현실을 읽어냈다.

"쯧! 네놈 때문에 이 늙은이들이 얼마나 고생한 줄 알아! 대화산에서 얌전히 수련하던 놈이 서신 한 장 적어놓지 않고 사라지면 어떻게 해!"

그것까지 알고 있다면 틀림없이 사문 존장이다.

독사는 괜히 의심한 것이 죄송했다.

"네 뒤를 캐느라 허리가 휘는 줄 알았다. 다행히 막세건 그놈하고 연락이 닿아서 당가 계집애를 알게 되었지. 내버려 둬도 괜찮겠다 싶었는데 백비라니! 이놈아, 무공이 어디 하늘에서 뚝 떨어지는 줄 아냐? 백비는 왜 찾아와, 찾아오긴."

사형 이름까지 나온 이상 의심을 하면 죄악이다.

죄송했다. 존장이 걱정이 되어서 찾아왔는데 자신은 의심이나 하고 있었다니. 갑자기 마음이 풀리며 훈훈해졌다. 자신 주변에도 이렇게 자신을 걱정해 주는 사람이 있다는 것이 좋았다.

"이 늙은이도 몽환소에는 감히 나서지 못하는데…… 쯧! 그래서 하룻강아지 범 무서운 줄 모른다는 말이 나온 거야. 다행히 유화신공이 영험하니 망정이지 어쩔 뻔했냐!"

"죄송합니다."

독사는 진심으로 사죄했다.

방금 만난 사람들이지만 친조부모나 되는 듯이 훈훈했다.

부모가 없이 자란 독사였기에 친인에 대한 감정은 더욱 진했다.

사부님이 좀 더 일찍 말해 주었으면, 하다못해 인상착의라도 말해 주었으면 실수를 범하지 않았을 텐데.

노파 백단살이 말했다.

"유화신공을 부지런히 수련하면 사활근맥단을 복용하지 않아도 될 게다. 희망을 잃지 말고."

"그렇습니까?"

한 가지 사실을 알았다. 멸혼촌 골인들에게 희망이 생겼다. 자신의 상식으로는 암혼사를 십이성까지 수련해도 사활근맥단과 몽환소의 상충을 해소할 수 없을 것 같은데, 그건 아직 수련 정도가 짧기 때문일 게다. 암혼사는 신비막측하지 않은가.

'알려줘야겠어. 필요없다 싶어서 말하지 않았는데…… 골인을 벗어날 수 있다면 알려줘야지.'

"참! 멸혼촌에 만무타배라는 사람이 있습니다. 고수죠."

"아! 그 꼽추. 알고 있지. 며칠 전에 부딪칠 뻔했지. 상당한 고수 같아 보이더군."

"그 사람이 제 무공을 알아보더군요, 천요문의 무공이라고."

순간 노부부는 움찔했다.

겉모습은 미동조차 하지 않았지만, 일시적으로 자연기가 급속하게 꿈틀거렸다.

"귀궁을 무림인들은 천요문이라고 알고 있지."

어쩐지 어색했다.

독사는 백비를 찾아 멸혼촌에 들어서기까지의 과정을 소상히 이야기했다.

노부부는 묵묵히 들었다.

미등 분지에서 무공을 얻은 사실은 이야기하지 않았다. 멸혼촌 골인들에게 배웠다고 말을 해놨는데 즉시 번복하려니 얼굴이 화끈거렸다.

빙굴에서 암혼사를 깨우친 일도 말하지 않았다.

빙굴 이야기를 꺼내자면 골인들의 시신을 불태운 일이며, 시신을 먹은 일까지 말해야 하는데 인간적인 도리가 아니다.

노부부를 놀래킬 수 없어서 차마 말하지 못했다.

"사활근맥단을 복용하지 않으면 전신이 마비되는데, 그것만 빼고는 불편한 게 없습니다. 유화신공도 제대로 운용되고."

결국 그걸 식으로 말해 버렸다.

노부부는 고개를 끄덕였다. 일말의 의심도 하지 않았다. 그러나 유화신공을 골인들에게 전수해 주겠다는 부분에 이르러서는 고개를 내저었다.

"넌 처음부터 유화신공을 수련했으니 상관없지만, 골인들의 경우에는 각기 수련한 무공이 있어서 주화입마하기 십상이야. 어찌 그만한 이치도 모르나."

대화산을 떠나 현재까지 미등 분지에서 얻은 무공을 제외하고는 모두 말했다.

노부부가 가장 듣고 싶어하는 부분 중 하나가 유화신공을 터득하는 과정인 것 같았는데, 사실대로 말할 수 없었다. 그러자면 빙굴이 튀어나오게 되어 있다.

그래서 어천지공을 수련하며 터득하며 깨우친 결과를 대신 말했다.

다행히도 노부부는 깊게 물어오지 않았다.

대신 이야기를 나누는 내내 노부부는 암암리에 진기를 풀어서 독사의 전신을 더듬었다.

독사는 자연스럽게 받아들였다.

사문 존장이 후인의 무공 상태를 점검하는 것이야 당연하지 않은가.

긴 이야기가 끝난 후 천리검이 눈을 빛내며 말했다.

“만무타배가 우릴 죽이려고 했다면 죽어줘야지. 아무래도 너무 백비총을 기웃거린 것 같아. 다 네놈 탓이야!”

“죄송합니다.”

벌써 몇 번째 죄송하다고 말하는 줄 모른다.

“네놈은 사활근맥단을 복용해야 하니 당분간 멸혼촌에 머물러 있어. 궁주와 연락을 취해서 조처를 취해봐야지 어쩌겠나. 쯧!”

독사는 요빙의 전낭만 아니라면 당장 떠나고 싶었다. 아니다. 더 욕심을 부리면 안 된다. 이것으로 만족하자. 자신을 아는 사람과 연락이 닿았다는 것만으로도 마음이 풍족하지 않은가.

“이놈아, 한 가지 충고를 해줄 테니까 귀 똑바로 씻고 잘 들어.”

“예.”

“사람은 있어도 없는 척, 없어도 있는 척할 줄 알아야 돼. 네놈은 너무 있는 대로 드러내고 있어. 여기 올 때만 해도 그래. 어떤 미련한 놈이 살기를 빤히 드러내고 달려드는데 ‘그래, 그럼 나 죽여라’ 하고 기다리냐? 네놈은 막세건이 말한 인상과 흡사하지만 않았어도 벌써 죽었어.”

“……네.”

노부부는 자신이 오는 것을 알고 숨었다. 아침을 먹으려던 순간에 자신의 존재를 눈치 챈 듯하다.

자신은 아무 기척도 없다고 생각했는데…….

확실히 노부부는 자신보다 강하다. 사문 원로와 내력을 다툴 생각은 없다. 사정을 봐준 줄도 모르고 손아귀까지 찢은 행동이 죄송할 따름이다.

이런 고수들이 기습까지 벌였다면…… 벌써 죽었다.

“휴우! 그나저나 큰 짐 하나 덜었다, 네놈과 연락이 되어서.”

노부부의 표정은 정말 홀가분해 보였다.

第二十章

배다른 사제(師弟)

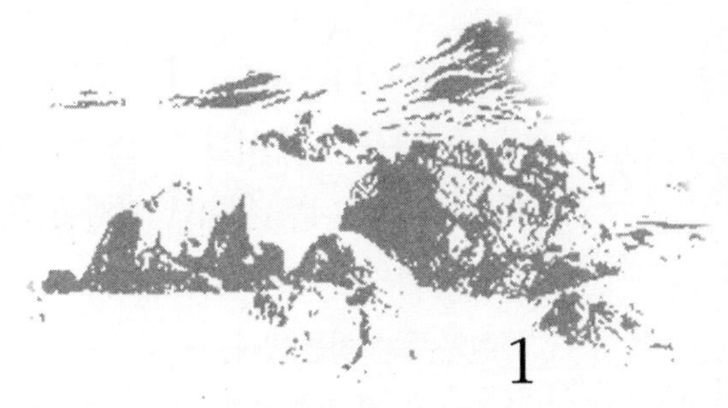

오천검객은 서신을 읽고 또 읽었다.

한 사람이 읽으면 다른 사람이 얼른 집어서 읽었고, 그가 내려놓으면 다른 사람이 또 집어 읽곤 했다.

읽은 것을 또 읽었다. 침묵을 지키다가는 다시 한 번 확인해 봐야겠다는 듯이 집어 들었다.

"믿을 수 없군. 믿을 수 없어."

소천검객이 중얼거렸다.

팔짱을 끼고 의자에 푹 몸을 묻은 채 연신 고개만 가로저었다.

"진전이 너무 빠른데. 동성(東星), 북뢰(北雷) 장로님께서 감탄할 정도라면 우리와 버금간다고 봐야 하는데. 아무리 생각해도 너무 빠른 것 같습니다."

파천검객이 현문주 빙천검객을 보며 말했다.

"그렇지, 너무 빨라. 이 속도라면 유화신공이 올해 안에 마무리되는데… 마단은 내년 사월 초파일에나 열려. 빨라서는 안 되는데. 허! 기재를 골라도 너무 뛰어난 기재를 골랐군. 독사가 기재는 기재였지만 그 정도까지는 보지 않았는데……."

현문주는 침통했다.

독사의 뛰어난 무공 성취는 정작 무공을 전수한 뇌천검객까지도 놀라게 만들었다.

독사가 무공을 수련한 기간은 삼 년이 갓 넘어 사 년째 들어섰을 뿐이다.

도저히 있을 수 없는 일이 벌어지고 있다.

'암혼사…… 암혼사 탓이야. 내 욕심이 컸나. 대사(大事)를 위해 욕심을 접었어야 하는 것을.'

암혼사가 아니라 유화신공을 전수했다면 지금과 같은 고민은 하지 않았을 게다.

그는 사형들과는 다른 관점에서 서신을 읽었다.

'독사의 무공은 사공(死功)이 아냐. 그렇다면 암혼사에서 지금까지와는 전혀 다른 무공을 찾아냈다는 것인데…….'

자신이나 막세건이 찾지 못한 무공을 독사는 찾았다.

'유화신공은 마공이다. 하지만 극성에 이르지 않으면 정공으로 보이지. 동성북뢰께서 유화신공으로 본 것은 당연해.'

현문 고수들 중에 유화신공을 익힌 사람은 단 한 명, 청광검이 되기 위해 자신을 버린 이효기뿐이다.

아무도 유화신공의 실체를 모른다.

칠채기문보법, 십이천공마…… 초식은 아무래도 상관없다. 초식에 가장 적합한 내공으로 펼쳐야 제 위력이 나오는 것은 당연하지만 다른 내공으로도 얼마든지 펼칠 수 있다.

동성북뢰는 독사의 무공을 잘못 판단했다. 그리고 그 사실을 아는 사람은 자신뿐이다.

'내가 실수했어. 암혼사를 전하는 것이 아니었어.'

독사가 어떤 무공을 찾았는지 궁금하기 이를 데 없지만, 지금은 대사가 더 막급했다.

현문주가 사제들을 둘러보며 말했다.

"좋게 생각하자고. 독사가 마외단(魔外團)에 들어간 건 축하해야지. 마단에서도 몽환소의 중독을 피할 수 있는 신공은 유화신공밖에 없다는 것을 알고 있으니 의심하지는 않을 거네. 독사가 지금까지 살아 있다는 것만 봐도 조금은 안심할 수 있겠지."

현문주의 말은 사제들의 인상을 펴지 못했다.

"마단을 완벽하게 속이자고."

"문주님, 그 말씀은……?"

쾌천검객이 눈살을 찌푸리며 되물었다.

"그렇네. 시작하는 거야. 독사가 잘하고 있잖은가. 이효기라 해도 지금처럼 잘하지는 못할 걸세."

문주의 입에서 시작하자는 말이 나왔다.

마단은 살인광(殺人狂)을 원한다. 그들의 구미를 충족시키기 위해서는 독사가 살인광이 되어야 한다. 시작하자는 말은…… 이효기를 위해 준비했던 사람들이 목숨을 잃는다는 것을 의미한다. 또한 이효기를 위해 준비했던 안배가 소용되느니만큼 이효기는 유화신공 수련을 중단해야 한다.

신공 수련의 완전한 중단은 죽음이나 폐혈(廢穴)밖에 없다. 또 한 가지…… 무현신공(無誽神功)이 있기는 하지만 평생을 폐관수련(閉關修練)해야 된다.

죽은 것과 마찬가지다.

이효기를 폐인으로 만들거나 죽여야 한다.

지금까지 이효기의 수련을 도맡았던 쾌천검객의 입장에서는 입맛이 쓸 수밖에 없다.

"솔직하게… 우리는 반반이라고 생각했지만 독사는 훌륭하게 만무타배를 속여넘겼어. 뭘 더 바라겠나. 두 명이 죽었지. 안배를 시작해 보지도 못하고 숱한 세월만 버린 거야. 지금은 시작해 볼 수 있는 절호의 기회가 왔네."

"문주님께서 말씀하셨으니 이의는 없습니다."

쾌천검객이 인상을 풀지 못한 채 말했다.

"쾌천은 그리 알고… 독사에게는 조그만 조처를 해야겠지. 장로님께 연락해서 무현신공을 전수하십사 전하게."

'안 돼! 무현신공을 가미하면 암혼사가 흐트러져. 아아! 내가 지금 무슨 생각을…… 아직도 욕심을 버리지 못하고 있는가. 마단… 네가 내 인생을 송두리째 잡아간 것도 모자라서 한 가닥 남은 내 꿈마저 빼앗아 가는구나. 아아…….'

뇌천검객은 후회가 치밀었다.

독사에게 암혼사를 전수하는 것이 아니었다. 청광검을 만들고자 했으면서 무슨 암혼사란 말인가.

무현신공은 무림의 태산북두(泰山北斗)인 소림사(少林寺) 무현(無誽)

대사(大師)가 창안한 신공이다.

소림사는 무림에 첫발을 딛는 순간부터 크나큰 자가당착(自家撞着)에 빠졌다.

불종자(佛種子) 십중대계(十重大戒)가 있다.

그중에 제일 첫 번째가 '살생을 하지 마라' 다.

죽지 않아야 될 것을 죽이면 고혼야귀(孤魂野鬼)가 되어 구천을 맴돈다.

살생을 하지 말아야 한다는 원칙은 불가뿐만이 아니라 유가(儒家), 도가(道家)에서도 깊이 강조한다.

정법수련(正法修煉)과 살생은 상극이다.

하지만 사마(邪魔)가 준동하는 무림에서 무공까지 익힌 사람이 악행을 보고도 지나치기는 어렵다.

상대가 가볍게 제압할 수 있는 마인이라면 싸움조차 되지 않겠지만, 최선을 다해야 할 경우에는 때에 따라 살수를 펼칠 때도 있다.

불심을 어긴 행동이지만 어쩔 수 없다.

그래서 흔히들 '천 사람을 살리기 위해 악인 한 사람을 죽인다', '만인을 위해서라면 지옥겁화(地獄劫火)에라도 능히 몸을 던질 줄 알아야 하는 것이 불자다' 라는 말로 위안을 삼곤 했다.

무현 대사도 이 부분에서 많은 고심을 했다.

마음이 사악한 사람이라면 훈도(薰陶)로 깨우침을 줄 수 있으나, 마공을 수련하여 마성이 깃든 사람은 마공을 제거하지 않고는 마인이라는 굴레를 벗어나게 해줄 수 없다.

무림인이 선택한 방법은 죽임이다.

무현 대사는 고심참담하며 무공 창안에 몰두했고, 드디어 무현신공을 창안해 냈다.

"마인이라도 죽이지 마라. 수단 방법을 가리지 말고 사로잡아라. 사로잡기 위해서라면 독을 써도 상관없고, 암수를 써도 상관없다. 천륜에 어긋한 것만 아니라면 어떤 방법을 사용해도 좋다."

무현 대사가 과감하게 이런 말을 한 데는 자신이 창안한 무현신공이 있기 때문이다.

무현신공은 무공이 아니라 마음을 정화시키는 심법이다.

사로잡은 마두는 뇌옥에 가둔다. 그리고 무현신공을 강제로 수련케 만든다.

불심 깊은 승려가 향을 피워놓고 무현신공을 읊조린다.

마두의 가슴속에 완전히 틀어박혀 달달 외울 때까지 독경(讀經)을 멈추지 않는다.

정심(正心)은 마심(魔心)과 충돌한다.

당연히 정심이 질 수밖에 없다. 강렬한 마성에 대항할 만한 힘을 발휘하지 못한다. 하지만 마음이란 물질이 아니다. 머리 속에 구결만 틀어박혀 있으면 언제든지 꿈틀거리며 살아나는 것이 정심이다.

일 년, 이 년… 십 년, 이십 년…… 오랜 세월을 거치면서 마두는 마성을 버리고 인성을 찾게 된다.

무현신공은 마두를 죽이지 않고 회개시키는 신공이다.

무현 대사는 전 중원에 무현신공을 널리 퍼뜨렸다. 일반적으로 무공이 문파 밖으로 유출되는 것을 극히 꺼리는 무림에서 이토록 널리 알려진 신공도 없을 것이다.

당연히 익히는 사람은 없다.

사람을 순한 양으로 만드는 무공은 무림인에게 신공이 아니라 마공이나 마찬가지로 생각되었다.

싸움에 임하면서 가장 필요한 것이 투지(鬪志)라고 할 수도 있지 않은가.

독사에게 무현신공을 전수한다고 해도 일 년이란 짧은 기간 동안 많은 성취를 얻지는 못한다. 독사처럼 빠른 성취를 얻는 특이한 자질을 지녔다고 해도 겨우 일성 정도 수련하면 대단한 거다.

그 정도면 충분하다. 지금과 같은 속도가 아니라 현문에서 원하는 속도로 유화신공을 수련하게 만들 수 있다. 독사가 익힌 무공이 유화신공일 경우에.

독사는 암혼사를 익히고 있다. 무현신공은 암혼사에도 영향을 미칠지 모른다.

뇌천검객은 그것이 싫었다. 암혼사에 어떠한 다른 신공도 가미되는 것을 원치 않았다. 어차피 일 년이란 기한이 지나도 독사는 현문이 생각한 것처럼 되지 않는다.

유화신공은 독사를 마두로 만들지만 암혼사는……

독사가 암혼사를 깨닫는 속도로 볼 때 욕심을 버리고 유화신공을 전수했다면 현문이 바라는 대로 될 수 있었을지도 모른다.

'큰 실수를 했어, 큰 실수를……. 이효기가 있기에 안심했는데… 아아……!'

그날 밤, 현문에서 전서구가 날아올랐다.

전서구는 십 리를 날아갈 것이고, 그곳에서 다른 전서구로 대체될 것이다. 그렇게 서른 번 가까이 교체된 후에는 동성북뢰의 손에 서신

한 장이 들려지게 되리라.

뇌천검객은 전서구가 밤하늘을 날아 어둠 속으로 사라지는 것을 본 후에 쾌천검객을 찾았다.

쾌천검객은 불도 켜지 않은 어둠 속에서 잠겨 잠 못 이루고 있었다.

"사형."

"올 줄 알았지."

"효기는 어느 정도입니까?"

"솔직히 말하지. 칠성이네."

"대사형을 속이셨군요. 작년에는 오 년은 더 기다려야 된다고 하시지 않았습니까."

"어쩔 수 없었네. 효기에게 결정적인 결함이 있다는 것은 거짓이 아니지. 그런 결점을 지니고는 십중팔구는 실패지. 진짜 어둠을 몰라. 효기가 백비총에 들어가면 틀림없이 분노할 걸세. 골인들에게 유화신공을 전수할 것이고. 그래서 끝난 적이 있지 않은가. 같은 일이 되풀이될 뿐이야."

은도 한 명이 그랬다. 골인들의 처참한 몰골을 보고 유화신공을 전수하는 우(愚)를 범하고 말았다. 몽환소에서 벗어날 수 있는 신공이었으니……. 덕분에 만무타배에게 자신은 물론 골인 서른한 명이 목숨을 잃었다. 아마도 백비총 사상 가장 처참한 사건이었으리라.

"어떻게 해야 좋을지 모르겠어, 효기를. 죽일 수도 폐혈시킬 수도 없으니."

"사형."

뇌천검객이 조용한 어조로 느릿하게 쾌천검객을 불렀다.

"뭔가 긴히 할 말이 있나보군."

"들여보냅시다."

"뭐라고!"

쾌천검객의 눈꼬리가 위로 치켜졌다. 싸움에 임하기 직전이나 심중의 격동을 숨길 때 드러내는 표정이다.

"백비는 한 달에 한 번 열립니다. 이번에 들여보냅시다."

"자넨 지금……."

뇌천검객은 눈을 가늘게 떴다.

"솔직히 전 독사를 믿지 못합니다. 일 년 후 독사가 뜻대로 움직여 주지 않는다면 그동안 괜한 목숨들만 죽게 됩니다."

"현문의 안배가 무위로 돌아간다는 말 같은데. 자네, 숨기는 것이 있군."

뇌천검객은 절대 마음속 말을 하지 않는다. 자신이 숨기려고 한 것은 부모에게까지 숨긴다.

"제가 파악한 것이 맞다면…… 독사는 유화신공 외에 다른 신공을 익혔습니다. 벽력도제나 마해추룡의 무공을 익힌 게 좋은 예죠. 유화신공이 마력을 발휘하기는 힘들다고 봅니다."

"그럼 전서는……?"

"전서에는 문주께서 지시하신 대로 무현신공을 전수하라는 글을 적었습니다. 그리고……."

"그리고?"

"효기가 들어갈 경우 독사를 죽이라는 추신도 달았습니다."

사실이다. 암혼사를 괜히 전수했다는 후회가 치민다. 설향과 불곰에게 안배를 베풀 때부터 후회는 시작되었다.

독사가 청광검이 될 가능성은 반반. 그는 반반의 도박에서 졌다. 독

사는 청광검이 되었다. 유화신공이 아닌 암혼사를 익힌 독사가 몽환소
의 저주를 벗어날 가능성은 전무(全無). 아직도 이해할 수 없지만, 암혼
사에 유화신공의 효능에 필적할 만한 무엇이 있다고 막연히 생각할 뿐
이지만, 독사는 그것마저 해냈다.

　모두 유화신공을 익혔다고 생각하는 것이 당연하다.

　"자네!"

　"제 판단은 정확합니다. 독사는 일 년 후에 우리 뜻대로 움직여 주
지 않을 겁니다."

　사부님의 유훈이 옳았다. 암혼사는 절대 외인에게 전수해서는 안 된
다. 일인비전(一人秘傳)…… 일인비전을 지켰어야만 한다. 세월이 아무
리 오래 걸려도, 당대에서 암혼사의 재현을 보지 못하는 한이 있더라
도.

　"좋네. 자네 말대로 들여보낸다고 하지. 문주님께는 어떻게 둘러댈
수 있겠지. 하지만 동성북뢰 장로님의 눈은 어떻게 할 셈인가."

　"장로님은 효기를 모릅니다."

　이효기는 철저히 은폐된 상태에서 수련했다. 그를 아는 사람은 오천
검객밖에 없다.

　"치밀하군. 하지만 전에도 말했지만 효기에게는 결정적인 문제가 있
지."

　"어둠을 모른다."

　"그렇지."

　"알게 해줄 수 있죠."

　"자네는…… 왜 그런지 낯설게 느껴지는군. 하지만 난 대사형의 뜻
을 거스를 생각이 없네. 자네 말은 못 들은 걸로 하지."

"휴우!"

뇌천검객은 한숨을 내쉬었다.

"독사가 다른 신공을 익혔지만 유화신공은 마력을 발휘할 걸세. 유화신공이라면 나처럼 잘 아는 사람도 없지. 바로 내가 효기에게 유화신공을 전수한 사람이 아닌가. 걱정 말게. 자넨 너무 심기를 깊이 써서 탈이야."

'사형, 한 번만 소제의 부탁을 들어주실 수는 없었습니까.'

"제 우려가 지나쳤나 봅니다."

서운한 모습은 전혀 비치지 않았다.

*   *   *

슈욱! 파아앗……!

늦은 밤, 한 자루의 검이 야공을 푸른빛으로 물들이며 흘렀다.

"타앗!"

맑고 영롱한 교성도 터져 나왔다.

하얀 무복을 입고 푸른 검광과 어울린 소녀는 한 마리 나비가 되어 훨훨 날았다.

신법은 가벼웠고 검법은 서늘했다. 정교함 속에 날카로움이 스며 있고, 가벼움 속에 장중함이 엿보였다.

츄우욱!

노을빛 자광(紫光)이 푸른 검광과 어울렸다.

나중에 뽑힌 자검(紫劍)은 먼저 뽑힌 청검(靑劍)을 뒤쫓아 한 폭의 유려한 그림을 그려냈다.

‘하아!’

쌍검을 거둔 소녀의 입이 살짝 벌어지며 달콤한 향내가 풍겨났다.

‘치잇! 조금만 더 가르쳐 주면 좋을 텐데.’

소녀가 영준한 미공자를 떠올리며 입술을 뿌루퉁하니 내밀었다.

쌍봉검학(雙鳳劍學)은 현묘하기 이를 데 없는 검법이다. 수련하면 할
수록 심신이 상쾌해진다.

미공자는 쌍봉검학을 전반부밖에 가르쳐 주지 않았다.

“이것만 해도 호신무공으로는 충분해.”

“피잇! 난 다 배우고 싶단 말야.”

“어쩐 일일까? 무공은 배우기 싫다며?”

“생각이야 달라질 수도 있지 뭐.”

“무공이란 높으면 높을수록 죽을 위험이 큰 거야.”

“그런 말을 누가 믿어.”

“무공이 높으면 더 강한 자와 싸워야 되거든. 차라리 무공이 낮으면 스스
로 자중이라도 하는데, 높으면 그게 잘 안 돼.”

“그래도 난 다 배우고 싶어.”

“안 돼.”

“그럼 오지 마! 내 얼굴 볼 생각도 하지 마!”

괜히 해본 말이다. 그를 하루도 보지 않으면 허전함이 밀려와 견딜
수 없다. 사랑에도 무게가 있다면 자신의 사랑이 훨씬 무거울 것 같
다.

‘오늘은 꼭 후반부를 배우고 말 거야.’

소녀의 눈빛이 초롱하게 빛났다.

미공자는 폐관수련 중이라 늘 자시(子時)를 넘긴 시간에야 몸을 뺄 수 있다. 그것도 사부의 눈치를 봐가며 살그머니 빠져나오는 것이라 어떨 때는 오지 못할 경우도 있다.

소녀는 무공을 수련하는데 왜 은밀한 곳에 숨어서 수련해야 하는지 이유를 알지 못했다. 으레 그러려니 하고 생각할 뿐.

'이제 올 시간이 됐는데……'

달빛이 기울어가는 모습을 보며 시간을 어림짐작했다. 미공자가 올 시간이 거의 다되어 간다.

소녀는 쌍검을 검집에 집어넣고 땀을 닦았다.

미공자에게는 아름다운 모습만 보여주고 싶다. 쌍봉검학 후반부를 배우지 못해도 상관없다. 그만 옆에 있다면 세상을 전부 얻은 것 같은 기분이 든다.

저벅! 저벅……!

소녀는 어둠을 흔드는 발걸음 소리에 고개를 획 돌렸다.

"어멋! 오늘은 일찍 오네. 반 각 정도는 더 있어야 될 줄 알았는데. 어……? 누구세요?"

소녀는 쌍검에 손을 올려놓으며 물었다.

모습을 드러낸 사람은 한 번도 보지 못했던 낯선 사람이다. 너무 살이 쪄서 걸어오는 모습이 꼭 돼지가 뒤뚱거리며 걷는 것 같아 웃음이 터질 뻔한 것을 억지로 참았다.

"난 사우평(謝佑平) 사숙 되는 사람이다."

소녀는 찔끔했다.

미공자가 나타나지 않고 사숙이라는 사람이 나타났으니 무엇인가 잘못되었다는 생각이 들었다.

우선 인사부터 했다.

"이, 인사드려요. 전…… 허억!"

뚱뚱한 자를 향해 막 인사를 하려던 소녀는 앵두처럼 붉은 입술을 크게 벌렸다. 그녀는 다음 말도 잇지 못하고 풀썩 주저앉더니 뒤로 넘어가 버렸다.

그녀의 가슴에는 검신(劍身)이 십자(十字)형으로 된 기형검이 꽂혀 있었다.

뚱뚱한 사내, 뇌천검객이 우울한 눈으로 야공을 올려다봤다.

'효기, 잊었구나. 청광검이 되려는 자는 모든 인연을 끊어야 한다는 것을.'

소녀는 죽을 운명이었다.

이효기가 청광검이 되는 순간, 자신이 아니라 마단의 손에 죽게 된다. 마단은 마단과 연관있는 사람들의 일가붙이를 모조리 죽인다. 부모 형제는 물론이고 친분이 있는 사람들을 샅샅이 찾아내서 죽인다.

마단 백귀(百鬼)의 탄생은 시작부터가 피로 얼룩진다.

청광검이 되기로 작정한 자가, 마단에 들어가 백귀가 되는 순간 자신과 인연이 있는 사람들은 모두 죽게 된다는 충고를 들은 자가 어쩌자고 정인(情人)을 만들었단 말인가.

겨우 사우평이라는 가명 정도로 이목을 속일 수 있다고 생각했단 말인가.

'독사라면 만들지 않았을 거야, 독사라면…….'

아무래도 이효기보다는 독사에게 점수를 더 주고 싶은 것은 어쩐 일일까. 독사에게 유화신공만 전수했어도 소녀의 죽음은 불필요했을 텐데. 아무 근심 걱정이 없을 텐데.

'욕심이 지나쳤어, 욕심이……. 허허!'

밤하늘에 소녀의 죽음을 애도하듯 한줄기 혜성이 흘렀다.

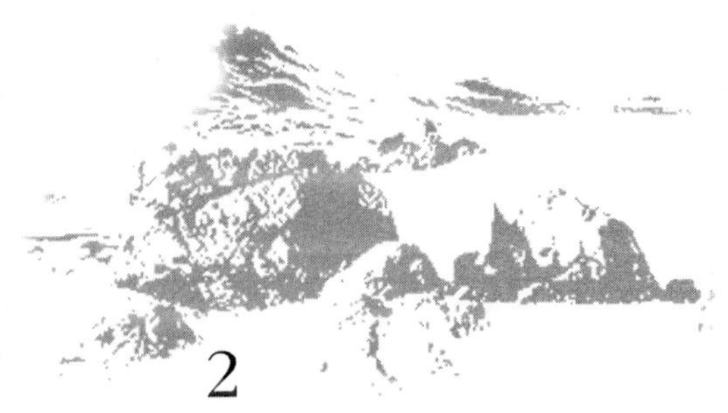

2

멸혼촌에는 사람이 기거할 수 있는 나무 집이 쉰다섯 채가 있다.

멸혼촌에 사람이 가장 많이 득실거렸을 때에 쉰다섯 명이 있었다는 이야기가 된다.

집을 더 늘일 필요는 없었다.

한 달에 한 번씩 백비를 통해 새로운 사람이 들어오지만, 그 수만큼 죽어가기도 했다.

새로 들어온 사람, 죽는 사람…….

멸혼촌은 흐르는 물처럼 한시도 정체된 적이 없다.

그런데 정체가 시작되었다.

죽는 사람은 없고 새로운 사람들은 들어온다.

쉰다섯 채의 나무 집에 사람이 꽉 들어찼는데 또 사람이 들어왔다.

오랜만에, 정말 오랜만에 새로 집을 지어야 한다.

지천도는 목조에 앉아 머리만 내놓고 있는 사내 두 명을 보면서 한 숨부터 내쉬었다.

백비를 찾아오는 사람은 세 부류다. 한 부류는 단순한 호기심에 들른다. 또 한 부류는 정말 노력없이 고절한 무학을 익힐 수 있지 않을까 하는 사행심에 들른다. 마지막 한 부류는 소위 협의지사(俠義志士)라는 사람들로 백비를 무림에서 지워 버리기 위해 들른다.

새로 들어온 두 명은 어느 부류일까.

목적이야 어쨌든 멸혼촌에 들어온 이상 한 길을 가야만 한다.

목조를 깨고 돌처럼 딱딱하게 굳은 진흙을 털어낸 다음 사활근맥단을 꺼내 한 알씩 복용시켰다.

두 사람은 사활근맥단을 복용한 사람은 누구나 그렇듯이 극렬한 고통을 겪은 후 깨어나 앉았다.

지천도가 그들에게 말했다.

"따라와."

사내들이 새로 지은 나무 집에 들어간 후 순간적으로 지천도의 눈빛에 이채가 번쩍였다 사라졌다.

'중독되지 않았어!'

그는 사내라기보다는 소년으로 보이는 자가 들어간 곳을 흘깃 쳐다 봤다.

그는 다른 사내와 달랐다.

사활근맥단을 복용하고 몸을 부르르 떨어댔지만, 진정으로 고통을 받지는 않았다. 입에서 거품이 흘러나오지 않았다. 연극을 썩 잘하지만 그것만은 마음대로 할 수 없었거나, 아니면 그런 증상이 일어난다는 것을 몰랐기 때문이다.

'몽환소에 중독되지 않은 자…… 또……'

지천도는 우울한 심정으로 곧장 당진도를 찾았다.

당진도는 나무 그늘에 앉아 멍하니 하늘 저쪽을 바라보고 있었다.

"보셨습니까?"

"봤지."

"……"

당진도가 봤다는 데는 할 말이 없었다.

다른 사람은 몰라도 멸혼촌에서 최장수한 네 명만은 이 일이 무엇을 뜻하는지 알고 있다.

지천도, 당진도, 섭혼살호, 그리고 멸혼촌에서 가장 순한 사람 최자범(崔子範).

네 명은 전에도 그런 사람을 본 적이 있다.

그것도 한 명이 아니라 두 명이나 보았다.

사내는 처음부터 중독되지 않았다.

다른 골인들처럼 사활근맥단을 복용했지만 사활근맥단의 영향조차 전혀 받지 않았다. 내공도 소멸되지 않았고, 초식도 정상적으로 구사했다.

그런 기현상은 멸혼촌 골인들 마음을 들뜨게 만들었다.

"유화신공이오. 오늘 밤부터 암암리에 유화신공을 수련하시오. 지금 내 무공으로는 만무타배를 이길 수 없으니, 알아서 조심해 주기를. 천인공노할 놈들, 어떻게 사람을 이 지경까지……"

그가 부탁할 필요도 없었다.

모두들 유화신공을 수련했다. 골인의 저주에서 벗어날 수 있다면 무공을 잃어도 좋겠다고 생각한 사람들이다. 무엇을 망설이겠는가. 더군다나 소진된 옛 진기를 되찾을 수도 있다지 않은가.

당진도와 지천도, 그리고 섭혼살호는 유화신공을 수련하지 못했다. 그들 세 명을 비롯해 모두 열 명이 출행을 하는 탓에 수련할 기회를 놓쳤다.

"만무타배가 눈치 채서는 안 돼. 그러자면 출행은 정상적으로 해야지. 하루아침에 신공이 터득되는 것도 아니고, 십여 일 후부터 시작해도 늦지 않아."

십여 명은 아쉬움을 뒤로하고 출행했다.

격렬한 싸움 끝에 한 명을 죽이는 데 골인 네 명이 희생되었다. 목표로 한 자는 죽였지만 혈수까지 죽는 처참한 싸움이었다.

다른 때 같았으면 돌아오는 발길이 묵직했으련만 마음이 들떠 힘든 줄도 몰랐다. 새 옷을 선물받고 입어보고 싶어 안달이 난 어린아이처럼 마냥 들떠서 멸혼촌에 들어섰다.

그들을 기다린 것은 텅 빈 나무 집들뿐이다.

주변을 이 잡듯 뒤져 봤지만 사라진 사람들은 보이지 않았다.

며칠 동안 정신없이 헤맸다. 이곳저곳 뒤져 보지 않은 곳이 없다. 골인들의 시신을 빙굴에 안치해야 되지만, 정상적인 사람이 될 수 있는 유일한 끈을 놓쳤다는 절망감은 살아 돌아온 골인들을 반쯤 미치게 만들었다.

그들은 떠났다. 한마디 말도 남기지 않고 무정하게 떠나 버렸다.

어디로? 빙굴로.

멸혼촌 골인들을 발견한 곳은 빙굴이다. 혈수를 비롯해 죽은 네 명의 골인을 업고 빙굴로 들어선 골인 여섯 명은 너무 놀라 벌어진 입을 다물지 못했다.

출행을 떠날 때만 해도 희망에 들떠 있던 사람들이 모두 죽어 있었다.

빨리 다녀오라고, 살아서만 돌아오면 희망이 있다며 즐거움으로 가득 찼던 사람들의 얼굴에 고통이 스며 있다. 촌장 마해추룽도 싸늘한 시신이 되어 살아 돌아온 사람들을 반겼다.

멸혼촌 사람들은 모두 죽었다.

쉰다섯 채 중 스무 채 정도에 사람이 살고 있었는데, 이제는 여섯 명만 남았다.

골인들에게 유화신공을 전수한 사내는 끝내 발견하지 못했다.

시간이 날 때마다 주변을 뒤졌지만 날개를 달고 하늘로 날아가 버린 듯 행방이 묘연했다.

두 번째로 기이한 현상을 보여준 사람이 바로 최자범이다.

최자범 역시 거짓으로 몽환소에 중독된 채 들어왔다. 하지만 그는 첫 번째 사내와 달랐다.

"유화신공? 후후후! 꺼져. 내 눈에 알짱거리는 놈은 누구든지 죽을 줄 알아. 규칙 하나를 정한다. 내가 묻기 전에는 말하지 마라. 내가 건들기 전에는 살도 대지 마라. 후후후!"

뿐만 아니다. 그는 손속도 잔인했다.

"말했지, 내가 건드리기 전에는 살도 대지 말라고!"

단지 몸이 살짝 스쳤다는 이유만으로 바위를 들어 골인의 머리를 으깨 버렸다.

"광산에서 캐내는 게 뭐냐?"

"……."

"말했지, 내가 묻는 즉시 대답하라고."

"언제…… 묻기 전에는 말하지 말라고만."

"그게 그 말이야."

묻는 말에 대답을 하지 않았다고 해서 돌로 만든 곡괭이를 빼앗아 찍어 죽였다.

최자범은 살인귀였다. 멸혼촌에 살인귀가 들어왔다.

그를 제재할 수 있는 사람은 아무도 없었다.

당시 사활근맥단의 진기를 가장 많이 받아들인 사람은 당진도였지만 사내의 일격에 나뒹굴고 말았다.

사활근맥단으로 회복한 진기는 미약하기 그지없어서 십 년을 각고했다고 해도 오 년 수련한 효과밖에는 나타나지 않았다.

"혈수? 웃기고 있네. 지랄 말고 나만 따라와. 내가 혈수야. 알았어! 어? 대답들 안 해? 후후후! 병신 놈들이 꼴에 자존심은 살아 있는 모양이지?"

최자범은 정말 잔인했다.

그는 살인을 즐기는 사람처럼 출행에 나가면 기습이고 뭐고 없이 정면으로 부딪치도록 강요했다.

진기 수련이 절반 이하로 뚝 떨어진 골인들에게 정상적인 무인과 정면으로 부딪치라는 것은 죽으라는 말과도 같다.

혈수는 공격 방법을 꿰뚫고 있어야 한다. 기습과 암습을 얼마나 잘하느냐에 따라 혈수로서의 자질이 가려진다.

그런 면에서 최자범은 최하의 자질이다.

출행은 항시 성공했다. 그는 목표를 놓치는 법이 없었다. 하지만 그를 따라가는 골인들은 살아 돌아오지 못했다.

골인들은 그를 저주했다.

만무타배가 제발 그를 놓아주기만 간절히 바랬다. 골인들과도 다르고 사활근맥단에서도 벗어난 위인을 무엇 때문에 골인들과 같이 붙여 놓는단 말인가.

그러던 어느 날, 그날도 최자범은 여느 날과 다름없이 골인 네 명과 함께 출행에 나섰다.

그리고 그는 돌아오지 못했다. 다른 골인 네 명은 멀쩡히 걸어서 돌아왔는데, 씩 웃으며 들어서야 할 그가 보이지 않았다.

"그놈이 사라졌어. 일어나 보니까 보이지 않는 거야. 도대체 누굴 공격해야 하는지 알 수가 있어야지."

돌아온 골인들이 안도의 한숨을 내쉬면서 말했다.

최자범이 혈인으로 변해 벌레처럼 기어서 멸혼촌에 들어선 것은 나흘이 지난 후였다.

그때부터 그는 바뀌었다.

몽환소의 중독 증상이 뚜렷하게 나타났다. 사활근맥단에도 맥을 추지 못했다. 살은 말라갔고 종내에는 골인이 되었다.

"유화신공을 잃었나?"

"히……."

"만무타배에게 당했나?"

"히…… 몰라."

그는 정신까지 이상해졌다.

돌팔매질을 당하면서도 웃었고, 저주 서린 사람들이 오줌을 갈겨대도 멍청하게 웃으며 받아먹었다.

유화신공은 멸혼촌 골인들과 인연이 없었고, 최자범은 멸혼촌에서 가장 순한 골인이 되었다.

세 번째…….

유화신공을 익히지 않았나 짐작되는 소년이 들어왔다.

"답답하군요, 또 유화신공이라니."

지천도는 정녕 유화신공이 달갑지 않았다. 유화신공은 멸혼촌에 재앙만 불러왔다.

그때 섭혼살호가 천천히 걸어왔다.

그도 소년의 모습을 보고 당진도를 찾은 듯했다.

"여기 계셨군요."

섭혼살호가 당진도 옆에 털썩 주저앉았다.

"독사는?"

"아직 안 왔습니다. 대형이야 무슨 별일있겠습니까? 걱정도 안 됩니다."

"허허! 자네 입에서 대형 소리가 술술 나오네그려."

"독사가 그러더군요. 죽을 때까지 대형이라고 부르지 않을 바에는 아예 입에 올리지도 말라고. 그게 파락호들의 의리인가 본데, 어떤 면에서는 무인들보다 나은 점도 있더군요."

"흐흐!"

섭혼살호의 말에 지천도가 옅게 웃었다.

독사는 멸혼촌에 새 바람을 불어넣었다.

살 수 있다는 희망이다.

출행을 나가면 반드시 서너 명은 죽어서 돌아왔는데, 독사가 나서면서부터 죽음이 뚝 끊겼다.

그는 골인들을 단 한 명도 희생시키지 않았다.

혈수라는 말 자체도 사라져 버렸다. 출행이 있을 적마다 독사가 앞에 나선 관계로 그동안 혈수를 맡았던 사람들은 일을 주관하는 조장(組長) 정도로 전락해 버렸다.

그 점에 대해서는 누구도 섭섭해하지 않았다.

지천도는 여전히 촌장을 맡고 있었지만 그가 하는 일이라고는 멸혼촌 사람들을 좀 더 편안하게 살도록 배려해 주는 일과 만무타배의 입노릇을 하는 일뿐이다.

겉보기에는 변한 것이 아무것도 없다. 하지만 서로에게 냉담하기만하던 골인들이 슬슬 농담도 하고 이야기도 주고받는 평범한 마을로 변신해 가고 있다.

호사다마(好事多魔)라던가. 조금은 인간다운 마을로 변신해 가던 멸혼촌에 유화신공을 익힌 자가 들어섰으니.

섭혼살호가 말했다.

"독사가 돌아오면 말해 줘야 되지 않을까요?"

지천도가 코를 후비며 대꾸했다.

"말할 필요도 없을걸? 독사는 기감(氣感)을 읽는 능력이 극히 뛰어나. 그것 때문에 골인들이 희생되지 않는 것이고. 아마도 첫 대면을 하는 순간 즉시 알아차릴걸."

"아닐세. 말해 주는 게 좋겠어. 과거는… 유화신공을 익힌 자가 멸혼촌에 몰고 온 피바람은 모르고 있지 않은가. 자세히 말해 주는 게 좋겠어."

당진도도 멸혼촌에 피바람이 이는 것은 원치 않았다.

그러면서도 고민하는 것은 유화신공이 뿜어내는 마력 때문이다. 골인에서 벗어나 정상적인 사람이 될 수 있는 절호의 기회이지 않은가.

몽환소의 독기에서, 사활근맥단의 저주에서 벗어날 수만 있다면… 모두가 힘을 합치면 만무타배도 상대할 수 있을 것이고, 무림으로 돌아갈 수 있다.

무림.

언제 들어보고 듣지 못한 소리인가.

"나오게."

지천도는 새로 들어온 두 사내를 불러냈다.

한 사내의 얼굴은 초췌했다. 멸혼촌에 들어온 지 서너 시진밖에 되지 않았지만 극심한 절망감이 그의 양 어깨를 짓누르고 있으리라.

소년은 태연했다. 얼굴을 찡그리고 있고 간혹 겁이 나는 것처럼 부르르 떨기도 했지만 지천도 같은 늙은 생강의 눈에는 가식이 확실하게 보였다.

'연극을 해보지 않았군. 어려. 어려……'

소년은 지천도가 보았던 유화신공의 고수 두 사람과는 또 다른 분위기를 풍긴다. 첫 번째처럼 정인군자의 흉내를 내지도 않았고 최자범처럼 살기를 드러내지도 않는다.

"가세. 이 마을에는 어른이 두 명 있네. 한 명은 나. 내가 촌장이지. 다른 한 명은 모두들 대형이라고 부르지만 그건 자네들 마음 내키는 대로 하고. 멸혼촌 혈수를 맡고 있는 사람이네."

조금은 친절하게 설명했다.

독사가 일으킨 바람은 모두의 가슴에서 삭막한 감정마저 실어가 버렸다.

"혀, 혈수가 뭡니까?"

겁먹은 사내가 물었다.

"알게 될 게야, 시간이 지나면 저절로……."

멸혼촌 골인들과는 상관하지 않으려고 했다.

그들에게는 그들의 인생이 있는 것이고 자신에게는 자신만의 일이 있다고 생각했다.

풀어야 할 난제도 많고, 요빙에게도 한시바삐 돌아가야 되는데 해골 같은 골인들과 어울려 지낼 만한 정신적인 여유가 없었다.

그러나 대형이라는 위치는 그를 가만히 내버려 두지 않았다.

영은촌에서도 그랬지만 누구에겐가 대형으로 추앙받기 시작하면 그 다음은 본인 의사와는 상관없이 흘러간다.

대형이라고 부르는 자가 거둬들인 수하도 그를 대형이라고 부른다. 그의 친구에게도 독사는 대형이 된다.

독사를 무시한다는 것은 그를 대형이라 부르는 사람 모두를 무시하는 것과 진배없다.

세(勢), 세력이다.

지천도가 우려했던 세력이 섭혼살호에게서 독사에게로 옮겨졌다.

대형이란 인간적인 관계가 아니라 지역적인 관계다.

한 사람에게 대형이 되는 순간 멸혼촌이라는 작은 마을의 대형이 되는 것은 순식간이다.

독사의 무공이 멸혼촌 최강이라는 전제 하에.

독사는 인정하지 않았지만 어느덧 멸혼촌 골인들은 그를 대형이라고 부르고 있다.

자신의 뜻과는 상관없이 흘러가고 있는 게다.

독사는 주위를 어슬렁거리며 엄지손가락만한 돌을 주워 가죽 주머니에 담았다.

가죽 주머니, 이것도 새로운 변화 중 하나다.

멸혼촌 주위에는 동물들이 얼씬거리지도 않았다. 하늘을 나는 날짐승조차도 어찌 된 일인지 멸혼촌 주위에서는 날개를 접지 않았다.

때문에 골인들의 주식은 나무 틈에 사는 굼벵이가 되었다.

출행을 나가면 고기를 먹을 수 있으니 좋다. 하지만 가죽은 필요없다. 언제, 어디서 죽을 목숨인지 모르니 하루하루 대충 때워 넘기면 된다.

그러던 생각들이 독사가 혈수를 맡으면서부터 바뀌었다.

출행에서 잡은 고기는 물론이고 가죽도 남김없이 가져왔다.

주머니도 만들고, 옷도 만들어 입고, 바닥에 까는 요도 만들었다.

생활이 전반적으로 변했다.

가죽 주머니에 돌멩이가 두둑이 차자 이번에는 나무를 타고 올라가 생가지를 잘라냈다.

당진도는 자연물을 이용한 암기술을 전수해 줬다.

"골인들을 생각하는 마음에 대한 대가라고 생각하게. 이건 당문 암기술이 아니니 부담 갖지 말고. 내가 이곳에서 생활하며 지금까지 살아남을 수 있었던 힘이지."

돌멩이는 훌륭한 암기다. 내력이 실린 돌멩이는 능히 머리뼈를 부수며 파고든다. 생나무를 잘라 음지에 말린 다음 작고 날카롭게 다듬으면 뛰어난 암기가 된다.

암기를 떠올리자 소궁도 생각났다.

엽수낭랑이 만들어준 것처럼 정교하거나 화려하지는 않지만 당장 사냥을 할 수 있을 만큼 성능이 뛰어난 소궁도 만들었다.

세상에는 무공을 뒷받침해 줄 것이 많다.

꼭 검을 소지해야 할 필요는 없다. 손에 잡히는 것 모두가 병기가 된다.

이번 출행에서 암기 다섯 종을 소모했다.

암기는 응달에 말려놓은 것으로 만들면 되지만, 다음 출행에서 소모할 것을 대비해 나무를 잘라놓아야 한다.

툭! 뚜둑!

나뭇가지가 잘려 땅에 떨어졌다.

독사는 다음에 자를 나뭇가지를 점찍은 후 몸을 움직였다. 그러던 중 난생처음 접하는 기운을 감지했다.

'숨이 막힌다. 살기? 아냐, 살기는 아냐. 종잡을 수 없군. 사활근맥단의 진기가 아닌 것만은 분명한데. 몽환소를 풀어낸 사람이 또 있군.'

고개를 돌려 바라보자 지천도와 섭혼살호가 두 사내를 데려오고 있었다.

그중 소년, 사내라고 하기에는 아직 여물지 않은 것 같은 소년에게서 극심한 기운이 뻗쳐 나왔다.

독사의 판단으로는 정상적인 무인들이 발출하는 지극히 순수한 내력이었다.

"다, 당신은 멀쩡하네. 여기 온 지 얼마 안 됐소? 아냐. 해골… 아니,

이들이 당신보고 혈수인가 뭐라고 하던데. 지, 진기가 사라졌소. 이들처럼 되지 않고 진기를 되살리는 방법이 없겠소?"

안색이 파리해진 사내가 다급히 말했다.

독사는 그의 말을 귓전으로 흘리며 소년을 쳐다봤다.

그도 창백한 사내처럼 다급히 말했다.

"바, 방법이 있으면 알려주시오. 이들처럼 되기는 싫소. 천하제일의 무공을 얻고자 찾아왔는데, 이런 꼴이라니. 이런 몰골이 되어야 한다면 천하제일 무공도 싫소. 난 다시 돌아가겠소. 다시는 백비에 기웃거리지 않을 테니 돌려보내 주시오."

독사는 미공자의 말이 끝나기 무섭게 피식 웃었다.

"가."

"……?"

"가고 싶으면 가. 여기 당신 붙잡을 사람 아무도 없어."

"가, 가도 되겠……."

독사는 이미 등을 돌려 토굴 안으로 들어가 버렸다.

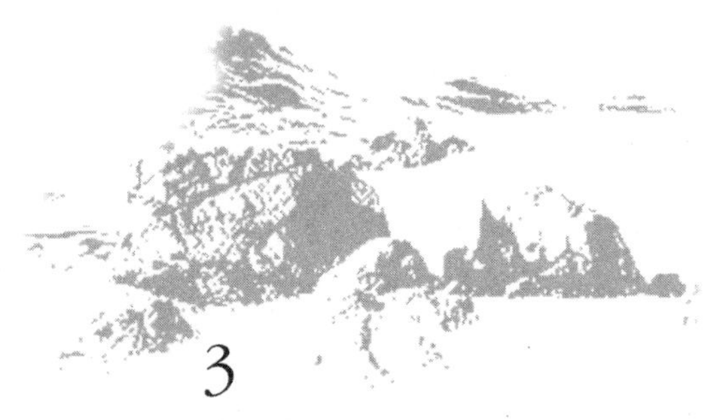

3

배다른 사제(師弟)

'유화신공······.'

독사는 잠을 이루지 못했다.

지천도가 사내들을 데리고 돌아간 후 섭혼살호는 멸혼촌에 불었던 유화신공의 혈겁을 말해 주었다.

대단한 충격이다.

더군다나 몽환소를 풀어낸 것으로 보이는 소년이 처음부터 중독되지 않았고, 유화신공을 익힌 것으로 짐작된다는 대목에 이르러서는 충격을 넘어 경악스러웠다.

유화신공, 그것은 자신이 익힌 암혼사의 다른 명칭이지 않은가.

아니다. 암혼사가 아니다. 암혼사의 진기는 천지자연의 기와 조화를 이룰 때 극성으로 치닫는다. 사내가 익힌 진기는 천지의 기운을 짓눌렀다.

조화가 아니라 압박이다.

암혼사와는 전혀 다른 내공이다.

'사숙조(師叔祖)께서는 내가 익힌 내공이 유화신공이라고 했어. 그럼 그자가 익힌 내공은…… 그리고 유화신공을 익힌 자가 들어왔었다고? 그것도 두 명이나?'

문제는 제대로 푼 것이 하나도 없는데 점점 깊은 수렁으로 빠져드는 느낌이다.

최자범은 그도 알고 있다.

당진도, 지천도, 그리고 섭혼살호와 더불어 이십 년 이상을 살아온 사람이니 모를 리 없다. 그들 네 명은 멸혼촌의 산 증인이나 다름없으니 모른다면 멸혼촌 사람이 아니다.

최자범과는 한마디도 나누지 않았다.

백치나 다름없어서 누가 때려도 히죽 웃고 마는 사람과 무슨 대화를 나눌 것인가.

'최자범이 유화신공을 익혔다고…… 아냐. 그에게서는 아무 기감도 느끼지 못했어. 사활근맥단의 진기가 약간 쌓였을 뿐이야.'

최자범의 내공은 수련으로 쌓은 내공으로 보기 어렵다.

오랜 세월 사활근맥단을 복용하며 옛날 진기의 터에 조금씩 쌓인 것에 불과하다.

그는 내공 수련을 하지 않는다.

'몽환소에 중독되지 않았고… 내가 익힌 유화신공을 익혔고… 어설픈 연기지만 자신을 숨기려고 하고……'

유화신공을 익힌 소년은 무림 경륜이 일천하다.

조금만 눈썰미가 있는 사람이라면 당장 드러날 거짓 행동을 태연하게 하고 있다. 그런 행동이 의도적으로 나온 것이라면 소년이야말로 천부적인 사기꾼이다.

도대체 그가 노리는 것은 무엇인가.

해답은 채 반 각도 되지 않아 알게 되었다.

슈우욱!

독사는 날카로운 경풍을 듣는 순간 양 발을 머리 위로 차올림과 동시에 두 팔에 힘을 주어 물구나무를 섰다. 그리고 곧 다음 행동으로 이어졌다. 팔꿈치를 구부렸다 펴는 순간 그의 신형은 이미 허공에 떠 있었다.

'이놈은!'

소년이다. 소년이 야음을 틈타 기습 공격을 가해오고 있다.

양손에 내공일초가 운집되었다.

언제 어디서든 공기만 있으면 최상승의 절학으로 탈바꿈하는 것이 내공일초다.

피유웃……!

이번 공격은 똑똑히 보았다.

보법은 칠채기문보법이고 나뭇가지를 대충 다듬어 만든 목검으로 펼치는 검법은 십이천공마다.

'이건 귀궁 무공!'

독사는 내공일초를 터뜨리지 못했다.

상대의 내력이 강하지만 사문의 무공을 쓰는 사람에게 다짜고짜 살수를 전개할 수는 없었다.

그는 아직까지 내공일초를 조율하지 못한다.

단전에서 치민 내력을 쏘아낼 뿐 강약을 조절할 수 없으니, 그의 일장에 맞부딪치는 사람이 그와 비슷한 내력을 지니지 못하는 한 어김없이 살초로 둔갑하곤 했다.

출행에 나가서 내공일초만으로 격살한 사람이 무려 여섯 명이다.

피유웃!

독사는 방위나이를 펼쳐 뒤로 풀쩍 물러섰다.

방위나이는 신법에 깃든 현묘한 묘리를 살리면 팔방진(八方陣)의 형태를 띤다.

적이 공격해 올 수 없는 방위로 물러서면 느린 행동일지라도 최상의 빠른 신법으로 변신한다.

"멈춰!"

소년은 멈추지 않았다. 기필코 제압하고 말겠다는 듯 십이천공마를 매섭게 펼쳐 왔다.

독사는 신형을 두 번이나 뒤튼 끝에 토굴 한쪽 구석에 세워놓은 목검을 잡아채며 토굴 밖으로 신형을 날렸다. 아무래도 좁은 토굴보다는 넓은 공지에서 싸우는 것이 편하다.

쒜에엑……!

그의 손에서도 십이천공마가 새어 나왔다. 그가 밟는 보법은 소년과 똑같은 칠채기문보법이다.

아니다, 똑같지 않다. 신법은 칠채기문보법이지만 독사는 근래에 들어 칠채기문보법에 방위나이를 접목시키기 시작했다. 칠채기문보법에 가미된 '기문'과 방위나이에 가미된 '기문'이 비슷한 묘리로 형성되었기 때문이다.

지금 독사가 밟은 보법은 칠채기문보법도, 방위나이도 아닌 그만의 보법이었다.

"엇!"

소년도 놀랐는지 일순 검법이 흐트러졌다.

독사는 허리를 숙여 안으로 파고들며 목검을 위로 쳐 올렸다.

십이천공마 중 제육식 천폭역류(天瀑逆流)다. 사내는 제팔식 도룡사
단(屠龍四斷)을 펼치고 있으니 좋은 상대가 될 것이다.

따악!

위에서 내려치는 검과 밑에서 올려치는 검이 맞부딪쳤다.

독사의 검에는 전신 내공을 모두 모아 한 점에 쏘아내는 집중의 묘
가 깃들었고, 소년의 검에는 내려치는 물체를 네 조각으로 잘라 버리는
쾌(快)의 묘가 깃들어 있다.

소년이 주춤거리며 물러섰다.

우열은 확실하게 가려졌다. 신법에서도, 검법에서도, 내공에서도 독
사가 한 수 위다.

"이럴 수가!"

소년이 놀랐는지 뒤로 한 걸음 더 물러섰다. 하지만 독사가 연이어
공격할 것을 대비해 수비식을 펼치는 것도 잊지 않았다.

"넌 누구냐!"

독사가 해야 할 질문을 소년이 했다.

순간 독사의 머리 속에 대화산에서 곽 사형과 마지막으로 나눈 대화
가 스쳐 지나갔다.

"사부님한테서 연락이 왔다. 가봐야겠어. 또 너 같은 자를 발견하신 모양
이야. 네게 사제가 생기는 거지."

“귀궁 문도냐?”

독사가 긴장을 풀며 물었다. 그런데…….

“무슨 헛소리야!”

소년의 대답은 뜻밖이었다.

독사는 곤혹스러웠다. 사문 무공을 줄줄이 풀어내는 자가 귀궁을 모른다니.

“그럼 천요문 문도냐?”

“……”

소년은 침묵했다.

“누구에게 무공을 사사받았나?”

독사는 자신이 질문하고도 피식 실소를 흘렸다.

“가기 전에 당부할 게 있어서 기다렸지. 우리가 옆에 없는 동안에는 절대 귀궁 궁도라는 점을 밝혀서는 안 되네. 귀궁 궁도라는 사실이 밝혀지는 순간 자네의 일거수일투족은 모두 귀궁의 명예와 연관이 되지. 자네가 원하든 원하지 않든 말일세.”

독사는 자신이 먼저 마음을 열었다.

“난 사부님과 두 사형에게 무공을 전수받았지. 막 사형의 도움이 컸고. 늘 뒤에서 지켜주었으니까.”

“……”

소년은 아무 대답도 하지 않았다.

‘이건… 이상한데?’

독사는 이내 이상한 기미를 알아차렸다. 소년이 내뿜는 기감 속에 흔들림이 감지된다. 반가움을 드러낼 때는 인당혈(印堂穴)에서 실낱같은 진기가 흘러나오는데 그것이 감지되지 않는다. 대신 미간이 미미하게 떨리는 것으로 보아 곤혹스러워하고 있다.

독사가 목검을 들어 올리며 말했다.

"아무래도 승부를 가려야겠군. 네 입에서 무슨 말인가를 들으려면 우선 제압해 놓는 게 편하겠어."

"그런가. 나도 그렇게 생각했지."

소년도 나뭇가지를 들어 올렸다.

불길을 당기는 즉시 폭발해 버릴 것 같은 팽팽한 긴장에 산천초목도 숨을 죽였다.

두 사람은 서로를 겨눈 채 움직이지 않았다.

독사는 마음이 편했다. 단전에서 치밀어 올라 전신을 휘도는 진기는 늘 마음을 상쾌하게 해준다. 아무리 대단한 강적과 검을 겨누고 있어도 즐거운 기분이 든다.

소년은 그렇지 않은 듯했다. 두 눈에서 무서운 불길을 토해내며 나뭇가지에 진기를 가득 주입시켰다.

독사의 목검이 바르르 떨리기 시작했다.

꼭 수전증 걸린 노인이 검을 들고 있는 것처럼……. 하지만 검을 잡고 있는 검수(劍首)부터 검격(劍格)까지는 미동도 하지 않는데 검신만 떨어내는 것이 달랐다.

우우우웅……!

목검이 검음을 토해내기 시작했다.

진동은 시간이 흐를수록 강해졌다. 목검은 마치 분신술을 사용한 것처럼 여러 개로 보였고, 웅웅 울어대는 검음은 피를 그리워하는 호곡성으로 들렸다.

소년의 이마에 구슬 같은 땀방울이 맺히더니 주르륵 흘러내렸다.

눈도 붉게 충혈되었다. 가늘게 벌어진 입에서는 단내가 새어 나오는 듯했다.

'이겼어.'

독사는 더욱 마음을 편히 가졌다.

사내는 방위나이를 뚫지 못하고 있다. 그가 공격하기 위해 쳐다보는 곳에는 그가 쳐다보기도 전에 목검이 가 있다. 그는 공격을 하기 위해서는 필연코 목검을 부수고 들어가야 한다.

독사는 생각했다.

'십이천공마 십이식 노일검(露一劍).'

소년이 노일검의 경지를 이뤘는지는 알 수 없다. 익혔다면 틀림없이 십이식 노일검을 전개할 것이다.

풀잎에 맺힌 이슬을 베어내되 풀잎에는 검기조차 닿아서는 안 되는 극쾌(克快), 극교(克巧)의 검법.

'힘들겠지. 참지 못할 거야. 암혼사를 제대로 연성하지 못했군. 초식은 뛰어나지만 내공이 따라주질 못해.'

독사는 소년의 무공을 이해했다. 자신 역시 빙굴에서 기연을 얻지 못했다면 지금도 소년과 같은 수준에서 벗어나지 못했을 게다. 암혼사를 단순한 진기토납(眞氣吐納) 수준에서 이해하고 있겠지.

'어서 와, 어서!'

"타아앗!"

소년이 참지 못하겠다는 듯 거센 고함을 터뜨리며 달려들었다. 그의 검법은 전신 진기를 모아 우상(右上)에서 좌하(左下)로 내리긋는 검이다.

등골이 섬뜩할 만큼 정교하고 빠르다.

공격해 온다 싶은 순간 벌써 나뭇가지가 예리한 경풍을 토해내며 머리 위로 밀려들었다.

역시 사문(死門)이다.

그가 공격해 오기 전에 미리 방향을 읽은 독사의 목검이 우상을 점하고 있었다.

따악!

목검과 나뭇가지가 부딪쳤다. 하지만 이번에는 부딪치는 것으로 끝나지 않았다. 나뭇가지를 위로 퉁겨낸 목검이 눈 깜짝할 사이에 소년의 가슴을 푹 찔렀다.

"크윽!"

소년이 가슴을 움켜잡고 신음을 토해내며 비틀거렸다. 그는 휘청휘청 정신없이 물러섰다. 나뭇가지는 이미 손을 벗어나 한쪽 구석에 나뒹굴었다.

독사는 목검을 내려뜨린 채 뚜벅뚜벅 걸어갔다.

'노일검을 이뤘어. 진기만 받쳐 준다면 쉽게 흉내 낼 수 없는 쾌검의 달인이 될 거야.'

목검으로 소년의 턱 끝을 추켜올렸다.

소년은 독기 어린 눈으로 노려봤다. 그러다가 무엇이 그리 우스운지 앙천광소를 토해냈다.

"하하! 하하하하핫!"

소년의 웃음은 분노로 시작해서 비통으로 끝났다.

'한이 있군.'

　독사는 소년의 웃음에서 동병상련(同病相憐)을 느꼈다. 자신도 이와 같은 웃음을 터뜨린 적이 있다. 요빙이 죽었을 때, 그녀의 뼈를 항아리에 담아 장독대에 묻을 때.

　소년의 타박상은 심한 편이었다.
　목검이 닿은 부분은 일점에 불과했지만 오른쪽 가슴 전부가 시퍼렇게 멍이 들었다.
　"타박상에는 국화가 좋은데, 국화가 없으니 쑥을 캐서 발라. 즙을 내서 바르면 부기가 많이 빠질 거야."
　"왜 죽이지 않았지?"
　소년의 얼굴에는 여전히 독기가 살아서 꿈틀거렸다.
　"죽여야 할 이유가 있나? 그것보다 질문은 내가 해야 하는 것 아닌가? 왜 공격했지?"
　"네놈이 혈수이기 때문에."
　"그게 공격 이유가 되나?"
　"오늘 날 죽이는 게 좋아. 그렇지 않으면 반드시 내 손에 죽게 될 거야."
　소년은 여장을 입혀놓으면 여인으로 착각할 만큼 아름다웠다.
　사내에게 아름답다는 말이 통용될지는 모르겠지만 '늠름하다', '멋있다' 는 말보다는 '아름답다' 는 말이 어울렸다.
　치켜뜬 눈도 여인에게서나 있을 법한 봉목(鳳目)이었고, 쌍꺼풀도 짙게 드리웠다.
　그가 사내임을 알 수 있는 것은 가지런하고 뾰족한 검미(劍眉)뿐이다. 아! 목젖도 있다. 약간 도톰하게 튀어나온 목젖이 사내임을 말해 준다.

정말 여인처럼 아름다운 소년이다.

독사는 출행에서 따온 꿀을 내밀었다.

"먹어봐. 멸혼촌에서는 쉽게 구할 수 없는 거니까."

소년은 귀한 꿀을 손으로 쳐서 떨어뜨렸다.

'적의가 대단한데, 왜……?'

독사는 목검을 집어 소년 발 밑에 던졌다.

"내가 죽을 이유가 있으면 죽어야겠지. 공격하고 싶으면 언제든지 해. 하지만 혈수가 되었다는 이유만으로는 죽기가 그런데, 정확한 이유를 들을 수 있을까?"

소년이 사제라고 생각되어서인지 야밤에 급습을 했음에도 적의가 치밀지 않았다.

"간악한 소리는 하지 마! 그런다고 속을 나도 아냐! 하나만 묻자. 마단에서 네 위치는 어느 정도냐!"

'마단?'

처음 듣는 말이다. 당진도도 지천도도 마단이란 말은 뻥긋도 하지 않았다.

"마단…… 처음 듣는 말인데, 좀 더 자세히 말해 봐."

소년의 눈에 기광이 일렁거렸다.

그의 손이 슬그머니 목검을 집었다.

독사는 소년의 움직임을 읽었으면서도 제지하지 않았다. 오히려 한 걸음 더 앞으로 나아가 소년이 치기 좋은 거리를 주었다.

"내 눈을 봐라. 거짓이라 생각되면 언제든지 쳐도 좋다. 하지만 난 네가 말한 마단도 처음 들었고, 혈수라는 이유 때문에 죽어야 하는 이유도 모른다."

독사의 눈에서 열기가 피어났다.

소년은 움찔했다. 독사의 진기 실린 눈빛을 정면으로 받지 못하고 눈길을 떨구고 말았다.

독사는 무려 오십 번이 넘는 실전 경험을 치렀다. 하나같이 목숨을 걸고 치른 혈전이다. 대화산에서, 멸혼촌에서…… 그에 비하면 소년은 온실 안에서 자란 화초처럼 연약했다.

사람을 죽이며 키운 살기와 원한만으로 뿜어내는 살기는 천양지차(天壤之差)다.

"혀, 혈수가 뭐냐!"

소년의 입에서 간신히 떨어진 말이다.

독사는 소년의 말에서 또 다른 귀궁을 보았다.

사문이나 사부는 언급하지 않았지만, 자신과 소년은 전혀 다른 사부 밑에서 같은 무공을 수련했다.

공통점은 또 있다. 자신은 설향의 죽음 때문에 백비를 찾았다. 소년은 혼인을 약조한 소녀의 죽음 때문에 백비를 찾았다.

둘 다 친인의 죽음으로 백비를 찾게 만들었다.

'우연이 아냐. 우연이 겹치면 필연이야. 누군가가 나를 들여보냈고 이 애를 들여보냈어. 같은 귀궁 무공……. 왜? 왜? 한 가지만 분명히 약속하지. 누가 무슨 목적으로 이런 일을 저지르는지는 몰라도 반드시 내 손에 죽게 될 거야, 반드시!'

소년과 대화를 나누는 가운데 큰 소득을 얻었다.

만무타배와 멸혼촌을 감시하는 다섯 사내가 마단이라는 곳에 몸담고 있다는 사실이다.

독사가 몸을 일으키며 말했다.

"넌 오늘부터 이 토굴에서 나와 같이 생활한다."

"뭐야!"

"네 무공으로는 만무타배를 절대 이길 수 없어. 네 정인을 마단에서 죽인 게 확실하다면 무공을 더 갈고닦아. 하나만 말해 주지. 난 만무타배에게 일 초도 제대로 휘두르지 못했다."

"그, 그럴 수가!"

"같은 무공이니 도움이 될 수도 있겠지."

전혀 도움이 되지 못했다.

초식의 정교함에서는 오히려 독사가 이효기라고 이름을 밝힌 소년에게 배우는 처지가 되었다.

그럼에도 독사가 소년을 이길 수 있었던 것은 독사의 검에 실전 감각이 묻어 있기 때문이다.

초식을 배우는 대가로 독사는 소년과 하루에 한 번씩 실전을 방불케 하는 비무를 했다.

"사형, 내공 차이가 너무 나는데?"

이효기는 독사를 서슴없이 사형이라고 불렀다.

"음……! 내공을 몇 성이나 수련했지?"

"칠성."

독사는 실소를 흘렸다.

자신도 그처럼 생각한 적이 있다. 이효기보다 더 높은 경지, 팔성까지 수련했다고 생각한 것이 엊그제다. 그러나 지금은 그런 말을 하지 못한다. 팔성이 칠성으로 떨어지고, 칠성이 육성으로 떨어졌다. 그리고 지금은 오성밖에 익히지 못했다고 생각한다.

겸손도 사양지심(辭讓之心)도 아니다. 진실이다.

독사는 나무 그늘을 찾았다.

폭염이 살을 익힐 듯이 내리쬔다.

골인들과 함께 알지도 못하는 사람들을 죽이러 다니는 동안 계절이 무심히 흘러 봄에서 여름으로 들어선 지 오래다.

"자! 네가 익힌 심법을 말해 봐. 심법이란 깨달음이 주가 되지만 도움이 될 수 있을 거야."

이효기도 독사 옆에 편안하게 앉았다.

같은 무공……. 정교함에서 약간 차이가 나지만 분명히 같은 초식이다. 십이천공마, 칠채기문보법, 소수천라변. 모두 같다. 내공도 같으리라.

"하하하! 그래 줄래요? 그럼 저야 좋죠. 역시 사형이 있으니까 든든하니 좋네요."

이효기가 넉살 좋게 말했다.

독사는 이효기의 성격이 마음에 들지 않았다. 흑(黑)과 백(白)처럼 딱딱 부러지는 성격이 아니라 상황에 따라 시시각각 변하는 성격이다. 말을 할 때도 마음으로 말을 하지 않고, 머리 속으로 두 번 세 번 생각한 끝에 좋은 말을 골라서 한다.

첫날 야음을 틈타 공격할 때는 이성을 잃고 있었다. 그렇기 때문에 머리를 쓸 여유조차 없었다.

시간이 흐르면서, 이효기라는 사람 자체를 알게 되면서 아름다운 얼굴 속에 스며 있는 가식을 읽게 되었다. 열일곱 살이라고는 믿기지 않을 만큼 순진한 구석이 없다.

사제만 아니라면… 벌써 멀리 했을 게다.

"제나견화상지(提拿肩和上肢:어깨를 붙잡고 끌어 사지가 하늘과 어울리게
한다) 같은 신형(身形)은 말할 필요 없겠죠?"

'제나견화상지?'

독사는 고개를 갸웃거렸다.

암혼사 구결에는 제나견화상지라는 글귀가 들어 있지 않다.

순간적으로 스치고 지나가는 생각이 있었다.

같은 무공을 익혔는데도 자신은 몽환소에 중독되었다. 이효기는 중
독되지 않았다. 섭혼살호는 전에도 유화신공을 익힌 사람이 들어왔었
다고 했다. 그들 역시 몽환소에 중독되지 않았다는 말과 함께.

"아니, 우선 구결부터 들어봐야겠어. 같은 무공을 익혔는데도 초식
에서 차이가 났어. 내가 익힌 무공과 사제가 수련한 무공은 같으면서
도 다르지. 아무래도 나 아니면 사제가 분파(分派)인 것 같은데."

"그렇죠? 저도 같은 것 같으면서 미묘하게 다르다고 생각했어요. 그
럼 먼저 제가 구결을 읊죠. 그 다음은……."

"내가 알고 있는 구결과 다를 때는 말을 하지."

"그래요, 그럼. 제나견화상지(提拿肩和上肢), 장찰상지굴신측(掌擦上
肢屈伸側:사지를 굽혀 옆을 편다)……."

이효기가 구결을 읊어 나갔다.

조금 다른 것이 아니라 완전히 다른 내공이다.

유화신공은 신형부터 설명하고 있으나 암혼사는 곧바로 내공심법을
설명하고 있다.

'다른 무공이야. 다른 무공이었어!'

독사의 눈빛이 깊게 깊게 가라앉았다.

역천지공(逆天之功)

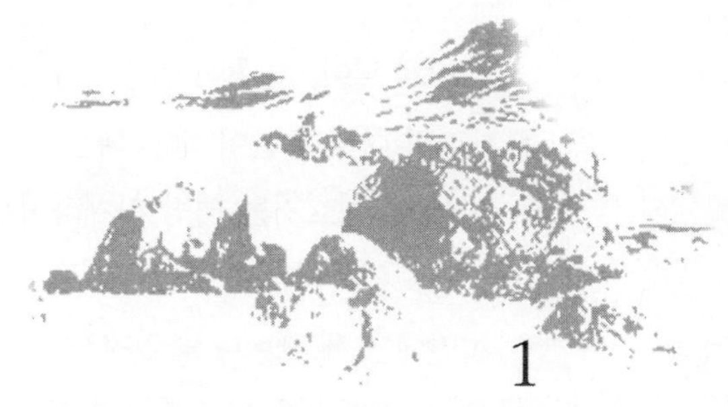

1

역천지공(逆天之功)

이효기와 함께 무공을 수련한 것도 두 달이 지나갔다.

말은 같이 수련한다고 했지만 한 달이면 이십여 일씩 출행을 하는 관계로 같이 수련하는 기간은 며칠 되지 않았다.

만무타배의 지시는 계속 이어졌다.

그는 마치 멸혼촌 골인들의 숫자를 조정이라도 하려는 듯이 끊임없이 출행을 명령했다. 꼭 그런 목적은 아니더라도 근래 들어 전에 없이 잦아진 것은 사실이다.

출행이 겹치는 경우도 왕왕 생겼다.

독사가 출행을 한 사이에 또 다른 출행 명령이 떨어지곤 했다.

독사가 없는 동안에는 섭혼살호가 혈수로 나섰고, 그도 출행하고 없을 때는 이효기가 맡았다.

"쉰아홉 명이 최대였나 보군. 괜히 집을 지었어."

“그러게 말야. 대형이 몸뚱이가 서너 개씩 되는 것도 아니고. 출행을 하려면 대형과 같이 해야 되는데 말야.”

“이상해. 이효기는 대형 사제라며? 그런데 어찌 대형만 못하네. 형만한 아우 없다더니 정말 그런가?”

“이번에는 세 명이나 죽었지?”

“음……! 혈수가 될 사람은 따로 있나봐.”

골인들이 모인 자리면 항상 같은 이야기가 오고 갔다.

수많은 혈전 속에서도 단 한 명의 희생자도 없이 무사히 귀환하는 사람은 독사밖에 없었다.

독사의 머리 속은 유화신공의 구결로 가득 찼다.

앉을 때나 설 때나 길을 걸어가고 있을 때도 유화신공의 구결을 해독하기에 여념없었다. 너무 생각에 몰두하는 바람에 길을 잃고 헤매는 경우도 종종 생겼다.

“대형, 길은 제가 안내할 테니…… 어디로 가야죠?”

“괴목골.”

“아! 거기라면 저도 알죠. 대형께서는 뒤에 천천히 따라오세요. 괴목골 입구에 가면 말씀드리죠.”

사양하지 않았다. 유화신공이 골인들을 정상으로 돌이킬 수 있다면 잠자는 시간까지도 쪼개야 한다.

처음부터 차근차근히…… 신형을 설명한 부분부터 세밀하게 파고들어 갔다. 이효기가 운공조식하던 모습도 떠올렸다. 손의 위치며 몸의 비틀림…….

유화신공은 움직임을 요구한다. 어천신공처럼 동공인 것이다.

모두 육십사식으로 이루어져 있고, 매 식마다 여덟 번씩의 토납(吐納)을 요구한다.

'이상해……. 진기가 거부하고 있어.'

실제로 운공을 시도해 보면 단전에 계란처럼 뭉쳐져 있는 내단이 급격하게 꿈틀거렸다. 진기가 실처럼 풀어져 나오는 것이 아니라 더욱 안으로 움츠러들었다.

억지로 풀어낼 수는 있지만 운공조식은 절대 무리해서 운용하면 안 된다.

암혼사가 경고한다. 호흡을 자연의 호흡에 맞춰라. 자연에 순응하며 거부하거나 뛰어넘으려 하지 마라.

진기는 굉장히 예민한 존재다.

마음이 약간만 불안하거나 흥분해도 자연기가 순탄하게 스며들지 않는다. 마음을 고요하게 가라앉혔을 때, 갓난아기가 미소를 지을 때처럼 평화로운 마음을 가졌을 때에야 비로소 자연기가 단전을 제 집마냥 들락거린다.

싸울 때도 마찬가지다. 분노나 투지는 가급적 삼가야 한다.

사숙조께서 전수해 준 무현신공은 가뜩이나 차분해진 마음을 더욱 차분하게 가라앉혀 주었다.

귀궁에 맥을 같이 하는 무공이라서인지 암혼사와 무현신공은 궁합이 잘 맞는 것 같았다.

반면에 유화신공은 전혀 어울리지 못했다.

'심격(心擊)'으로 운공을 시작하는 유화신공과 '심안(心安)'으로 시작하는 암혼사, 그리고 무현신공.

상극이라면 상극인 무공이다.

독사가 이해할 수 없는 것은 사숙조님이 첫 대면 시 물어왔던 질문이다.

유화신공을 몇 성까지 깨우쳤느냐.

그렇다면 유화신공과 무현신공은 어울려야 하지 않는가.

'알다가도 모르겠어.'

"괴목골 입구인데요?"

골인이 바짝 긴장하며 말했다.

독사와 골인 네 명이 괴목골에 들어섰을 때는 쓸쓸한 바람만이 그들을 반겼다.

사방 오십여 장에 불과한 괴목골은 나무들이 꼭 벼락을 맞은 것처럼 괴이한 모양들이라 괴목골이라 불리게 되었다.

괴목골은 텅 비었다.

기감을 읽으려고 해도 골인들의 기감 외에는 느껴지지 않았다.

'또 비었어.'

만무타배의 실수가 잦아지고 있다.

그가 어떤 경로를 통해 죽여야 할 자들의 은신처를 알아내는지는 몰라도 요즘은 늘 한발 뒤처진다. 은신처라고 짐작되는 곳에 도착했을 때는 모두 떠나고 난 다음이다.

"싸움이 없으면 좋지. 죽을 사람도 죽일 사람도 없으니까. 오늘은 여기서 쉬자."

독사는 사슴뿔처럼 괴이하게 자란 괴목 아래 털썩 주저앉았다.

여인의 눈썹처럼 간드러지게 휘어진 초승달이 살짝 미소를 지으며 지나갔다. 검붉은 구름이 질투를 느꼈는지 초승달을 뒤쫓아가더니 온 몸을 감싸 버렸다.

골인들은 깊이 잠들었다.

독사가 혈수를 맡기 전에는 교대로 경계를 섰지만 지금은 불필요한 행동에 불과했다. 독사는 잠을 자다가도 무엇이 다가오는 기척을 느끼면 벌떡 일어나곤 했다.

초승달, 구름, 괴목…… 그리고 자신.

독사는 괴이하게 자란 괴목들 사이로 구름을, 또 구름에서 벗어나려고 발버둥 치는 초승달을 올려다봤다.

그러다 문득 떠오르는 생각이 있었다.

괴목의 형상이 꼭 사람이 거꾸로 서 있는 것 같다.

머리를 땅에 대고 물구나무를 선 모양새.

대화산 무생곡에서 처음 무공 수련을 한다고 발버둥 칠 때 단전에서 일어나는 미미한 열기를 감지했다. 그때 어떻게 했던가. 그 느낌을 잊어버리지 않기 위해서 물구나무를 섰지 않은가.

'이, 이건 역천지공(逆天之功)이야!'

하마터면 고함을 지를 뻔했다.

너무 놀라운 발견이다.

역천지공…… 하늘의 순리를 거스르는 무공.

무인들은 진기를 하단전에 모은다. 이론의 여지가 없다. 무림에 존재하는 모든 내공심법이 그렇다고 해도 과언이 아니다.

무궁진전의(無窮眞田意:단전에 뜻을 둔 진정한 수련만이 무궁하다).

누가 반론을 제기하랴.

어처구니없게도 유화신공은 이의를 제기한다.

단전유삼(丹田有三)에서는 상단전이 기를 저장하는 곳이라고 하지 않았냐고 반론하는 듯하다.

유화신공은 상단전에 기를 운집한다.

여타의 신공과는 다른 모습이다. 단전에서 진기가 풀려 나오는 것이 아니라 인당(印堂)을 중심으로 한 뇌 중앙에 기를 모은다.

일반적인 무공이 생각을 모으는 데 반해 유화신공은 실제로 기를 모은다.

역천이다.

유화신공을 여타 내공심법과 같이 생각해서 하단전에 기를 모을 수도 있다. 자신은 암혼사를 익힌 관계로 단전진기가 거부를 하지만, 아무 신공도 익히지 않은 순수지체(純粹之體)라면 얼마든지 가능하다.

그러나 역천지공을 역천지공으로 수련하지 않은 결과는 비참하다.

진기가 극성으로 차 오르면 제자리를 찾아 상단전으로 치솟고, 진기의 역류는 기혈을 터뜨린다.

그 결과가 어떤 것인지는 모르지만 생각만 해도 끔찍하다.

'역천지공…… 역천지공……'

한동안 망연자실하던 독사는 물구나무를 섰다.

하단전에서 풀려난 진기가 전신을 휘감는다. 물구나무를 섰어도 진기의 움직임은 멈추지 않는다.

독사는 본래의 진기인 암혼사의 진기가 전신을 휘도는 대로 방치했다. 거기에 상단전에도 또 하나의 단전이 있다는 생각을 하며 별도의 진기를 휘돌렸다.

상단전에서 일어난 진기가 하단전 진기를 뒤쫓는다고 생각했다.

이번에는 하단전 진기도 거부하지 않았다. 오히려 상단전 진기를 어

루만지며 같이 돌았다. 하단전 진기는 단전으로 돌아가 계란처럼 뭉쳤
다 풀려 나왔고, 상단전 진기는 머리 속 어느 곳에서 똬리를 트는 듯하
다가는 다시 새어 나왔다.

성질은 완전히 다르다.

하단전 진기가 뜨겁다면 상단전 진기는 찬 성질을 지녔다.

"휴우!"

전신을 팔주천한 후, 물구나무를 풀었다.

'유화신공은 음진기(陰眞氣)야. 암혼사는 양진기(陽眞氣). 둘은 함께
수련할 수 있고, 음양의 조화가 이루어져 부드럽고 강인한 진기로 변모
해. 좋은 심법을 얻었군.'

오랜 시간 동안 암혼사 구결에 몰두하지 않았다면 이토록 쉽게 풀어
내지는 못했으리라.

세상의 진리란 진리는 모두 포함한 듯 광범위하고 현묘한 암혼사의
구결은 온갖 무리(武理)를 간편하게 풀이해 주었다. 무공 수련이란 육
신을 단련하는 과정이기도 하지만 진리를 탐구하는 과정이기도 하다.

모처럼 마음이 홀가분했다.

자신이 새로운 무공을 얻었다는 기쁨보다 골인들의 저주를 벗어나
게 해줄 무공을 깨달았다는 것이 더욱 기뻤다.

그렇다고 기쁨을 얼굴에 드러내는 미련한 행동은 하지 않았다.

그의 일거수일투족은 낱낱이 감시되고 있을지도 모른다. 만무타배
는 능히 그러고도 남는다.

'유화신공을 전수하던 자가 실종되었다고 했어. 죽었겠지. 만무타
배는 골인들의 저주가 풀리는 걸 바라지 않아. 그래서 유화신공을 익
힌 자는 모두 죽인 것이고. 절대 서둘지 않는다. 천천히 하는 거야.'

멸혼촌을 벗어날 날은 앞으로도 까마득하다.

다른 사람은 훌훌 벗어날 수 있어도 독사만은 그럴 수 없다.

요빙의 전낭이 숨겨진 곳은 만무타배만이 알고 있으니…… 오백마흔여덟 개의 동전을 모두 받을 때까지는 살려둬야 한다. 만무타배를 이길 수 있다고 해도.

멸혼촌으로 돌아온 독사는 제일 먼저 이효기부터 찾았다.

'무공 수련이 잘못되었어. 역천지공은 역천으로 수련해야 돼. 그런 식으로 수련하다가는 큰일 나.'

하지만 이효기는 어디에도 없었다.

"출행 나갔소?"

"아니? 토굴에 없던가?"

"음……!"

"너무 걱정 말게. 답답하니 바람이나 쐬다 오겠지. 사활근맥단에 제약을 받지 않으니 어딘들 못 갈까."

독사는 토굴에서 닷새를 기다렸다.

이효기는 끝내 나타나지 않았다.

만무타배는 이백육십 개째의 동전을 내주었다.

"쯧! 이것도 벌써 거진 절반이나 줬네. 좀 더 아꼈어야 하는 건데. 다섯 문씩 줄 걸 괜히 열 문씩 준다고 했나봐."

"……."

독사는 묵묵히 받아 가죽 주머니 속에 넣었다.

"참! 이효기가 사제 되는가?"

눈이 번쩍 뜨였다.

"손댔나!"

"끌끌! 손대다니 무슨 그리 험한 말을. 설마 내가 꼽추라고 남색(男色)이나 즐기는 자로 본 건 아니겠지? 계집이라면 모를까 그런 짓은 안 해. 반반하게는 생겼더만."

손댔다. 왜 만무타배를 생각하지 못한 것일까. 골인들 중에서는 이효기를 건드릴 사람이 없다. 굳이 생각하자면 당진도, 지천도, 섭혼살호 이 세 사람이 떠오르지만 그들이 그럴 이유가 없다.

벌써 만무타배를 생각했어야만 한다.

"어디 있나!"

"쯧! 젊은 놈이 반말지거리는… 그놈의 말버릇 좀 고치라고 누누이 말해도 안 듣네. 네놈 마누라도 고생깨나 할 거야. 고집이 쇠심줄 같은 놈은 으레 마누라를 고생시키지."

"어디 있나!"

"아이쿠! 귀 안 먹었어, 임마!"

독사는 목검과 목창을 들어 올렸다.

"다시 한 번 묻는다. 어디 있나!"

"끌끌끌! 무공도 변변찮은 놈이 걸핏하면 싸우려고 지랄이야. 마단을 찾기에 가르쳐 줬지."

"뭐?"

정말로 마단이 있었다. 만무타배는 정말 마단과 연관이 있다.

"이효기란 놈이 사제라면 네놈도 마단에 대해서 알고 있을 텐데? 아닌가?"

"마ㅏ 단이 어디 있지?"

꼽추노인의 눈이 순식간에 가늘어졌다가 원상으로 돌아왔다.

"네놈은 마단이 무엇인지도 모르는군. 그런데 찾기는 왜 찾아."

"마단이……."

"지겨운 놈, 같은 말 또 하고 또 하고…… 지겹다, 지겨워. 넌 백비가 그냥 허황된 곳이라고 생각하냐?"

"……?"

"백비는 진실이야. 자신의 무공을 기재해 넣으면 그 무공의 정화를 보여주지."

"어디서 그런……."

"믿고 안 믿고는 네놈 자유다만, 마단은 바로 그런 환상을 보여주는 곳이야."

독사는 꼽추노인에게서 아무런 기운도 읽지 못했다. 그의 진기는 말을 하기 전이나 말을 할 때나 조금도 변함이 없었다. 거짓말하는 게 아니거나 독사의 기감까지 눌러 버릴 정도로 강렬한 기감을 지닌 자다.

만무타배는 전자다.

그의 무공이 뛰어나기는 해도 지금까지 독사의 기감을 속이지는 못했다.

"얌전히 돌아가 있어. 약속하지만 내년 사월 초파일에는 절대고수가 된 이효기를 볼 수 있을 거야. 내 목을 걸까?"

거짓말이 아니다. 만무타배 같은 고수가 자신보다 무공이 약한 자에게 거짓말을 할 이유가 없다.

독사는 더 이상 추궁하지 않았다.

이효기가 잘못된 내공을 수련하고는 있지만 하루아침에 잘못될 일은 없다. 진기가 역류하는 것은 그야말로 극상의 경지에 이르렀을 때만 가능하다.

이효기는 앞으로도 수십 년의 세월을 더 수련해야 그런 경지에 이를 수 있으리라.

'마단에 대해서 알아야 해.'

독사는 사숙조를 떠올렸다.

천하의 만무타배도 사숙조 두 분이 죽은 것으로 알고 있다. 사숙조는 전에 살았던 그 초옥에 아직도 머물고 있지만 천하를 본다는 만무타배가 보지 못하고 있다.

그것은 만무타배가 무능력해서라기보다는 사숙조님들의 은신술이 뛰어난 탓이다.

'사숙조라면 마단을 알 거야. 이효기에 대해서도.'

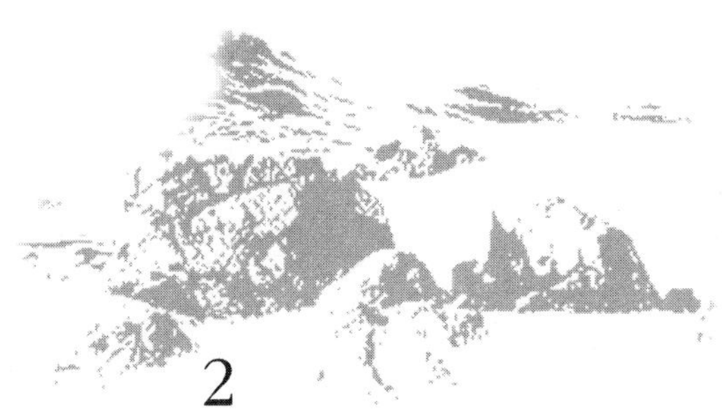

2

역천지공(逆天之功)

엽수낭랑은 서국산(邋踘山)에 머물렀다.

서국산은 용수(漎水)에 인접한 산으로 지네가 많기로 유명한 산이다. 지네야 어디서나 잡을 수 있지만 서국산에는 크고 오래 산 것들이 많아서 약효로 볼 때는 서국산 지네가 단연 제일이다.

그녀는 서국산에서 보름이나 머물렀다.

깊은 골, 높은 봉우리를 고루 밟으며 길이가 한 뼘 이상 되는 지네만 잡았다.

'백비는 보름달이 완전한 형태를 갖춘 날만 열려. 보름.'

보름은 앞으로 칠 일 남았다.

계명산으로 가기 위해서는 지금 움직여도 빠듯하다.

하지만 움직이지 않았다. 그녀를 지켜보는 눈동자를 떨쳐 버리지 못하는 한 계명산에 오르는 즉시 아버지를 만나게 될 공산이 크다.

지네를 잡기 위해 닭고기를 묻어놓고 임시 거처인 움막으로 돌아왔
다.

편안한 마음으로 자수를 놓았다.

그녀는 눈동자의 실체를 잡아내지 못했다. 아버지가 그림자를 붙여
놓고 있다는 사실은 익히 알았지만, 그리고 눈동자의 실체를 잡기 위해
노력해 본 적도 있지만 그녀의 능력으로는 그림자를 찾아낸 적이 없다.
정말 그림자가 있기는 한 것인지 의심이 들 때도 간혹 있었다.

그림자는 있다. 그녀의 행동이 낱낱이 아버지에게 보고되는 것만 보
아도 분명하다.

'처음부터 생각이 없으셨어, 몽환소의 해독약을 만들 생각이. 백비
를 찾아갈 생각도 없으셨어. 왜……?

남만에 자생한다는 적련화를 따왔지만 몽환소의 해약이 완성되었다
는 말은 들리지 않았다.

그런 말을 기대한 것부터가 잘못이다.

'당문삼기가 실종되었는데…… 아버님은 고사하고 당숙도 움직이
지 않고 있어. 어떻게 그럴 수 있지? 자식이 실종되었는데 천하의 당문
이 손 놓고 있다니.'

이상한 점은 당문만이 아니다.

사마가 준동하는 곳이면 으레 모습을 볼 수 있는 아미파의 비구니도,
청성파의 도인도 백비에 대해서만은 손 놓고 있다. 사천 오주라는 도
림이나 무천문도 일절 개입하지 않고 있다.

백비는 무림에서 제외된 금지(禁地)인 듯싶다.

'올 때가 되었는데…….'

엽수낭랑의 입술은 바짝 타 들어갔다.

다시 한 시진이 흘렀다.

세상에서 가장 지루한 시간이다. 생각이 엉뚱한 곳에 가 있으니 자꾸 바늘이 손을 찌른다. 승천하는 비룡을 자수 놓고자 했는데, 비룡도 아니고 뱀도 아닌 것이 승천하는 것 같다.

유등에 기름이 다했는지 깜빡거린다.

그을음도 진하게 피어오르고 냄새도 역하다.

기름을 다시 붓기 위해 자수를 놓고 일어섰다. 그때,

'왔어!'

그녀는 움막 밖에서 들리는 발걸음 소리를 들었다. 곧 이어 움막 문이 열리며 문무쌍전(文武雙全)으로 이름 높은 신검서생(神劍書生)이 들어섰다.

"준비해 오셨나요?"

"하하! 물론이오. 소저께서 연락을 다 주시니 그저 몸 둘 바를 모르겠소이다."

"후회하지 않으시겠어요?"

"소저의 마음을 얻을 수 있다면."

"그건 모르겠어요."

"나도 모르겠소. 소저의 마음을 얻으면 후회하지 않을 것 같고 얻지 못하면 후회할 것 같소."

"솔직하시군요."

"거짓을 말할 필요가 없으니까."

신검서생은 서글서글했다.

독사는 이런 면이 없다. 그를 보고 있으면 늘 피에 굶주린 야수를 보는 느낌이다. 그런데도 그의 영상이 가슴속에서 떠나지 않는다.

"가실래요?"

"그럽시다. 자! 그럼 이제부터 엽수낭랑 소저의 연인이 되어볼까? 아주 즐거운 추억이 될 것 같은 기분이 드는구려."

'그랬으면 좋겠군요. 하지만… 즐겁지만은 않을 것 같네요.'

신검서생은 쾌활했다. 마음속에 있는 말을 숨기지도 않았다. 그의 말을 듣고 있자면 자신도 모르게 얼굴에 웃음이 피어올랐다.

그가 흰물봉선을 따왔다.

"소저, 이게 뭔지 아시오?"

"호호! 흰물봉선이잖아요."

흰물봉선의 씨앗은 좋은 약재가 된다. 꽃은 염료로도 사용하니 사람에게 아주 유익한 꽃이다.

"이 꽃에 의미를 부여한다면 어떤 의미를 부여하고 싶소?"

"글쎄요? 소협은 어떤 의미를 부여하고 싶으세요?"

"난 이런 의미를 부여하고 싶소."

신검서생은 흰물봉선을 와락 구겨 버렸다.

"왜……?"

"소저가 있는 한 세상의 꽃은 존재할 필요가 없으니까."

그는 풀피리를 아주 잘 풀었다.

"소리가 아주 아름답군요."

"듣기 좋아요?"

"네."

"내게는 옥으로 만든 퉁소가 있소. 소리가 아주 맑고 구슬프죠."

"상상이 되네요."

"그 퉁소에는 한 가지 전설이 있죠. 밝은 달밤에 여인이 부는 퉁소 가락을 들은 사내는 상사병에 걸린다고."

"호호! 어쩌죠? 저는 퉁소를 불지 못해요."

"아! 반대로 말했나? 언제 한 번 꼭 들려 드리고 싶소."

신검서생은 상당히 부담스러웠다.

그는 그렇게 눈치없는 사내가 아니다. 하지만 지나가는 말로 툭툭 던지는 구애조차도 부담스러웠다. 눈동자를 떨치기 위해서는 어쩔 수 없었지만, 어떤 목적을 위해 사람을 이용한다는 자체가 미안했다.

"하하하! 소저, 난 행운아요. 세상에는 소저와 함께라면 지옥 불구덩이에라도 뛰어들 사내가 얼마나 많은 줄 아시오? 난 단지 이용당하는 것뿐이고, 그 대가로 소저와 함께 사 주야(四晝夜)나 동행할 수 있으니 아마 무림동도가 이 사실을 알면 눈을 까뒤집고 부러워할 거요."

신검서생은 당문에 사주를 넣은 많은 구애자 중 한 명이다. 또 당문주가 사윗감으로 점찍어놓은 다섯 기재 중 한 명이기도 하다.

"신검서생은 아주 다정다감한 사내다. 무공도 높고 결단도 뛰어나지. 적어도 야망을 위해 처자식을 버리는 비정한 사내가 아닌 것만은 분명하다."

아버지의 말씀이 옳았다.

신검서생은 비정한 사내가 되지 못할 것 같다.

그와 동행을 하면 설혹 발길을 계명산으로 돌린다고 해도 아버지의 이목을 끌지 않는다. 뒤를 쫓는 눈동자도 방심을 할 것이 틀림없다.

이윽고 마음에 두었던 천평(千坪)에 도착했다.

천평에서라면 안심해도 좋다. 계명산을 향해 전력으로 질주할 수 있는 거리다. 아버지가 알게 되어 달려오더라도 그때는 백비에서 볼일을 끝낸 후가 될 것이다.

천평에서 백비까지는 사흘 거리, 당문에서 백비까지는 닷새가 걸린다. 안심해도 좋다.

"고마웠어요. 이제 여기서……."

"소저, 부탁 하나 들어주겠소?"

"아뇨."

"엇! 듣기도 전에 거절이오?"

"무슨 말씀을 하실지 알 것 같으니까요."

"하하하! 마지막으로 소저와 소면(素麵) 한 그릇 먹고 싶었는데, 너무하시는 것 아니오?"

엽수낭랑은 살며시 미소 지었다.

"그런 부탁이라면 들어드릴게요."

"아니오. 어차피 헤어지는 거라면 여기가 좋겠소. 소저, 난 계명산으로 가려고 하는데 소저는 어디로 가시오?"

"그러지 마세요."

'잘못 선택했어. 이 사람에게 부탁하는 게 아니었어.'

신검서생이 보기 좋은 웃음을 지었다. 가을바람처럼 서늘하고 봄바람처럼 훈훈한 웃음이다.

"소저, 마음에 둔 사람이 있소?"

"네."

짧고 간결하게 대답했다.

"독사?"

"네? 어떻게……?"

"하하! 소저가 일개 파락호에게 마음을 빼앗겼다고 얼마나 말들이 많은데 내가 모르겠소. 하지만 난 그렇게 생각하지 않소. 소저의 마음을 훔쳐 간 사내라면 반드시 뛰어난 구석이 있을 거요."

"전혀요. 전혀 없어요, 뛰어난 구석은."

독사는 정말 뛰어난 구석이 없다. 여자의 마음을 헤아려주기는커녕 상처만 줄 사내다.

"그 말을 듣고 소저에게 청혼한 사람 중 한 명으로 난 자존심이 상했소."

"……."

"이렇게 합시다. 백비가 실재하는지 모르지만……."

"실재해요."

"좋소. 그럼 나도 백비에 가서 독사를 만나보겠소. 살아 있다면. 그가 죽었다면 소저를 향한 마음을 접지 않겠소."

"……."

"독사가 살아만 있다면… 그가 아무리 못나고 추한 괴물이라고 해도 깨끗이 손 털고 일어서겠소. 소저가 마음에 둔 정인이니까. 설마 그것조차 떨치지는 않겠죠?"

"백비는… 너무 위험해요."

"하하! 사내라는 족속들은 여인 앞에서는 왕왕 만용을 부리는 존재란 걸 모르시오? 하하! 나도 별수없는 속물인가 보오. 소저 앞에서 만용을 부리고 싶으니."

'정말 잘못 선택했어. 이 사람에게 부탁하는 게 아니었어.'

후회했지만 이미 늦었다.

"휴우! 좋아요. 공자님께는 괜히 죄송하네요."

"하하하! 그런 말 마시오. 자, 그럼 어둠 속에 숨어 있는 귀신을 깜짝 놀래켜 줍시다."

신검서생은 말 두 필을 구해왔다.
"최대한 빨리."
그가 눈을 찡긋거렸다.
"말을 타고 가면 일러요. 백비는 보름에만 열리니까요. 기왕이면 좀 더 놀려주는 게 어때요? 미린성(狋獜城)으로 가는 거예요. 미린성까지는 하루 반 정도 걸릴 거고, 미린성에서 계명산까지가 하루 반. 딱 맞을 거예요."
"하하! 우리가 미린성으로 달려가면 더욱 안심하겠군. 계명산과는 정반대 방향이니."
"그래요."
"자, 그럼 소저의 기마술을 볼까요?"
"점심 내기해요."
"내기? 내기라면 질 수 없지. 끼럇!"
신검서생은 자신이 먼저 말을 몰아 나갔다. '자, 갑시다' 라거나 '소저 먼저' 정도의 말을 예상했던 엽수낭랑은 기가 막혀 입을 쩍 벌렸다.
'재미있는 사람이야.'

팔월 대보름.
세상이 흥겨운 명절 분위기에 들떠 있을 때, 신검서생과 엽수낭랑은 미등 분지의 퀴퀴한 냄새를 맡고 있었다.
"정말 저 위에 백비란 게 있소?"

“네. 당문삼기가 실종되었죠.”

“독사도.”

“네.”

“어떤 놈들이 귀신놀음을 하는지는 몰라도 준비를 단단히 한 것 같군. 당문삼기까지 실종되었다면.”

“올라가요.”

엽수낭랑은 먼저 절벽을 기어오르기 시작했다.

백비는 변한 게 없었다. 몇 달 전에 와봤을 때나 지금이나 변함없이 하얀 절벽으로 남아 있었다. 공지 한구석에 나뒹구는 숯 조각조차도 변함없었다.

“여기 무공을 적어라?”

“지금은 아녜요. 이따 해가 질 때요.”

“이따가 보름달이 뜨면 무얼 비출지 모르겠군. 기왕이면 소저와 다정히 앉아 있는 모습을 비추면 좋겠는데.”

신검서생은 입으로는 농을 늘어놨지만 눈빛은 예리하게 빛났다.

백비 구석구석을 뒤져 보는 모습이 상당히 진지했다. 엽수낭랑의 말을 믿고 있으며, 기꺼이 동참하려는 진솔함이 묻어났다.

‘정말이야. 괜히 이 사람에게 부탁했어. 그때 헤어졌어야 해. 괜히 여기까지 동행했어.’

엽수낭랑은 또 후회했다.

그녀는 예전처럼 비항파의 무공을 적었다.

신검서생은 잠시 생각을 하는 듯하더니 거침없이 육 초식으로 이루어진 선공(扇功) 하나를 적어 내려갔다.

용사비등(龍蛇飛騰)이라는 말이 딱 어울릴 명필이다. 그나마 숯으로 적었으니 망정이지 붓을 들어 적었다면 저절로 감탄이 새어 나왔을 것 같다.

"명필이군요."

"제법 괜찮죠?"

"시작해요."

"그러죠."

엽수낭랑은 진기를 가득 끌어올려 만반의 준비를 갖춘 후 허공에 대고 외쳤다.

"백비의 무공이 재현되기를 원합니다!"

신검서생이 바로 뒤를 이었다.

"백비의 무공이 재현되기를 원합니다!"

백비는 침묵했다. 그들의 말은 허공을 맴돌다 사라져 버렸다. 텅 빈 공간에 붉게 물든 노을만이 가득 비쳐들었다.

"아무래도……."

신검서생은 말을 잇다 말고 황급히 호흡을 멈췄다.

"아! 몽환…… 소!"

엽수낭랑이 간신히 한마디 내뱉고는 풀썩 무너졌다. 그 뒤를 이어 휘청거리던 신검서생도 무릎을 꿇었다.

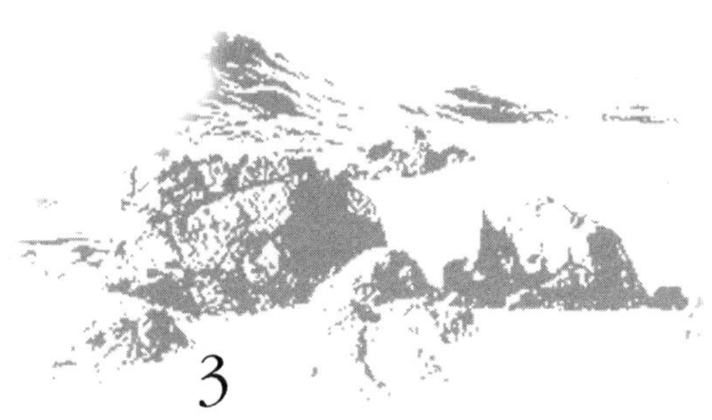

3

역천지공(逆天之功)

신공 수련은 조심스럽게 이루어졌다.

유화신공을 골인들 전부에게 전수한다는 것은 무리였다. 자칫 만무타배의 귀에 들어갔다가는 예전에 있었다는 혈겁이 재현될 가능성이 농후했기에 조심에 조심을 거듭했다.

또한 유화신공이 사활근맥단의 저주를 풀어낼 수 있는지도 의문이었다.

"내가 먼저 하지. 이만하면 살 만큼 살았으니 주화입마에 걸려 죽는다고 해도 여한이 없어. 죽기 전에 이런 꼴을 면할 수 있다면 천만다행이고."

당진도가 제일 먼저 나섰다.

독사와 지천도, 섭혼살호만이 알고 있는 가운데 은밀히 수련이 이루어졌다.

무리(武理)에 대해서는 설명할 필요가 없었다.

그런 면에서는 그들 삼 인이 독사보다 한 걸음 앞서 있으면 앞서 있지 뒤처져 있지는 않았다.

구결을 불러주고 한 번 행공해 보이는 것으로 전수는 끝났다.

"이상하군. 이런 무공은 금시초문이야. 상단전에 취기(聚氣)라니. 허! 직접 들었어도 믿기 어렵군."

이것이 몽환소의 중독에 걸리지 않게 한 근원이다.

유화신공의 진기는 일종의 허(虛)다.

상단전에 운집한 진기는 단전에 생성된 진기처럼 의념으로 볼 수 없다.

내단처럼 계란 모양으로 생성된다는 것은 꿈도 꿀 수 없다.

단지 상단전에서 풀려 나와 전신 경맥을 유통하는 진기의 강약으로 수련도를 짐작할 따름이다.

그러니 실물(實物)을 소진시키는 몽환소의 효능에 걸려들지 않은 게다.

이효기의 경우도 어렵지 않게 짐작할 수 있다. 그는 역천지공을 단전으로 수련했지만, 원래는 단전에 모일 진기가 아니라 상단전을 찾아들어갈 진기였다.

단전에 모였다고 생각한 진기가 실상은 허공을 부유하고 있었다.

진기를 풀어 전신 경맥에 휘돌리면 살아서 움직이니 진기 수련이 성공했다고 믿은 게다.

진기 자체가 허(虛)이지만 유화신공은 극단으로 치닫는 허다.

만약 몽환소를 만든 도인이 유화신공을 알았다면 극단적인 허에 대해서도 조치를 취했을 게다. 몽환소가 완성되는 날은 그만큼 길어졌겠지만. 어쩌면 몽환소를 남기지 못하고 죽었을 수도 있지만.

"수련 장소는 집으로 하지. 등하불명(燈下不明)이라고, 코앞에서 벌어지는 일은 아무도 모를 거야."

"당 선배께서 스스로 말씀을 하기 전까지는 일체 함구해 주시기 바랍니다."

"그러지."

"걱정 마시오. 대형."

지천도와 섭혼살호는 당진도가 무공을 수련하고 있다는 기미조차도 보이지 않았다.

그들 마음이라고 왜 조급하지 않을 것인가. 골인의 저주에서 벗어날 무공이 존재하는데. 전에 한번 유화신공을 코앞까지 쫓아갔다가 놓쳐 버린 경험이 있는데.

그렇기에 그들의 행동은 더 신중했고 은밀했다.

독사는 출행을 기다렸다.

되도록이면 사숙조가 기거하는 명조산(鳴雕山) 부근으로 출행해야 한다. 그래야 사숙조를 만나 마단에 대해서 물어볼 수 있다.

"상하림(常夏林)으로 출행하는데 갈 텐가?"

"내게 떨어진 출행입니까?"

"아니네. 혈수는 다른 사람이야."

"그럼 다음에 가죠."

"마을이 뒤숭숭하네, 자네가 움직이지 않고 있으니."

"……."

"전처럼 죽는 사람도 많이 나오고 있고."

“…….”

“마을에 남은 사람이 마흔두 명밖에 안 돼. 많이 죽었지.”

“명조산으로 가야 합니다.”

“…….”

이번에는 지천도가 침묵했다.

멸혼촌이 마단과 연관있다는 말을 들었으니 독사의 행동을 너무하다고 할 수는 없다. 아니, 만무타배가 마단의 일원이라면 마단에 대해서 알아내는 것이 우선이다.

그러나… 죽는 사람이 너무 많이 나오고 있지 않은가.

전에는 운명이라고 생각했지만, 이제는 죽지 않을 수도 있다는 것을 알아버린 골인들인데.

자세한 사정을 말할 수도 없으니 원망은 깊어질 수밖에 없다.

독사가 물었다.

“비영(秘影)은 어떻습니까?”

“아직. 옷자락도 못 잡고 있네.”

“그렇겠죠.”

말이 끊어졌다. 당진도에 대해서도 말을 나누고 싶고 마단에 대해서도 이야기를 하고 싶은데, 이것저것 할 말이 참 많은데…… 낮말은 새가 듣고 밤말은 쥐가 듣는다고 어떤 말도 할 수가 없다. 할 수는 있지만 지금은 참아야 한다.

“그만 가보겠네. 출행이 내일이니 마음의 준비를 시켜야지.”

지천도가 일어섰다.

독사는 커다란 고목 나뭇가지에서 물구나무를 선 채 눈을 감고 운기

행공에 몰두했다.

상단전에서 일어난 음의 진기와 하단전에서 일어난 양의 진기가 서로 어울리며 진기를 증폭시키고 있다. 하단전의 진기만 풀어냈을 때보다는 한결 부드럽다. 그러면서도 강맹하여 바위라도 부술 수 있을 것 같다.

'후웁!'

깊게 들이마신 공기가 진기를 활활 불태웠다.

마음은 차분히 가라앉아 명경지수(明鏡止水)처럼 맑아졌다. 순간, 독사의 검미가 꿈틀거렸다.

'움직인다!'

이것도 심안(心眼)이라면 심안이다.

눈으로 보지 않고 마음으로 읽을 수 있으니 분명한 심안이다.

독사는 살며시 다리를 내려 나뭇가지에 걸터앉았다.

사사삭……!

어둠이 일렁거렸다.

눈으로 본 어둠은 고요하기만 하다. 하지만 마음으로 읽은 기감은 조용히… 아주 느리게 움직이고 있다.

꽈르르릉……!

거대한 폭포가 지축을 뚫어버릴 듯 힘차게 쏟아져 내렸다.

주변 나무에는 부서진 포말이 눈송이 덮이듯 쌓여 있다.

몸에, 손에, 얼굴에 축축한 물기가 묻어났다. 안개처럼 비산한 포말은 독사의 전신도 휘감았다.

움직임은 폭포 앞에서 멈췄다.

멸혼촌에 들어온 지는 오래되었지만 폭포를 구경만 했지 아래까지 내려와 보기는 처음이다.

독사는 숨을 죽이고 기감이 사라지기를 기다렸다.

파르르……!

진기가 떨렸다. 자연이 뿜어내는 맑은 기운과 인간이 토해내는 탁한 기운이 버무려진다.

한참 동안 숨어 있던 독사가 몸을 일으켜 폭포 앞으로 나섰다. 그리고 움직임이 멈췄던 어른 머리만한 바위 앞에서 걸음을 멈췄다.

바위를 들추자 밑에서 작은 목패(木牌) 하나가 나왔다.

—당진도, 신공 수련. 유화신공으로 추정.

‘역시……!’

멸혼촌에 마단의 간자가 있다.

만무타배도 신이 아닌 이상 멸혼촌에서 일어나는 일을 속속들이 알 수가 없다. 그런데 알고 있다. 그것은 간자가 있다는 말이나 진배없다.

막상 의심은 들었지만 골인들 면면을 살펴봐도 딱히 지목할 만한 사람이 없다.

모두 골인이다. 인간으로서는 천형(天刑)이라고 할 수도 있는 흉측한 몰골을 하고 있다. 모르고 당한다면 몰라도 알면서도 그런 몰골을 당할 사람이 있을까.

그것은 악독한 조직이라 그럴 수 있다고 쳐도, 골인들이란 독사가 나타나기 전까지만 해도 목숨을 하늘에 맡기고 살던 사람들이다.

누가 언제 죽을지 모른다.

실제로 가장 오래 산 사람은 당진도와 지천도, 섭혼살호, 그리고 백치나 다름없는 최자범이니 의심을 하려면 그들을 해야 한다.

제일 먼저 의심이 가는 사람은 최자범이다.

비영(秘影)…… 비영은 최자범을 말한다.

최자범을 감시하라는 소리였다. 감시 결과가 어땠냐는 소리였다.

그런데 잘못 짚었다. 최자범은 여전히 백치였다. 그리고 전혀 의외로 간주되었던 자가 꼬리를 드러냈다.

'꼬리를 잡았으니 끝내야지.'

독사는 목패를 갈무리한 후 바위를 원래대로 올려놓았다.

"대형, 대형이 혈수로 나서주니 정말 다행입니다. 휴우! 한숨 덜었어요. 이놈의 출행은 매번 간장을 졸인……."

"쉿!"

독사는 걸음을 우뚝 멈춰 세웠다.

상하림은 바위투성이 뿐인 돌산이다. 사시사철 돌뿐이라 항상 여름이라고 해서 상하림이라고 명명했다.

그를 따르던 골인 네 명이 일제히 흩어져 납작 엎드렸다.

'뛰어난 자다. 저들은 도대체 누구기에 죽음을 불사하고 발길을 들여놓는단 말인가.'

독사는 출행을 거듭하면서 한 가지 사실을 알았다.

무인들은 모두 한 종류다. 병기는 각기 다르고, 그들이 전개하는 무공도 제각각이지만 모두 같은 류(流)에서 흘러나오고 있다.

단정적으로 말할 수는 없지만 자신과 이효기와 같은 관계, 사부는 다르지만 사문은 같다는 인상을 지울 수 없다. 자신이 죽인 자들은 뭔

지 모르지만 무공에 공통점이 있다.

진기 부문이 아니라 초식에서.

목표로 한 무인은 편공(鞭功)의 달인인 듯 오른팔에 검붉은 채찍을 휘어 감고 있었다.

그는 골인들이 다가온 것을 아는지 모르는지 태연히 앉아 닭 종류로 보이는 고기를 구웠다.

독사는 그가 눈치 챘다고 판단했다.

쭈그리고 앉은 자세는 언제라도 퉁겨 일어날 수 있다. 고기를 구우면서도 오른팔은 사용하지 않는다. 채찍을 항시 사용할 수 있게 대비한 거다. 무엇보다 눈이 고기를 보고 있지 않다. 거리가 멀어서 눈의 움직임까지는 파악할 수 없지만 독사의 직감은 그랬다.

'사문이 열리면 다른 곳은 일시 정지되지. 관건은 사문을 열고 닫는 시간차. 저 정도의 무인이라면 찰나에 불과해. 웬만한 사람은 동시에 공격해도 시간차를 극복할 수 없어.'

무인은 상당한 고수다. 그가 내뿜는 기운이 사방 일 장을 휘감고 있다. 사방 일 장을 예리하게 주시하고 있다는 반증이다. 또한 사방 일 장이 그의 채찍 공격 아래 노출되어 있다는 것을 의미한다.

'저런 무인에게는 기습이 소용없어.'

독사는 옆에 엎드려 있는 골인의 어깨를 두드렸다.

골인이 고개를 돌려 바라보자 작은 손짓으로 좌측을 가리킨 다음 곧장 손을 뒤로 뺐다.

골인이 고개를 끄덕였다.

쉬익!

골인은 서슴없이 공격을 시도했다.

독사의 지시는 언제나 한 치도 틀림이 없었다. 무인은 죽을 것이고 자신들은 승리를 맛볼 것이다.

무인이 벌떡 일어섰다.

'후후! 놀랬지!'

그는 무인이 뒤로 한 발 빼는 것을 보았다.

쒜에엑……!

전 출행 때 얻은 진검에 힘을 실었다. 무인의 전신을 양단하겠다는 기세로 짓쳐들었다. 그러나 일 장 범위 안으로 들어선다 싶은 순간 골인의 양 발이 교차하더니 힘차게 뒤로 솟구쳤다.

독사의 의도대로 무인을 경악시켰으니 남은 것은 후퇴뿐이다. 그 다음 일은 독사가 알아서 하리라.

그러나 상황은 그의 뜻대로 되지 않았다.

촤르륵……!

무인의 오른팔이 꿈틀거린다 싶었는데, 어느새 검붉은 채찍이 땅에 길게 드리워졌다. 아니, 드리워진다 싶은 순간 허공으로 솟구치더니 골인의 양 발을 휘감아 버렸다.

"엇!"

경악을 토해냈다.

신형이 뜻대로 움직여지지 않고 채찍의 움직임을 쫓아가고 있다.

그는 보았다, 커다란 바위가 눈앞에 가까이 다가오는 것을.

"안 돼!"

거센 고함을 터뜨렸지만 그 소리는 퍽! 하는 소리에 묻혀 버렸다. 독사가 출행에 나선 이후 처음으로 골인이 희생되는 순간이었다. 제일

처음 독사를 대형이라고 불렀던 황산노웅의 최후였다.

　촤르륵……!

　골인의 양 발을 휘감았던 채찍이 풀어지며 다시 그의 오른팔로 돌아
갔다.

　탁! 촤르륵! 타탁!

　독사는 장난처럼 돌멩이를 던졌다. 그때마다 검붉은 채찍이 허공을
날며 작디작은 돌멩이를 퉁겨냈다.

　"장난하자는 게냐!"

　무인이 화가 나는지 고함을 질렀다.

　"삶과 죽음을 가르는데 장난이 있을 수 없지."

　독사는 말을 하면서도 일정한 거리를 두고 돌멩이를 던졌다.

　한 손으로는 목창을 잡고 한 손은 부지런히 가죽 주머니를 들락날락
했다.

　이윽고 돌멩이가 다 떨어지자 이번에는 나무를 깎아 젓가락 형태로
만든 암기를 던졌다.

　진기를 최대한 주입해서 던진 것도 아니다. 그저 약간 힘을 가해서
막지 않고는 견딜 수 없도록만 만들었다.

　쒜엑! 촤르륵! 탁!

　암기 같지 않은 암기, 힘이 실리지 않은 공격, 그러나 쳐내지 않을
수 없는 암기.

　무인이 채찍을 휘둘러 날아오는 암기를 쳐내며 앞으로 다가서기 시
작했다.

　그도 서둘지 않았다. 너는 도망갈 곳이 없다는 듯 태연하게 차분한

걸음으로 다가섰다.

일 장. 보통 이상으로 긴 채찍의 사정 거리 안에 들어서자 무인의 행동이 비호처럼 빨라졌다.

쒜에엑……! 촤르륵……!

채찍은 영활한 독사처럼 땅에서 곧장 위로 숫구쳐 올랐다.

채찍 끝에 달린 철추(鐵鎚)는 독사의 머리뼈를 으스러뜨릴 기세였고, 채찍에는 휘감기기만 하면 전신을 옥죄어 죽일 힘이 담겨 있다.

독사의 목창이 바르르 떨렸다.

웅웅! 하는 울음도 토해냈다.

그것뿐이다. 독사는 채찍이 몸을 휘감도록 내버려 두었다. 단지 목창을 든 한 팔을 위로 쳐들어 휘감기지 않도록 했다.

팔이 움직인 것은 몸을 휘감던 철추가 마지막으로 머리를 올려치려는 순간이다.

쾌속하게 내려진 팔꿈치가 철추의 움직임을 죽였다.

무인이 회심의 미소를 지으며 채찍에 힘을 주었다. 독사를 골인처럼 허공에 날려 버리려는 의도다. 하지만 독사의 양 발은 땅에 붙박인 듯 움직이지 않았다.

"이게…… 채찍이 가장 우려해야 할 점이지."

독사의 목창이 바람을 가르며 날았다.

쌍방간의 거리는 일 장, 무인이 전혀 예상치 못한 공격, 내공일초가 가미되어 번개를 무색케 하는 빠름을 지니게 된 목창을 막아내기에는 역부족인 거리다.

"컥!"

목창에 꿰뚫린 무인이 뒤로 날아가 떨어졌다.

‘성공했어. 진기를 숨기면 공격 의도가 드러나지 않아. 공격 의도를 읽었다면 피할 수도 있었을 테지만…… 아무 느낌도 읽지 못한 거야.’

암혼사 참오는 칠성을 향해 치달았다.

앞으로 또 어떤 능력을 구비하게 될지는 모르지만 오늘, 이 싸움에서는 공격할 의도, 죽일 의도가 있으면서도 살기나 투기(鬪氣)를 숨기는 법을 깨달았다.

황산노웅의 시신을 빙굴로 가져가 안치했다.

독사가 출행했는데도 골인이 죽었다는 것은 멸혼촌 골인들에게는 충격이었다.

"그렇게 강한 사람이었나?"

"……."

독사와 같이 출행했던 골인들은 독사 눈치를 힐끔 볼 뿐 가타부타 대답하지 않았다.

그들이 보기에 황산노웅의 죽음은 개죽음이었다.

독사는 일부러 작정하고 죽음으로 몰아넣었다.

목숨을 지켜주던 사람이 자신들을 죽일 수도 있다는 사실은 언제 죽을지 모른다는 불안감을 가져왔다.

단 두 사람, 지천도와 섭혼살호만이 독사를 위로했다.

지천도가 말했다.

"황산노웅…… 허허! 그자라니."

섭혼살호가 분노를 토해냈다.

"죽일 놈! 그놈은 내 밑에서 만무타배를 죽이자고 한 놈이야. 그런 놈이 감히…… 그런 놈 시신은 뭐 하러 가지고 와. 콱! 땅속에 처박아

버리지.”

섭혼살호가 분노를 이기지 못하고 있을 때 지천도가 생각난 듯 말했다.

“참! 이번에 재미있는 놈이 들어왔네. 저번 팔월 대보름에 백비를 찾은 놈이지. 그놈의 보름달은 저주가 깃들렸다니까. 꼭 사람을 잡아먹어야 기울어지니.”

“……?”

“한 놈이 들어왔는데, 그놈은 들어오자마자 독사부터 찾더군.”

“독사라고 했습니까?”

“정확히 ‘독사’라고 말했네. 영은촌의 독사. 만나봐야겠지?”

독사는 고개를 끄덕였다.

『대형 설서린』 제4권으로…